河出文庫

私を見て、ぎゅっと愛して 下

七井翔子

河出書房新社

目次

私を見て、ぎゅっと愛して　下

わかれ

六月三十日

由香《ゆか》に会うことを決めたが、当然、会うにはこちらから連絡を取らなくてはならない。でも由香のご両親の動揺を考えると、とても直接由香の家には電話できない。ケイタイに電話してもらいたいので、でもメールで一方的に呼びつけるのはしたくない。ちゃんと会ってもらいたいので、私はない頭を総動員して考える。一樹《かずき》に協力してもらうことを考えたが、妊娠を伝えるのはもっと先がいいだろう。何を言い出すかわかったものではない。一人でなんとかしなければならない。私はもう独り立ちすると決めたのだから。

でも、会って何を話すのかという、もう一人の自分の声が唐突に聞こえる。動きが止まる。私は由香にどうしてほしいのか。由香を罵倒するために会うのか？

違う。じゃあ、何を言うつもりなの。子供ができた？ 諒一《りょういち》くんの子？ 嘘をついているのではないの？

由香はどうしたいの？ あ、産みたいのか。え、でも諒一くんと別れるって、何？

えーっと、由香がシングルマザーになるの？

由香はどうして手紙で私に伝えたの？ 私に由香はどうしてほしいの？

諒一くんの子供ってなに？ どうして由香が諒一くんの子を？

婚約してたのは私。結婚するはずだったのは私。

私は諒一くんと結婚して子供を三人産むはず。

それで……それから、それから、それから……

え、あ、違う、もう結婚はしないんだっけ。私は婚約破棄したんだっけ。

え、どうして私は婚約破棄したの？　由香がどうして諒一くんの子供を。

えーーっと、私は、なぜ、ここにこうしているの。

ぐるぐるぐるぐるぐるぐるぐるぐる………。

激しく混乱して眩暈を起こし、居間で倒れてしまったらしい。そのあたりの記憶が飛んでいる。慌てた母がすぐ近所の老内科医と一樹を呼んだらしい。

数十年ぶりに会った医師は「これは暑さ負けですね。翔子《しょうこ》ちゃん、ガリガリじゃないか。もっと食べないとねぇ」と優しく笑う。

よくわからない漢方薬を処方されるが、私は苦笑するしかない。一樹は何か察したらしく、ずっと私の顔を心配そうに見ている。

「母さん、まだ翔子ねえちゃんのこと小さい子供だと思ってるの。あんなヨボヨボ医者呼ぶなんてさあ」

私が倒れた時、家には母一人しかいなかった。動顛してつい、馴染みの近所の医師を呼んでしまったのだろう。そのときの母の動揺を思うと心が痛い。ごめんね、お母さん。

「でも、どう考えても名木《なぎ》先生の範疇だろ、これは」

そう言って一樹が名木先生のところに連れていこうとするが、私は動けない。体がどうしても動かないのだ。感情が止まっている。涙が出ない。

これは、天罰だ。もともとは私が出会い系サイトで遊んでいたから、こんなことになったんだ。私は子供が好きだ。赤ちゃんを見ているととても嬉しい気持ちになる。由香に子供ができたなら、子供は絶対護らなくてはならない。何があっても。由香のお腹の中にいるのは、諒一くんの分身。でも、どうして分身が私のお腹ではなくて、由香のお腹にいるんだろう。この現実をどう受け容れたらいいのか、まだ私にはわかっていない。それでも由香の決断を、私は受け容れるしかない。だとしたら、諒一くんとはどうしたらいいのか……。一樹だけにでも話したほうがいいのかなと思うが、なんだか体が鉛のように重く、もう何もかもが別世界のことのように思えてくる。これはもちろん逃避の一種だ。結局、私は由香と会えなかった。大量に薬を飲み、私は今、なんとか書いている。

七月一日

由香は「罪人《つみびと》」なんだろうか。

彼女が意図して彼と結婚できるように仕向けたなんてことができるはずがない。彼女は今、私より苦しんでいるはずだ。

どうしてちゃんと避妊しなかったのかだけは諒一くんに訊いてみたい。でも、彼を責めるつもりも私にはない。

ただ、子供の父親になるということを彼は知っているのだろうかとずっと考えている。誰かを憎んで恨んでこの気持ちを昇華させることに、私はとても恐怖を感じている。ましてや罪のないお腹の子供を呪詛《じゅそ》することなど、死んでもしたくない。キレイゴトだと笑うがいい。私はどうしても由香を恨んだりできない。ただ、一人でじっと考え込んでいると本当に発狂しそうで息ができなくなる。日記を読んでくださった方々から届いた五十通を越すメールとコメントに一通一通じっくりと目を通す。

「由香の子供を堕胎させるべきです」

そんな言葉に私は身震いする。日記の読者は、こんな言葉を吐いてしまうほどに私の身を案じてくださっている。とてもありがたいが、由香の孕んだ子供を堕胎させ、私が諒一くんを取り戻すなんて考えただけで辛《つら》い。何度も嘔吐して、もう胃液さえ出ないほどフラフラになっている私を見かねて、母が気分転換に餃子でも作ろうと材料を刻み始める。ニンニクのにおいに噎《む》せるかと思って顔をしかめるが、一生懸命な母の背中を見て立ち上がる。

キッチンの椅子に母と座り、無言で餃子の具を練り、皮に包む。

母はなんとか私の気を引きたてようと話題を探している。

「昨日往診に来てくれた村田先生ね、七十歳を過ぎてからヨガを始めたらしいよ」

「ふーん、すごいね」私は興味を引かれたフリをして相槌だけ打つ。

「なんか、気分的にもいいらしいよ、ヨガって」

「そうなの？」

「私もやってみようかなと思うんだよ」

「え、ヨガを？　お母さんがやるの？」

「いつも若々しくいたいからね」母が笑う。ああ、笑顔が綺麗だなあと思いながら母を見ていると、たまらなくなって、作りかけの餃子を手にしたまま、泣き出してしまった。

　子供みたいだと恥ずかしくて仕方がなかったが、どうしても抑えることができない。

母は私の涙に何も言わず、黙々と作業を続けている。

「ねぇ、翔子、人生いろんなことがあるわ」

「ん……」私は涙で声にならない。

「母さんは翔子が小さい頃あまりかまってやれなかったし、辛くも当たったけど」

「……うん」

「名木先生に『それも仕方がなかった』って言われて初めて、なんていうか……」

　母が言葉を選んでいる。私は遮って話す。

「もういいよ、お母さん。もう、いいの」

「本当に名木先生みたいな人にお会いしてよかったと思うよ、翔子もお母さんも」

　母の作る餃子は見事にカタチが揃っている。

「お母さん、私、本当は諒一くんと結婚したかったの」

自分でも思わぬことを言い出してしまう。自らの言葉に狼狽する。狼狽して、悲しくなってまた泣く。母はゆっくりと私を見つめる。母の瞳に私が映る。美しい母の瞳に映る自分はなんだかとってもみすぼらしくて、そして果てしなく矮小だ。

「うん、わかってるよ」母が小さな声で言う。

「でも、別れても後悔してなかったの。あのときは別れるしかなかったから」

涙が止まらない。

「そうだよね。そうだったね」

「でも」

「ん？　何？」母が怪訝そうに私を見る。

「由香が、諒一くんの、」と言いかけて私は押し黙った。母をこれ以上苦しめたくない。母にとことん甘えられないことを疎《うと》ましく思う自分と、母にまた拒絶されたらどうしようというおそれを持っている自分とが、私自身を分断する。

母の今の愛情を疑うわけではない。

でも、あまりに強いトラウマは、母の愛情を一旦疑うことをしてしまっている。

餃子を包み終えた。

でも、母は私が油ものを受けつけないだろうと察して梅肉のドレッシングで和《あ》えた大根サラダと胡瓜とワカメの酢の物をササッと作ってくれた。

　結局今日も一日何も進まなかったな、と思ったら眩暈がしてまた倒れそうになる。名木先生に相談してみようかなと考える。今、身内に話すには衝撃が強すぎる。どっちにしろいつかはわかることではあるが、自分の気持ちが揺れているうちに周りで騒がれてしまうのがイヤなのだ。

　でも、名木先生に、立ち会って話し合いに参加してくれということなどできない。それは精神科医の範疇ではない。やはり一人で会わなければ。もう、私の気持ちは決まっている。由香のケイタイに電話する。電源が入っていないとアナウンスされる。眩暈が止まらない。

七月二日
　翌朝目覚めたとき、眠ったという感覚がまったくない。浅くて、そしてなんだかとても苦しい睡眠だった。

　朝から調子が悪く、心身ともに回復せず。午後、心配した弟が来る。でも彼は今、非常に仕事が立て込んでいて忙しそうだ。

「ねえちゃん、どうしたんだよ」としきりに訊くが、何も話せない。

「ごめん、今日クライアントを待たせているんだ」と慌ただしく一樹は杏子《きょうこ》姉さんに電話する。

　杏子姉さんが来て、私が何も話さずにいて納得してくれるかはまったく自信がない。

姉は私の顔を見るやいなや、すぐ大学病院へ行こうと私を抱える。姉は眉間に皺を寄せたまま、何も訊かない。午後いっぱい病院の処置室で私は点滴に繋がれた。輸液の中に安定剤が入っているのか、私はうつらうつらしながら傍らにいる姉を見る。

「翔子、由香ちゃんにはまだ会ってないのね」姉がトーンを落とした声で話す。

「……うん」

「何かあったんでしょ」

「……うん」

「こうなる前に早くなんとかしろと言ったじゃないの、翔子」

姉の声に棘はない。なんだか何かを諦めてしまったような口調だ。

私は目を閉じる。

網膜に映る由香の姿。

幸せそうに小さな命を抱いて授乳している姿が見える。

耳鳴りがする。遠い、遠いところから聞こえる声。あれは、赤ん坊の声だ。

「姉さん、私、どうしたらいいのかわからない」姉を見ると俯《うつむ》いている。

「翔子、私のこと、頼っていいのに、どうしてアンタは……」

姉の声が遠くに散り、私は眠りに落ちる。

夕方、弟に連れられて私は家に帰る。夕食を作りに自宅に帰った姉から電話がある。

「明日、また行くから話をしてちょうだい。何があったのか？　一人で抱えるんじゃないよ。まだ母さんには言わないことね」

姉の、いつもとは違う、穏やかな声。その声は霧のように私を包み、赤ん坊の泣き声の幻聴に混じる。私は一旦思考するのをやめ、ただひたすら眠った。

七月三日
朝。ぼんやりと歯を磨く。歯茎からひどく出血する。歯ブラシを染めた血液が、ぼうっと赫《かがや》いて見える。口の中のケアは怠ってはいなかったが、何か栄養が偏っているのだろうか。姉から朝早く電話がある。姉は家庭人である。小学一年生の娘が一人いる。土曜日の休日は小さい子を置いて私のところに来られない。

「今日は沙希《さき》を連れていくけど一樹に相手させるから。翔子、今日はゆっくり話してちょうだい」

姉のダンナさまは家で留守番らしい。せっかくの休日、本当は家族で団欒したいだろうに、申し訳なくてつい「今日じゃなくてもいいよ」と言ったら、驚くほど姉は大声を出す。

「そんなこと言ってる場合なの？　アンタ、今の状況でよくやっていられるわね。もう少し大人になりなさいっ！」とピシッと返ってきた。

姉の子は物怖《ものお》じしなくて可愛い。沙希ちゃんは一樹が大好きだ。

「かずきちゃんといっしょに、サキは、としょかんにいくのよ♪」とはしゃいでいる。

一樹は「ゆっくりしてくるからな」と手を繋いで出かけた。姉は私が使っている部屋に座る。緊張する。でも、話すべきかどうか、まだ迷っている。

「何があったのよ」

「…………」

「諒一さんと由香ちゃんには、あれ以来連絡とってないの？」

「由香から、アパートに手紙が来たの」

「いつ？」

意を決する。話そう。

「五日ぐらい前」

「なんて書いてあったの」

「杏子姉さん。……怒らないでね」

「何よ。聞いてもいないうちに」

「由香が、妊娠したらしいって。諒一くんの……」

姉の顔がみるみる険しくなり、紅潮していく。私は身を固くする。しかし、姉は意外にも落ち着いた口調で言う。

「……やっぱりね。そんなことだろうと思った。ふーん……そっか、由香ちゃんがねえ。……で、翔子は何を動揺してんのよ」

「何をって……」

「婚約解消したってことは、アンタ、何もかも放棄したってことじゃないの。何を悲しむの？」

「そうだけど……」

「甘ったれたこと言ってんじゃないよ。なんで倒れるほど動揺するのに婚約解消したのよ」

姉は語調を強める。

「一貫性があるようでないんだよ、アンタが言ってることは全部」

「一旦白紙にするのが一番いいと思ったのよ」

「白紙にすれば、諒一さんが由香ちゃんと別れてアンタのところに戻るって計算したんじゃないの？」

「違うっ！」

「じゃあなんでアンタはそんなに悲しんでいるのよ」

「由香が妊娠したってことは私にとってはそんなにショックじゃないの」

「ふん、また翔子得意のキレイゴトか」

「もう、私と由香は本当に親友に戻れないって思って、それが悲しい」

「はぁ？　何言ってるの？　……アンタ二人にとことんバカにされてるのがわからないの？」

「姉さんにはわからないよ、この気持ちは」

「いや、悪いけど誰にだってわかんないわよ、アンタ、ちょっと言ってることおかしいわ。それがわかんないの？」

姉は心底呆れたという顔で私を見る。そんな目で見ないでほしい。

「とにかく、諒一さんと話すのが先。何も言ってこないアイツは何やってんだ。許せないわ」

「彼を責めないで。やめて。諒一くんは何も悪くな……」

そのとき、頬に平手が飛んでくる。ビシッと乾いた、強い音。私は崩れ落ちる。

姉は怒り、涙を浮かべている。

「目を覚ましなさい。アンタが倒れるほど好きな相手がどんなヤツか、私が教えてやるよ。翔子、諒一さんのところにこれから行くよ」

「いやだ。一人で行く」

「また動顛して倒れるでしょう。大丈夫、悪いようにはしない。心配しないで。このままでいいわけないでしょう」姉は有無を言わせない。

姉の前で私は諒一くんに電話をかける。激しい動悸がして倒れそうだ。

意外にも一コールで彼が出た。

「諒一くん、あの、翔子です」

「あ、翔子、……」沈黙。私は身構える。

「翔子、元気なの？」彼の声は静かで穏やかだ。

「これから会って話したいんです。お時間作ってもらえますか」

「いいよ。僕も会いたいと思ってた。どこで？」

「あの、姉も一緒なんですが、いいでしょうか」なぜ敬語を使っているんだろうと頭の片隅で思いながら私はしどろもどろでようやく話す。

「え、どうしたの」彼の声からは何も屈託したものがない。ひょっとして由香は諒一くんに何も話していないんだろうか。

「由香のこと、聞いてますよね」

「何？　どうかしたの？」

「何も聞かされてないですか」

「何を？」

隣で耳を欹《そばだ》てている姉に「諒一くん、何も知らないみたい」と囁く。姉は信じられないという顔をする。とにかく会って話そうということになり、私たち三人は駅前の喫茶店で会った。

彼の顔を見た途端、私は恋しさが募ってしまい、きっと姉がいなかったら抱きついていただろう。ああ、この人のことを私は今でも大好きだ、と強く思う。

諒一くんはまっすぐに私を見ている。この、穏やかな瞳。大好きだった眼差しだ。だが、姉は容赦しないぞ、という構えで彼を睨む。

「婚約解消して何も関係なくなったあなたに言うのもなんですが」姉は切り出す。

「由香ちゃんが、あなたの子を妊娠したって言ってます。ご存知ですか」

「えっ?」彼の表情がみるみる変わる。

「翔子に手紙を書いたらしいの。あなた、どうするつもりでいるの。私としては妹が毎日倒れているのを見ていられません。あなた、ちゃんと切るなら切る、続けるなら続けるってどうして意思表示なさらないのかしら」

彼はかなり驚愕しているようだ。まったく思考がまとまらない、といった顔をする。

「僕は、翔子の意思を尊重したかったんです。一旦離れて由香ちゃんのことをちゃんとしようと思っていました」彼は俯いて言う。私は彼がかわいそうになって、姉を制する。

「姉さん、婚約解消したのは私が決めたことだから……」

「……僕、妊娠のことは聞いていません」

「え? 本当なの?」

「何も聞いてない。僕の子を? ずっと連絡さえ取れなかったんだ」

「え、諒一くんに由香は何も知らせてなかったの?」

「ああ、僕は何も聞いてない」彼の手が震えている。

「おかしいわね。どうして相手である諒一さんに話さないで翔子に先に伝えるのよ」

「わかりません」彼が言う。

「本当に一人で産むつもりなのかな。由香、今、どうしているのかしら」

私が言うと、彼が突然立ち上がった。

「すみません、僕、これから由香ちゃんのところに行きます」

「そうね、そうしなさい。それから先はあなたたち二人の問題でしょうから」

姉が冷たく言い放つ。

諒一くん、由香のところに行ってってしまうの？　私は場違いな寂しさで一杯になる。

「あ、そうそう。ねえ、どうして避妊しなかったのかしら。あなた、無責任にもほどがあるわっ！」姉が怒鳴る。姉の強い語調に蹴落とされて彼は呟く。

「……翔子のときは、ずっと大丈夫だったから……だから」

私のとき？　ああ、膣外射精のことか。そうね、私たちの避妊はこの方法だったよね。これは避妊のうちに入らないって知ってたけど、それでも私はこの方法を採ったんだった。でも、私は妊娠しなかったんだよね……。

「とにかく、あなたは由香ちゃんとよく話し合って、翔子のところにもう一度来てけじめをつけてください」と姉はそれ以上踏み込まずに冷静に言い放った。

七月四日
朝五時に目覚める。昨日の諒一くんの言葉が私の胸の一番深いところに沈潜している。
「翔子のときは大丈夫だったから」避妊しなかったというのは、言い訳にはならない。
姉に昨日のお礼を言うために電話する。
「はい。冨岡です」義兄の慶彦《よしひこ》さんが出る。相変わらず活気の漲《みなぎ》る声だ。

「あ、翔子です。昨日は姉さんを一日中お借りしてしまってすみませんでした」

「あー昨日は久々にのんびり寝ていられたので、かえってよかったよ。わはは」

義兄は営業マンらしい快活さを滲ませる。

「姉さんいますか」

「あー、今、沙希と一緒に買い物だよ」

「じゃあ、私が御礼を言っていたと伝えてください。また電話します」

「わかったよ。あんまり無理しないで、翔子ちゃん」

「すみません、お義兄さん。いろいろご心配おかけします」

「ああ、いいんだよー。杏子のやつ、昨日迷惑かけなかったかい？」

「いえ、なんだか私のほうが姉さんに迷惑ばかりかけてしまって」

「なんだか翔子ちゃんのことずっと心配してるみたいだから、早く笑顔を見せてあげて。それだけで安心するよ、アイツは根は単純だから」

「はい、ご心配かけてすみません」静かに電話を切る。

義兄への不満を姉の口からいつも聞かされていたが、私は一度もこの義兄を悪く思ったことがない。確かに、あの姉には物足りないところがあるのかなあとも思う。

でも、姉のまっすぐな性格を受け止められるのは、ひとえにこの飄々《ひょうひょう》とした包容力によるものが大きいだろう。

午後、諒一くんに電話してみる。彼は、出ない。由香も同様、ずっと電話は通じない。

「あとは二人の問題」と言われたが、私はもう圏外にいるのだろうかという寂しさと焦燥が付き纏《まと》って離れない。思い切って由香の家に直接行ってしまおうかと何度も考える。

しばらくして、買い物から帰宅した姉から電話がある。

「もう、これ以上はアンタたちのことに私は介入しないから。翔子はれっきとした大人なんだからね、この先は自分でなんとかするのよ。逃げないこと」

姉はキッパリとした口調で言った。

逃げないこと。そう、姉の言うとおりだ。でも、私は逃げるつもりなんかない。

私は、精一杯だった。心の病気を言い訳にはしない。

私は、どうしたいのか。なぜ、婚約を解消したのか、もう一度、自分自身に向き合ってみたい。

婚約を解消したのは、由香と諒一くんを解放するためだった。

だから、私は彼らが今後どうなろうとも、受け容れなければならない。

私はもう、泣かない。取り乱さない。

彼と由香が寝た後に「待つ」と決めて待ち続けたあの長い日々。あの日々を思えば、できるはずだ。あれほど辛いことはもう、この先ないだろうから。

薬を使わずにちゃんと思考して、私は自力で気持ちを平らにした。

夜、諒一くんから電話がある。

「由香ちゃんに会ったよ」彼の声は意外なほど落ち着いている。

「由香、どんな様子なの」ずっと気になっていたことを尋ねる。

「本当に誰にも言わないで産むつもりだったらしいよ。ご両親にも話してなかった」

「妊娠は本当だったの」

「産婦人科でもらった予定日の書いた紙を見せられた。間違いないんだ」

私は唐突に現実を突きつけられて眩暈がする。呼吸を整えてゆっくり口を開く。

「こんなこと本当は訊きたくないし……本来は答えたくなかったら言わなくていいことだけど……」

「何。なんでも答えるよ」

「あの、諒一くんはどうしてちゃんと避妊しなかったの。本当にたった一度で由香は妊娠したの。私にとっては大事なことなの。答えてほしい」

「避妊は、えと、翔子と大丈夫だったから……外に出すって案外大丈夫なんだなって、すごく安易に考えていたのと……それと……由香ちゃんが……」

「由香が避妊しないでって言ったの？」

「そうは言わないけど、えーーと……」

「言いにくいのはわかるけど、答えて」

「今日は大丈夫だからって言ったから、僕……ごめん。無知もいいところだよね」

「そうなの」私は目の前が暗くなる。

「でも、本当に一度きりだったんだ。これだけは信じてほしい」

「本当に？」

「嘘はつかないよ。一回でも妊娠する、由香ちゃんも産科の医師に言われたみたいだよ」

信じよう。そうか、それほど由香と諒一くんの縁は強かったのかと諦念のようなものがゆっくりと胸の中に立ち昇る。

沈黙。この深い静寂を私はとても真摯に受け止める。


「僕、由香ちゃんと結婚するよ」彼の、迷いのない声。

彼の声を受けた私の鼓膜。過去、幾度も彼の愛の言葉を受けていた私の鼓膜は、途端に明らかに違和感を放つ。私の耳の中の昏《くら》い虚空に、異質な響きが振動し始める。これは、本当に彼の言葉なんだろうか。掌に載せて確かめたくなる。私は確かめるように問う。

「誰と、結婚したいの」

「僕は由香ちゃんと結婚したい」

鼓膜を取り巻くほの昏い虚空が、一層広がって私を弾《はじ》く。赤ん坊の声の幻聴が鼓膜に重なる。

あれは、由香のお腹の子供の声？　違う。あれは、生まれたての私の、赤ん坊の頃の私の泣き声だ。寂しくて泣いているのか。何かを求めて泣いているのか。耳を澄ます。自分の泣き声を抱き寄せる。

「翔子、僕は由香ちゃんと結婚する。ごめん」

私はケイタイを見つめる。鼓膜に若い日の母の声が重なる。

「翔子、いい子だね。泣かないで。今おっぱいをあげるからね」

母の声は貫く、限りなく優しい。でも、今の私は母の乳房を探す赤子ではない。もう、大人なんだ。だから、ちゃんと彼を放たないといけないんだ。私はケイタイを持つ手を替える。

「諒一くん、おめでとう」声が震えてしまった。ああ、ダメな私。

彼が電話の向こうで息を吸い込むのがわかる。

「いいお父さんになってね。由香のことを不幸にしたら、私が赦さないからね」

口をついて出た言葉は、私の魂をも放ったような気がした。

彼は泣いた。

「翔子、僕は、キミのことを忘れない。僕は絶対に由香ちゃんのことを大事にする。信じてほしい」

「諒一くん、でも私は今、まだ由香には会えない」

「わかってるよ。翔子、大丈夫か。ごめん、まだ治療中なのにな。僕は本当に鬼のようだな」

「全然平気よ。私のこと、見くびらないで」

「ごめん」

「でも」私は息を整える。「由香の赤ちゃんが産まれたら、お祝いを持って会いに行けるように頑張るよ」

彼は号泣している。でも、私は泣かない。もう、泣かないんだ。

「さよなら」

私は言いたくなかった言葉をハッキリと彼の胸に刻み、電話を切った。もう、二度と振り向かない。後悔しない。私の鼓膜の振動の違和感がハッキリと止まるのを確認して、由香に手紙を書き始めた。

七月五日
諒一くんと別れたことが、まだ実感できない。
でもこの感情はおかしい。私は一度覚悟していたはずだ。そう、婚約を解消したあの日に。彼が戻ってきてくれると、どこかで思っていたのだろうか。……いいえ、ちがう。予感していたのはむしろ、こうなってしまう結末だ。
由香と諒一くんが歩いていく光景を、私は今までも幾度となく脳裏に描いていたような気がする。

由香……。
担任に勘違いされて他人の罪をかぶせられたときも、
転校していじめに遭って毎日泣いていたときも、
気に入っていたキーホルダーを失くしてしまったときも、
私が就職でとても悩んでいたときも、
熱を出して寝込んでしまったときも、
男にひどい裏切りをされて死にたくなっていたときも、
どんなときも、いつのときも、
由香は、いつもいつも、いつだって最強の私の味方だった。

隠し事はしない、というのが私たちの暗黙の約束だった。

何もかも由香に話した。

彼女は悉《ことごと》く私の弱い部分を吸収し、軽々と明るさと安心へと昇華してくれた。

でも、私はどうだっただろう。私は自分の悩みを由香にぶつけるだけで、彼女の苦悩をどれほど汲み取ってあげていただろう。まったく自信がない。依存し、頼りきっていた私に、彼女はきっと、ずいぶん疲れていたのではないだろうか。

いつから彼女は諒一くんを好きだったんだろう。まったく気がつかないでいた私も悪かったんだ。そして、彼女をいとおしいと言った諒一くんは、いつから由香に好意を持っていたのだろう。

　私は安住しすぎていたのだろうか。……でも、そんなことは、もうどうでもいいことだ。そう、私は彼と別れたんだから。ただ、由香の気持ちをもっともっと訊きたい。今は無理かもしれない。けれど、いつか話してくれるように私の心の扉だけは閉ざしておきたくないと心から思う。そして、私は誰が信じなくても由香を信じたい。

　彼女はずっと、ずっと、ずっと私の味方だった。

　そして、ずっと、今だって。きっと、きっと、きっと。


　姉に電話する。

「姉さん、私、昨日諒一くんと話したの。私たち、別れたのよ」

「……そうか」姉は珍しく寡黙だ。

「諒一くん、ハッキリ由香と結婚したいって言ったよ」

「……」

「彼の、そういうところが好きだったのかもしれないな、私」

　涙が溢れる。止まらない。姉は私の嗚咽が収まるのを待っている。

「翔子」

「はい」

「アンタは、婚約解消しててよかったじゃない。どっちにしろ由香ちゃん妊娠してたんじゃない」

そうだ。もし婚約を解消していなかったら由香はどうしただろうかと思う。やっぱり彼女は彼には黙っていて、私にだけ伝えたんだろうか。

「由香ちゃんに子供ができたなら、もうこればっかりは仕方ないよね。アンタの負け。確かに人道的にどうかとは思うけど、中絶しろという権利はアンタにもない」

「そうよね」

「アンタは子供を持ったことないからわからないだろうけどね、母になるって大変なことなの。命を宿すってすごい厳粛なことよ」

姉のプライバシーをここで書いていいのか迷っていて今まで書かなかったが、姉は結婚以来子供を授からず、五年間も辛い不妊治療を続けていた。治療は功を奏せず、もう諦めようと不妊治療をスッパリやめた途端にすぐに自然妊娠したのだ。由香の妊娠が確実だと聞いてからの姉は、由香を責めようとしない。それは姉にこういう経緯があったからだろうと容易に推察できる。姉にとって「子供を授かる」ということには、きっと人一倍いろんな思い入れがあるんだろうと思う。

「アンタがこれ以上二人の間に入ることはできないよ」

「わかってるよ」

「ただねえ、由香ちゃん、大丈夫なのかな」

「何が？」

「妊娠するとねえ、考えられないほど感情の起伏が激しくなって、正常な判断ができなくなることが多いから。そういうの、あのバカ男はわかってるのかな」

「え、正常な判断ができないって?」

妊娠したことのない私には、正直まるで実感が湧かない。

「私もほら、妊娠したばかりの頃、よく家出して実家に来たりしてたじゃない」

そうだった。姉はやっとできた子供なのに「堕《お》ろしに行くんだ」と泣き喚《わめ》いてみたり、些細なことで怒鳴ったりしていたものだ。何もわからない私はひたすらそんな姉を敬遠するばかりだったんだ。

「アンタが心配してやる義理はまったくないけどねえ。でも、あのバカ男がちゃんと対処してあげられるのかしらねえ。これから向こうのご両親を説得したりさ、大変じゃない。由香ちゃんとお腹の中の子供、ちゃんと護れるのかしらねえ」

姉はぞんざいに言う。私は心配になるが、諒一くんを信じるしかない。でもこんな「信じ方」をしなければならないことに痛みを感じている自分がいる。

「もう忘れることよ」

「そうね……そうするよりほかはないわよね……あのね、姉さん」

「ん?」

「ありがとう」

「ふん、何言ってんの」姉は照れたように笑う。

「母さんと父さんにはまだ黙っていたほうがいいよ、翔子。どうせいつかは耳に入るけど。アンタはなるべく笑顔を見せていなさい」

「うん。わかった」

「あと、一樹にも」

「え？」

「アイツ、なんだか諒一のこと、呪う勢いで憎んでるよ。同じ男として許せないって鼻息荒くしてるし。今はまだあまり刺激しないほうがいいよ。今の一樹は由香ちゃんの腹でも蹴っ飛ばしそうだよ」

一樹は私が諒一くんと婚約中に他の男と寝たという事実を知っている。もちろん、詳しい経緯は知らないけれど、おそらく弟としては『姉をそうまでさせてしまった男』という認識で彼を憎んでいるのかもしれない。そこまで憎悪させたのは私の責任だ。そしてそれは一樹の、私への思いやりの発露だろう。私はとても複雑な気持ちになって黙る。


夜。

安定剤と睡眠導入剤を蜂蜜レモンで飲み干して寝ようとしたとき、メールがくる。

若林《わかばやし》先生からだ。私はゆっくりと開く。

［夜遅くにすまん。最近音沙汰ないけど元気か。もし大丈夫ならそれでいいんだけど、もし何かあったなら、俺でよければ話聞くぞ。まだ起きてたら少し電話で話さないか。

もし話したくなければメールでもいい。」

　思いがけない優しい言葉にしがみつきたくなる。私はすぐ返信する。

［あー、大丈夫だよ～♪　ちょっと体調崩してるけど私は元気だよ♪」と返信する。

　彼の返信はない。ホッとしたような、寂しいような気持ちになって床につく。ウトウトしていると、今度はずいぶん長いメールが来た。

［翔子センセ、本当に大丈夫なのか？　いろんな噂を耳にしてるんだけど、その噂が本当なら絶対一人でなんとかしようと思うなよ。俺は翔子センセが一日でも早く仕事復帰できるように祈ってるから。今度また一緒にメシでも食おうよ、仲間だろ俺たちは。俺は勝手にアンタの一番近い同僚だと思っているから、だから、気を遣わないで、何でも話せ。早く元気になってくれ。な、翔子センセ、頑張れ。」

　文章ヘタだぞ、と悪態をつきながら私は思わずケイタイを抱きしめる。

……………ありがとう、若林先生。

「仲間」という言葉が私をこんなにも救う。私には味方がいるんだ、と思えて、嬉しくなる。若林先生の大きな元気な声を思い出しながら、私は懸命に眠りを引き寄せた。

七月六日
　朝から暑い。庭に咲き誇る向日葵《ひまわり》の花を手折《たお》り、マエの墓に供える。マエにはまだいろんなことを報告していない。私は額の汗を拭いながらお墓の周辺を掃除する。

今日は診察の日だ。

白のノースリーブのレースのワンピースを選ぶ。この服は私のお気に入りだ。でも、去年はピッタリだった服が、着てみると袖口のあたりがブカブカだ。鏡に自分の姿を映すと貧弱そのもので、なんだかとてもイヤになり、服を替える。結局、なんの変哲もないユニクロのシャツとデニムのスカートを着ける。


名木先生は今日も美しい。先生の真っ黒な髪は豊かで、シャンプーの香りが私の鼻腔を心地よくくすぐる。ふと、この人も恋に身を焦がして熱くなることがあるのだろうかと考える。たぶん恋したらかなりの情熱家だろうと想像する。

「先生、私、諒一くんと正式に別れました」先生が目を丸くする。

「ええっ。どうしました?」先生は正面を向く。

「婚約破棄の契機になった親友が、彼の子を妊娠したんです」

「えっ⁉　確か、由香さん、でしたっけ」

「はい。彼は彼女と結婚するそうです」

「……どうしてそんな……」名木先生は絶句して顔を曇らせる。こんな表情は初めて見る。

「七井さん、それであなたは過換気の発作は大丈夫だったんでしょうか」

「はい、なんか自分でも信じられないくらい落ち着いています。薬のおかげでしょうか」

「………」名木先生は頭を抱えてしまう。

「先生、私本当に不思議なほど落ち着いているんです」

名木先生の溜息が診察室に響く。先生はじっと下を向き言葉を探しているのがわかる。

「婚約者さんとは何度か電話でお話しさせていただきましたけど……」

先生が顔を上げる。

「はい」

「翔子を治すためならどんなことでも協力する、とおっしゃってましたし、私とも約束してくれたんですけどね。その時は嘘はなかったんでしょう。ただ、」

「はい」私は神妙に耳を傾ける。

「彼はね、ご自分の親を失望させたくないという気持ちもとても強い方ですね」

「え、そうですか」

「ずっと順風満帆で優等生で親の期待を担ってきた方だと思いますね。お話を聞いた限りではですが、由香さんという方も似ているところがある方のように推察します」

「はい、そうかもしれないです」

「ですから今、おふたりは大変だと思いますねえ。あなたを一人取り残すことに対する呵責もすさまじいものがあると思います」先生はボールペンで何かを書く。

「私は精神科医です。私の仕事は、あなたの精神状態を健康にすることです。主治医の立場で言わせてもらうと、あなたの今のその状態は……」先生は言葉を選んでいる。

「あなたは怒りの感情を持てずに幼児期を過ごしましたから、どうやって怒りを表出したらいいのかがわからないんですよね」

「確かにそうかもしれません。私は人と争うのが何より怖いです」

「人間は悲しいことがあると、悲しみを緩和させるために悲しみを『怒り』という感情に代替させてバランスを保つことが多分にあるんです。ここでは怒っていいという状況では、ふんだんにそれを発揮しようとするのがまあ、人が一番ラクになる方法です」

「はい」私は先生の言葉を一生懸命頭の中で整理する。

「あなたは悲しみだけを受け止めて、それをどこにも放出していませんね」

「いえ、私はもう悲しんでません」先生はまた頭を抱える。

「いい子でいたいという気持ちは今は思い切って捨ててみましょう。どうしてもっと感情を吐き出すことをしないのかしら。このままでいくとね、本当にあなたが精神的に回復したときに、あまりいい影響を及ぼさないです」

「どういうことでしょうか。私にはその……正直おっしゃっていることがよくわからないのですが」

「本当の怒りを知ったときに、あなたはもっと辛くなりますよ」

「精神が健康になったなら、それはそれでいいことではないでしょうか」

的外れなことを言っているかもしれないと思いながら名木先生を見る。

「私も一応女なので、あなたの状況がどれほど精神的にダメージを受けるのかを考えると、なんというか、医者という立場とは別のところでとても辛いものがあります」

「あ、はい。ありがとうございます」ここで御礼を言うのは適切ではなかったと思うが、反射的に出てしまう。

初めて「名木文世《ふみよ》」という一個の女性としての言葉を私は聞かせてもらったような気がして、とても嬉しくなる。

「彼が赤ちゃんの父親になろうとするなら、それはそれで尊重してあげたいんです」

「でも、あなたは、大丈夫なのかしら」

「…………」

「あなたはお母様との関係を少しずつ取り戻している、それは大きな救いです。お母様に話してみたらいかがですか」

「それは……今はできません。母の負担になりますから」

「一番辛いときに頼られなかったと母親に思わせないこと。いいんですよ、今までまったく甘えられないで来たんですから、少しくらいお母様に甘えてもまだ足りないほどです。これから一緒に乗り越えれば、あなたの親子関係はもっと強くなります」

「…………」

私はまだ逡巡している。

「あなたは本当はどうしたかったのかしら」

「………」

「このまま別れても、きっとあなたはいつか追いつめられます。自分の気持ちをもっと丹念に見つめましょう。親友の方と無理に復縁しようとも考えないことです」

「……私は間違っていたということでしょうか」

「いいえ、違います。あなたにとってはこの選択しかなかったと思いますよ、結果的には。ただ、あなたの心を治すことを仕事としている私は、このままではいけないと言うしかありません。わかりますか。復縁しろと言ってるのではないです」

名木先生にしては実に奥歯にモノが挟まった言い方だと思いながら、私は診察室を出る。あとは自分で考えるしかない。他人を「怒る」には、それだけの自意識とプライドが必要だ。私には今、圧倒的にそれが欠如しているのかもしれない。

でも、私はもう、諒一くんを取り戻そうとは思っていない。

七月七日
朝。一樹の食欲はすごい。このバイタリティと元気の良さは見ていて圧倒される。
「アンタ……朝からよくごはん三杯もおかわりできるよね」
私が半ば呆れて言うと「暑いときは無理してでも食う！　これがいい仕事をする秘訣。食べ物はすべての生活の基本だぜ。ねえちゃんも鳥みたいに菜っ葉ばっかり食ってないで朝飯ちゃんと食えよ」とまるで意に介さない。
「アンタを見てると私までお腹一杯になるよ」と笑うと「じゃあ、目ぇつぶって食え」と卵焼きをパクつく。

昨日の名木先生のカウンセリングで言われたことを思い起こしている。そういえば、私は自分のために他人を怒ったことがあっただろうか。他人のことに対しては怒れる。人のためなら拳《こぶし》をも上げることだってできるだろう。でも、自分のために誰かを怒り、誰かを頭から糾弾し、正当に怒りを表出させることができないまま生きてきたのではないだろうか。

それは「怒っても仕方がない」という諦念が幼い頃からずっと培われていたからかもしれない。
「諦念」が前提にあるとするなら、怒りの感情を枯渇させることは何より自然なことで、また何よりラクなことだ。

七月八日
私は正座をして由香に手紙を認《したた》める。
電話でもメールでもなく、私は自分の指先からペンを介して由香の心に直接届けたいんだ。大きく、大きく、深く深呼吸する。嘘がないように。ほんとうのことが書けるように。

由香へ

手紙を読みました。

由香から手紙をもらったのってずいぶん久しぶりでしたよね。昔、由香と文通していたときのことを思い出しました。私は毎日家に帰ってからランドセルを開けて手紙を開くのが楽しみでした。


由香と諒一くんが寝たと知ったとき、私はとてもとてもショックでした。そのことに、今も現実感を伴わない部分があるほどです。由香は私に合わせる顔がないと自分を責めて責めて、責め続けているんでしょう。私はあなたが苦しんでいる姿を毎日夢に見るほどです。こんなふうに手紙を書くことが由香を追いつめてしまうことになるかもしれない。でも、そんな危惧を押してでも、由香は私の手紙を待っていてくれると確信しています。

出会い系サイトで何十人もの別の男の人と寝てきた私だけど、でも本当に私は彼を、諒一くんを深く愛していました。この心理はおそらく誰にも理解できないと思います。言い訳はしません。諒一くんとのセックスに物足りなさを感じていたことも否定しません。由香が私をずっと心配してくれたその気持ちを、私は蔑《ないがし》ろにしてきてしまった、そのことも自覚しています。

なのに私は由香に助けてもらってばかりで、由香が本当はいろんなことに立ち向かって悩んでいたことなど、想像することもしませんでした。仕事でいろいろ悩みを抱えていたことも、後から聞いて知りました。

親友だと言いながら、なんにも力になってあげられないでいて本当にごめんなさい。

私は諒一くんと由香と一緒にいる時の空気の柔らかさが大好きだった。

二人が私の横で笑っているのを見ていると、私は本当に温かな気持ちになって、なんだかいつもどっぷりと二人に甘えたい気持ちになった。私は二人のことが大好きだった。

こんなこと言うと馬鹿みたいだけど、諒一くんと由香が恋人同士になったらきっと本当に素敵なカップルになりそうだな、なんて変なことを妄想したこともあります。私がそんな妄想を抱いてしまうほど、あなたと彼は縁《えにし》が深く、そして理解し合える相手だったのかもしれないと今なら思います。負け惜しみではなく「悔しい」という感情は、私の心にはまったく存在していません。

ただ、どうして由香の気持ちにまったく気付けなかったのか、そのことだけが悔やまれます。

ずっと私は二人を縛ってきたんですね。結果的に。ごめんね。

おそらくこの状況に一番戸惑い、一番驚き苦しんでいるのは由香、あなた自身でしょう。きっとあなたは諒一くんを拒むでしょう。でも彼はあなたを選んだのです。

私ではなく、きちんと由香を選んだ。それは、子供がいるとかいないとか、それとはまったく別の部分で由香を選んだと私は思っています。

私では、彼を癒すことはできなかった。

諒一くんは「由香ちゃんといるとホッとする」と言っていました。これは嘘ではないと思います。諒一くんは「穂波《ほなみ》由香」という一個の人格として、あなたを選んだんです。

だから、どうか彼を受け容れてあげてください。

彼の気持ちを、そして私の気持ちをどうか、わかってください。

赤ちゃんができたことは、おめでたいことです。

子供の存在を疎ましく思わないで。どうか、ずっと愛してあげてください。

私は婚約者がいながら別の男とのセックスに溺れていた。しかも何十人も。あなたは好きな人ができた。その人の子供を孕んだ。でも、それがたまたま親友の彼だったというだけ。

罪の深さは一目瞭然。あなたは悪くはない。私はあなたが何かを意図してこうなったとは微塵も考えていません。

何も心配することはないです。どうか何も考えずに。できるだけやすらかで穏やかな毎日を送ってください。


きっと笑って赤ちゃんと対面できる日が来ると私は信じています。

私のことは何も心配しないでください。私は由香よりも、これからもっともっと幸せになるから。絶対幸せになるから。

由香と諒一くんに頼ってばかりの私だったけれど、この先絶対に自分の力で立てるように頑張るから。

今までありがとう、由香。

元気な赤ちゃんを産んでください。どうか、彼とお幸せに。

七井　翔子

ポストに投函する。ゴトン、という鈍い音を立てて手紙が落ちる。そして私は祈る。

由香が私の気持ちを受けてくれますように、と。

私はずっと彼女を信じる。祈り続ける。由香、どうかどうか、誰よりも幸せになってください。

七月九日

由香宛に手紙を投函してから、なぜか足腰に力が入らなくなってしまった。まるで老婆のようによろよろと歩みを進める私に、母が不安そうに声をかける。

「ね、翔子、前にちょっと話したけどヨガの教室に一緒に行かないかい」

母の何気なさそうな声には、私を心配する気持ちがひっそりと滲んでいる。

「うん、考えておくよ」と笑って答えて私はパソコンを開く。

今日もまたたくさんの業務メール。一通一通に目を通す。でも今日は頭にうまく入らない。何度も読み返してようやく意味を取る。なんだか何もかもどうでもいいような、そんな気持ちが私を支配している。

自分が自分でないような感覚。足が地に着かないような、そんな心もとない気分。

食欲もないのかあるのかわからない。食べ物の味がわからない。人の発した言葉を理解するのが一拍遅れるような感覚が付き纏う、明らかに離人症状だ。私はぼんやりしたまま音楽を聴く。ここにいるのは、誰。掌を見つめている、小さな、ちっぽけな、わたしという容れもの。

七月十日

諒一くんと由香が連れ立って私の家に来た。

由香は見るからにやつれていた。顔は別人のように生気がなく蠟人形のようだ。まだお腹は目立たない。よろよろと足元も覚束ない。こんなに不幸そうな妊婦はいない、という想いが満ち、私は辛くて思わず目を逸《そ》らす。諒一くんの手が由香の肩をずっと支えている。かつて、私を包んだ、いとおしい手だ。でももう、二度と彼が私を引き寄せることはないんだと思うと、胸の奥で切り傷に似た鋭い痛みを感じる。

昨日の夜、さんざん考えて私は両親に初めて由香の妊娠を告げた。父は「もう関係ない人たちだと思って生きろ」と大きく大きく溜息をつき、厳しい表情を隠すこともしない。母は、私の顔を見てただひたすら泣いた。

「なんでこんなふうになってしまったの、翔子、つらいだろう」

ハンカチで何度も何度も目を覆う母。父が席を立ち、母と二人きりになったとき、私は初めて泣いた。

「お母さん。私……」それ以外、なんの言葉も出てこなかった。

母は、おずおずと手を伸ばす。私は驚く。つい、逃げる。

首を絞められたときのあの光景と重なるのだ。

それほどまでに私のトラウマは深い。そんなはずはないとわかっていながら、反射的に母の手を遠ざける。

いつもの母なら、そんな私を見てひっそりと笑うだけのはずだ。でも、今日は違っていた。母は一歩一歩、前に出た。ゆっくりと、伸びる手。二本の老いた手。

そして、私はゆっくりと抱きしめられる。

「翔子、もういいんだよ。翔子」私は生まれて初めて母にしっかり名前を呼ばれながら抱擁された。私より小さくなった母。老いた母。でも、この腕のぬくもりは誰よりも温かくて大きくて、そして愛しい。

ありったけの声を上げて母の胸で号泣した。生まれたての赤子のような自分の泣き声が部屋に満ちる。そして私のその涙は次第に私の胸を満たしていく。私は、もう一度ここで母の子供として産声を上げたんだ。

「翔子、翔子の心は翔子のものだけど、翔子の体は私が作ったものだよ。ね」

「うん、うん、そうね」

「だから、もう、自分の体をオモチャにしないでちょうだい」

「……ごめんなさい」

「翔子、自分の体を大切にして。体だって、翔子の心の一部だよ」

母はずっと私の告白に悩んでいたのだと名木先生から聞いた。娘が性に放縦《ほうしょう》だということは母親にとっては苦しみであろう。ごめんなさい、ごめんなさい、ごめんなさい、と私は母に叫び続ける。そして、私たちは彼ら二人を迎えた。

「きちんと翔子と、翔子のご両親にご報告申し上げたい」

彼から電話があったのは今日の朝だった。彼の声からはキッパリとした、意志が見える。

諒一くんはキッと頤《おとがい》を上げ、まっすぐに私の父と母に対峙する。

そして、深く土下座をする。

「翔子さんと一度婚約させていただきながら、私は翔子さんの親友の由香さんとの間に子供をもうけてしまいました。本来ならこういうご報告こそ無礼だと思うのですが、由香のため、生まれてくる子供のために、筋を通したいと思ってここに参りました。いかなる罵詈雑言もお受けする覚悟でおります。翔子さんに対してはどう償えばいいのかわかりませんが、せめて慰謝料という形で私たちの気持ちを汲んでいただければと、勝手ながら思っております」

沈黙が流れる。

私はいたたまれない。もうどこかに行ってしまいたい。脳がどろどろと溶け出すような感覚が私を苛《さいな》む。やけに堂々としているじゃないの、諒一くん。そうか、これほどまでにしっかり決意してきたのか。

父が沈黙を破る。

「わざわざウチに来ることないよ、翔子が辛くなるだけじゃないか。二人並んで頭を下げるキミたちを見て、翔子がどう思うか少しは想像しなさい」

「すべて考え尽くしてきました。私は今までこんなに物事を真正面から真剣に考えたことはありません」

諒一くんキッと前を向いている。彼の、この決意と誠意に私は打たれている。

でも、お金は要らない。慰謝料をいただいたら本当に私は壊れてしまう。

「慰謝料は要りません。私にも悪いところがたくさんあったのは、由香もよく知っていることです」由香は驚いて顔を上げ、私を見る。

「私は慰謝料をいただける立場ではありません」と言いかけると由香が首を横に振る。

ダメ、言わないで、と声には出さず必死の形相で伝えようとする。

「翔子がこう言うのですから、お金でどうこうということは私らも望みません」

母がきっぱりと言い放つ。


諒一くんは畳に頭をこすりつけたままだ。由香は私の顔をなにか言いたげに見ている。

そのとき、諒一くんが大きな声を出した。

「本当に申し訳ありませんでした。翔子さんのことは、一生をかけて償います」

私は、そのとき初めて怒りが湧く。

「あなたが償うのは私じゃない。償いなんて私は要らないっ！」

　思わず土下座している彼の肩を揺さぶる。

「諒一くん、私のことは忘れて。お願い。由香もそうよ、私はあなたたちよりずっと幸せになるわ。由香も諒一くんも罪の意識を持ったままでは絶対に幸せになれない。どうか忘れて。私はもう、あなたたちと関わらない」

「翔子……」

「由香、手紙読んでくれたんでしょ」

「……うん、だから今日ここに来る気になったの。翔子、ありがとう。手紙、とっても嬉しかった」由香が泣く。

「私、あなたと会えなくなるのは辛いよ」私は由香に言う。

「私も。私、翔子のことは今でもずっと心配よ」

「でも、あなたの子供は私じゃなくて、そのお腹にいる子よ。私のことはもういいのよ、由香」

「…………」

「だからね、もう何も考えないでいいの。今日ちゃんと私に会いに来てくれたんだもの、もう私はそれだけでじゅうぶん」

「翔子……」母が号泣している。

　父はいたたまれなくなって席をはずす。諒一くんが立ち上がる。

「翔子、それと、翔子のお母さん、今まで僕に本当によくしてくれてありがとうございました」由香も一緒に頭を下げる。

帰り際、私は由香だけを引きとめた。彼は車の中だ。由香を縁側に座らせ、私たちは本当に久しぶりに二人きりになった。

「翔子、諒一さんのこと、私……」

由香はまだ私と目を合わせない。由香が小さく見える。私は由香のお腹にそっと手を当てる。

「お腹の赤ちゃん、大切にして。由香はもっと笑ってて。諒一くんはあなたをちゃんと選んだんだよ」

「私は一人で育てようと本当に思っていたの」

「そうでしょうね、由香ならそう考えるよ」

「でも、諒一さんの熱意と、それと、お腹の子のことを一番に考えなければならないって思ったの」

「そうよ。もうお母さんだもんね、由香は」

言いようのない寂しさを感じて、私はまた泣きたくなる。由香ともう会うことはできないんだな、と思う。

「翔子、私たちが小さい頃さ、お互いの結婚式のときには二人で創った歌を歌おうって言ってたの覚えてる？」

「うん、小学二年のとき適当に創った歌ね。どんな歌詞だったっけ」

　由香が、小さな声で歌う。

「♪いつまでもー、いつも、わたしたちはなかよしぃぃ♪　お花をかざりましょう。おうたをうたいましょうぅぅ♪　けっこんこんしーーきおめでとうううう♪　ずっとともーだち、ともだちなんだねー♪」

　由香が泣いている。歌いながら泣いている。

「翔子、ごめんなさい、本当にごめんなさい。私のことは恨んでくれていいの。どうしてあなたは図々しく会いに来た私を罵倒しないの。ねえ、もっと怒って、お願い」

「……私、怒る気にならないのよ、由香のこと。でもね」

「うん」

「諒一くんのこと幸せにして……絶対離れないで。離れたら、きっと私は怒るよ、とっても怒る。由香を赦さない」

「翔子、私、幸せになるから」突然由香が私の胸に体を預ける。

　私は由香を抱きしめて背中をさする。由香はごめんなさいごめんなさいと泣いている。

「あんまり泣くと赤ちゃんによくないよ」というとまっすぐ私の目を見る。

　私は、精一杯呼吸しながら、全身全霊を懸けて言った。

「由香、おめでとう、来年にはお母さんだね」

「翔子、翔子もどうか、幸せになってください」由香の、本当の心の声だ。


由香を送ろうと外に出たら、諒一くんが車から出て立って待っていた。

私は精一杯の笑顔で二人に言った。

「しばらくはまだダメだと思うけど……いつか三人で縁側で茶飲み話しようね。おじいちゃんとおばあちゃんになってからでいいからね」

二人は泣きながら頷く。そうね、いつか、いつかきっと。そんな日が来ると信じたい。


私は、彼らをきちんと放った。

さよなら、由香、さよなら、大好きだった、諒一くん。

脳裏にはまだ、由香と私が小さい頃、遊びで創った歌が流れている。

由香の小さい、可愛らしい歌声は、生涯ずっと忘れないだろう。

零《こぼ》れる光

七月十一日

暑い朝だ。咲き始めたばかりの庭の向日葵がこっちを見て笑っている。

私は浅い眠りを振りほどいてゆっくりとエプロンを着けながら、味噌汁に入れる具を何にしようかと考える。私は毎朝六時前に起きて一樹の朝食を作っている。我が弟ながらとても仕事熱心な彼は、誰よりも早く出勤して社員を待っているのだ。卵焼きを作る。茗荷の味噌汁の味見をする。一樹が新聞を片手に食卓に着く。席に着くなり彼は唐突に言う。

「あのさ、昨日ねえちゃんの同僚の若林先生と会ったんだよ」

「えっ。会ったってどういうこと」私は驚いて問い返す。

「前にさ、ねえちゃんが塾で倒れただろ。救急車呼ぼうとしてくれたのって若林さんだったのな。俺さ、あの時名前と顔を覚えていてさ、塾に御礼の電話したんだよ」

「え。アンタがわざわざ塾に電話して御礼したの？」

「弟としては当然だろうが。ねえちゃん助けてくれたんだからさ」

一樹は卵焼きを二つ一緒に口の中に入れる。

「家族がちゃんと御礼言うのが筋だろ。いや、もっと早く挨拶するべきだったかもな」

「やだあ、本当なの。知らなかった」

一樹は私のためにわざわざ御礼の電話をしてくれていたのか。少し感激するが素直に感謝の言葉が言えない。

「それで電話で話したんだけど妙に意気投合してさ、話が長くなってしまって、それじゃあ、どうせならこれから飲みませんかって話になって」

「まあ、そうなの。若林先生、元気だった？」

「ああ、豪快な楽しい人だよ。気が付いたら一晩中飲んでたよ。あはは」


そうだった。私が倒れたあのとき、若林先生と一樹は顔を合わせていたんだった。あのときは状況が逼迫《ひっぱく》していたせいか、あまり記憶にない。一樹の顔がまだ何か言いたげなのにさっきから気付いている。彼の顔は、まるでイタズラを仕掛けて喜んでいる子供のような表情をしている。

「何よ。どうかした？」私は二杯目の味噌汁をよそいながら尋ねてみる。

「へへっ。俺、若林さんから聞いたぞお」弟の顔はニヤけている。

「何よ、気持ち悪いわねえ」私は笑って受ける。

「若林さん、前にねえちゃんに告ったんだって？」子供みたいな顔でウキウキと話す彼の顔は、好奇心で一杯だ。

「もう、なんで若林先生はアンタにまでそんなことを話してしまうのかしら」

私は少し苦々しい気持ちになる。

「いや、一晩中一緒に飲んでれば自《おの》ずとそういう話にもなるって。男同士だし」

「とにかく、私と若林先生は何もないのよ」

「ああ、それはわかってるけど」

「どうだか」私は、そういえばずいぶん若林先生に会っていないな、と考える。昨年五月の一連の出来事がゆっくりと眼前に立ち昇る。怒声と、涙と、絶望と、放心。いろんなものが混沌としていたあの春。

「でもな、今、若林さんに猛烈にアプローチしてる女の子がいるらしいぞ」

「……えっ？」初耳だ。

「知らなかったのかよ。付き合うことになるようだよ」へえ、相手は誰だろう。

何も聞いていないことに少し戸惑うが、彼にいい人ができるなら、それは喜ばしいことだと思う。一樹は納豆をかき混ぜながら続ける。

「昨日はその話で持ちきりさ」

「どんな子なの？　相手」

「ねえちゃん、気になるのかあ？」

「バカね、そんなんじゃないわよ」

「二十一歳だってよ」

「ひゃぁ、うそ。どこで知り合ったの」

「旅行先で知り合って、相手から告白されたらしいぞ。あのオッサン、案外隅に置けねえじゃん。ちくしょう。すげー可愛い子らしいぞ」

うわー、本当だろうか。なんだかビックリだ。何も聞いていないことが、ちょっと残念ではあるけれど。

「ぶっちゃけ、若林さんはねえちゃんにフラれたのを吹っ切るために別の女の子と付き合うってことだよな？」

「そういう言い方は若林先生の彼女に失礼でしょうが」私は本気で睨みつける。

「なあ、ねえちゃんは最初っから若林さんと結婚すればよかったのになあ」

納豆の糸を口の端につけたまま話す一樹の口調には何の屈託もない。

「アンタは……いつもいつも人の気持ちを無視して思いついたことポンポン言うのよね。そういうのはやめなさいよ。すごく子供っぽいわよ」

「え？　だってそうじゃないか。俺からしたら、あの諒一なんかよりずっと人間的に温かみのあるいいヤツに見えるがなぁ。ましてや若林さんって、もうずいぶん前からねえちゃんのことだけ好きだったたって言うじゃないか。ねえちゃん、惜しいことしたよなぁ。ウカウカしてたら彼女できちゃったじゃんか」

「一樹。いい加減にしなさい」私は食器を片付けながら弟の軽口を窘《たしな》める。

一樹はお茶を啜りながら私を横目で見る。

「男同士だからよくわかるんだけどなあ、おそらく若林のオッサン、まだねえちゃんのこと忘れてねえぞ」

「やめなさいって言ってるのがわからないのっ」私はつい声が大きくなる。

「ま、若林さんは諒一のバカとは違って、女の子を簡単に泣かすようなことはしないだろうがなあ。ホッントに節穴だよな。ねえちゃんも惜しいことしたよなあ」

「黙りなさいってば。これ以上失礼なこと言うと、朝ごはん明日から作らないわよ」そう言うと、一樹は舌を出して笑う。こういうところがガキなんだよ、と心の中で思う。でも、勝手気ままに言いたいことを言っている彼ではあるが、一樹のこの単純さとまっすぐに物言いができる大らかさは彼の大いなる長所でもあるのだ。

「でも若林さんは俺と似てるところがあると思ったな。俺、初めて男同士で長い時間喋ってても疲れない人と会ったよ。あの人、ホントいい人だよな」

「まあ、そうね。すごくいい人よね」

「……ねえちゃんさあ、少し男を見る目を養えばあ？」

「うるさいわね」

「ま、その歳じゃ選んでる時間もあまりないよなぁ。でも諒一みたいな男と今度付き合ったら、俺はもう知らんからな」

私は笑うしかない。一樹は気持ちいいほど完璧に朝食を平らげ、元気のオーラを残して会社に出かけていった。

七月十二日
夜七時を過ぎたあたりに、若林先生からメールがある。

［今仕事終わったんだけど、俺明日休みだからこれからメシでも食わないか？］
私はすかさず返事を書く。
［ふふ、一樹から聞いたわよ。二十一歳の彼女ですって？　なかなかやるじゃない、先生、良かったわね♪］
［そのことを話そうと思ってたんだ。オマエの弟ってなかなかいいヤツだな。今どき珍しく男気のあるヤツだよ。］
私は弟を褒められて照れくさいやら嬉しいやらくすぐったいやら、なんと返していいのかがわからない。
［これからその彼女を連れて行くから、よかったら紹介させてくれよ。］
うわぁこれから支度して出かけるのか、とちょっと引いたが、彼女がどんな人なのかという好奇心には勝てず、急いで着替える。
一樹から若林先生に彼女ができたと聞いたときは、正直少しだけ言葉にできないような気持ちがあったけれど、今は祝福したい気持ちしかない。私の嫌いなタイプの女性だったらイヤだなあと少しだけ懸念しながら待ち合わせの居酒屋に急ぐ。
何度か若林先生と行ったことがあるその店は、いくら長居しても疲れない店の一つだ。暖簾《のれん》をくぐると、とても可憐なちんまりとした後ろ姿が奥まった席の片隅に見える。一瞬であぁ、あの子だなと確信する。
「あ、翔子センセ、こっち！」若林先生が手を挙げる。

足早にテーブルに近づく。可憐な花がこちらを振り向く。うわっ、何この可愛い子。スイートピーの花を連想させるような佇《たたず》まいと、眩《まぶ》しいほどの若さ。私は思わず息を呑む。声が出ない。挨拶しなければ、と思っていると、彼女がにっこり笑って話しかける。

「わぁ、この方が七井先生ですかー。噂どおりのお綺麗な方ですね♪　……あ、ごめんなさい失礼しました。初めまして、羽野《うの》さゆみと申します。七井先生、どうぞよろしくお願いしまーす」

と、のっけから少し馴れ馴れしいが、でもまったく嫌悪感を覚えない。そして、なんといっても特筆すべきは彼女の「声」だ。顔も可愛いが、声の可愛らしさとインパクトが強烈なのだ。際立ってこちらの胸にストレートに響いてくる愛らしくて細い声のトーンは、まるでアニメのヒロインの声優のようだ。あまりによく通る透き通った声に、思わず「さゆみさん、あの失礼ですがどこかでボイストレーニングを受けたことがあるの？」と、まだ挨拶もしていないというのに不躾に訊いてしまう。

「えー？　声のことはよく言われるんですけど、私の声そんなに変わってますかぁ？」

くるくると回るまあるい目と小さな唇、嫌味のない人懐こさ。私とは対極にある天真爛漫さ。いつもならこういうタイプと出会うと警戒心を持ってしまい拒絶反応しか示せない私だが、なぜだか一目でこの女性に親近感を持ってしまう。若林先生は可愛くて仕方ないという感じでさゆみさんを見ていて、なんだか私も気持ちが柔らかくなる。

彼女がトイレに立った隙に若林先生に言った。

「若林先生、十四歳も年下の子、よく摑《つか》まえたね。すごく可愛くていい子ね」

「俺もまだ信じられない」

「きゃはは」私は笑いながら彼の脇腹を小突く。

「実は俺のほうがアプローチしたんじゃないんだよ。彼女のほうが……その、積極的だったんだ」

「嘘つけ」

「俺も嘘なんじゃないかと思ってるよ、まだ」

「うーん、でもあの子はいい子だよ、間違いない。大事にしてあげてよっ！」

「……ん」

「よかったよね」

「……ん、まあ、な……よかった、かな」

語尾を濁すなんてなんだからしくない。照れているのかと思ったけれど、どこか上の空のようにも見える。

そんなに浮かない顔するなよ、先生。嬉しいくせに。

その後、三人で夜道を歩いた。さゆみちゃんの透き通った声が夏の夜空に谺《こだま》する。

「七井先生と今日会えてよかったー。またご一緒させてください♪」

「あ、七井先生はやめましょう。翔子でいいわよ」

「え、いいんですか？　うれしー♪　じゃあ私のこともさゆみって呼んでください！」

「うふふ、さゆみちゃん、今度会う時は若林先生のとっておきの裏話を暴露してあげるわ。若林先生ね、教員室のデスクの上に峰不二子のフィギュアを……」

「おい、オマエやめろよな、バカめ」若林先生が本気で制する。可笑《おか》しい。

「翔子さん、今度一緒にお洋服とか買いに行きませんか、翔子さんの着てる服、素敵」

「わ、ありがと。じゃ、メアド教えちゃう」

「翔子センセは着飾る前にもっと食って太れよ」若林先生が照れているのか、しきりに茶々を入れてくる。

「じゃあ、私は美味しいレストランを翔子さんに教えますよ。たくさん食べさせて翔子さんのことブクブク太らせちゃいますね、私が」

どこまで私の事情を知っているのかなとふと考えたが、取り繕《つくろ》う必要もないなと思い直す。こんないい子でよかったと心から嬉しくなって、私は久しぶりにやすらかに眠った。

七月十三日
深夜、さゆみちゃんからメールがある。
「翔子さん、コンバンワ。私、先日ひとりで喋りすぎたかしら？　でもとても楽しかったです！　また翔子さんに会いたいなぁ♪」
メールの文が弾けている。さゆみちゃんの、あの独特の声が脳裏に蘇る。回想する声ですらダイレクトに私の心の真ん中を突き抜けるような、一度聞いたら心を捉えられて魅了されてしまうような独特の声だとしみじみ思う。私は嬉しくなり、すぐに返事を書く。

［さゆみちゃん、私もとっても楽しかったよ♪　若林先生はああ見えて頼り甲斐のある豪気なヤツだから、きっとさゆみちゃんをしっかり包んで幸せにしてくれると思うよ。ずっと二人のこと、応援させてくださいね。］

［実は、今日もデートしたんですよねー、だけど、信夫《のぶお》くん、なんだか朝から凹《へこ》んでるんですよねえ。さっき別れたところなんですけどー、彼、仕事うまくいってるのかなー？　職場での様子はどうですか？　いつもと変わらない感じですか？］

なんなんだ、アイツは、とちょっと面倒になるが、またすぐ返信する。

［職場では変わりなく熱心に仕事しているよ。凹んでる理由を訊いて慰めてあげてね。じゃ、今度一緒に買い物しようね、おやすみなさい。］

なんだろう？　彼が凹んでいる？　私は怪訝に思いながら、最近アクセスが倍増してきたブログのコメント欄に返信する。今日は一日で二万ヒットを記録した。なんだか怖い。でも、反面、嬉しい。しかし私の書いている文章が二万人に読まれているという実感は、まだあまりない。

七月十四日

暑い。あまり薄着になると貧弱な体躯《たいく》が目立つので恥ずかしいが、重ね着するのは辛《つら》いものがある。

仕事もせずに毎日毎日母の作った料理を食べて、まるで「毎日が大型連休」という状況そのままの私は、ひょっとしてかなり人として終わってるんじゃないかと思う。

まあ、でもここまで来たら焦っても仕方がない。母ともっといろんなことを話そうと思う。

母がどんな子供時代を送ったのか知りたい。母の母、私の祖母がどんな人だったのか、そして父が浮気をしたとき、どうやってそれを乗り越えたのか。今まで家族全員が貝のように口を閉ざし、頑ななまでに封印してきた事実を聞いてみたい。母にとって、また新たにそれを晒すのは酷かもしれない。でも、母がまだ心の片隅で苦悩を抱えていたとしたら……今度は私が母の苦しみを分けてもらう番だ。

名木先生に薦められた本がある。ロビン・ノーウッド著／落合恵子訳『愛しすぎる女たち』（中公文庫）だ。私はこの本でほとんどの依存症の根本が説明できるような気がしている。

アルコール依存症の親に苦しめられた子供が、結局、結婚相手に同じようなアルコール依存症の配偶者を選んでしまうこと。そして、何度相手を変えても、結局どの相手もみんななんらかの依存症を抱えている、精神的にあまり健康とはいえない人ばかりになってしまうこと。また、セックスや恋愛に依存しすぎ、自分を愛することを蔑ろにしてまで、誠意のない、愛情の薄い暴力的な相手を選んでしまうこと。そして何度もそういうことを繰り返すこと。そして、虐待を受けた子供が成長し配偶者を選ぶとき、決して望まないのにもかかわらず、結果、やはり暴力的な相手を探し出し、そして挙句の果て、愛しい自分の子供にまで手を上げてしまうようになること。

この本は、そんな複雑な、解読しがたい心の変遷をわかりやすく分析している名著だ。もちろん、書いてあることがすべて正しくて誰にでも合っているというわけではない。ただ、共依存に悩む人にとっては間違いなくなんらかの指針となる本だと思う。

今日は暑い中、庭の草むしりをやった。

大きな麦藁帽子を目深にかぶり、一心に除草していると、土のにおいが精神を平らに安定させていく気がする。ガーデニングを愛する人はこの土のにおいに惹かれている人も多いのではないか。

名木先生はこのまま服薬を続けるようにと指示しているが、なるべく薬に頼らず自力で平静な精神状態を保っていきたい。無理は禁物だということはわかっているけれど、早く健康な人になりたい。

泥だらけの手を見ていると、幼い頃に由香と花摘みをして手を汚し、母に叱られたことを思い出す。あのとき摘んだ花はなんだっただろう。

こんな小さな思い出話さえ共有する人がいなくなってしまった今のこの現実が、私の胸にすとん、と音を立てて堕ちてくる。

その音は私を揺るがし囁き続ける。

「今のままでいいの？」と、幽《かす》かな音が響いている。

ねえ、由香、今あなたはどうしているの。私はひっそりと心の奥で問いかける。

由香、あなたは今、どんな気持ちで毎日を過ごしているの？

むしった草を片付けながら、私は由香と過ごした遠い夏の日を想う。

今日は何度もさゆみちゃんからメールが来る。

「翔子さん、お元気ですか？　私は水着を買いにMデパートに出かけてます。翔子さんは今年の夏はどこかに泳ぎに行く予定はありますか？　水着はどんなの着るのかな？」

爽やかな明るさはまったく嫌味がないので、何度メールされても、さしてウザいとも思わない。ただ、本当はどこか不安なんじゃないだろうかと猜疑《さいぎ》する自分がいる。あまりにも屈託がなさすぎるからだ。

若林先生が前に私に告白したという事実は、隠し事の嫌いな彼から聞かされているだろう。さゆみちゃんの言葉の端々に、私の気持ちを探《さぐ》るような感じを受けることがある。でもそんなことは私にとっては些細なことで、私は彼とさゆみちゃんのことは心から祝福したいし、応援したいと思っている。その気持ちは彼女にもじゅうぶん伝わっているはずだけれど。

でも、若林先生はさゆみちゃんに自分の気持ちをきちんと伝えているのだろうか。愛されているという自信を彼女からあまり感じないのは、彼女が私に気遣っているからだろうかとも思う。
「少しは若林先生の気持ちはどうなのか考えてみろよ」とブログ読者の方からお叱りを受けたが、彼は自分から彼女を紹介したのだ。私に気持ちを残してさゆみちゃんと付き合うなんてことをする人では決してないと思っている。近々さゆみちゃんとショッピングに行く約束をする。仕事もせずに買い物ばかりしているのもどうかなあとは思うけれど、でも彼女と会うのは楽しみだ。

七月十五日
午後、さゆみちゃんからメール。
［今日私、お仕事休みなんです。もしよかったらお茶でもしませんか、すぐ帰りますんで。翔子さんちの最寄り駅がK駅だって聞いてたので、私、駅まで来てしまいました。今、駅前のデジタル時計台の下にいます。］
うわー、急だなあ、強引だなあと思いながらも嬉しくなる。さゆみちゃんの元気を貰いに行こうと決めて、私は車で駅に向かう。思いのほかウキウキしている自分を見つけて、くすぐったい気持ちになる。私を待ってくれる人がいるということだけで嬉しいなんて。

「翔子さーーん、ここですぅー！」

わぁ、なんだこの通る声は。その辺《あた》りにいた人が一斉に彼女の声に引かれて振り向く。さゆみちゃんは小さくて可愛い。本当に顔立ちの整った子だ。そのヘンのアイドルなんかよりずっと垢抜けている。でも、格別悪目立ちしているわけではない。というのは、彼女はどこか自分の容姿の端正さをひたすら隠そうとしているところがあるような気がする。それとも彼女がただ謙虚なだけなんだろうか。

「さゆみちゃん、お誘いありがとう」私は心から言う。

「いいんですー、私こそ急にお呼びたてするようなことをしてしまって、ごめんなさい」この声は天から響いてくる声だ、と若干クラクラする。

「ねえ、さゆみちゃんの声って心の奥まで入る声よね。本当に綺麗だわ」

「そうですか？　ありがとうございます。でもなんか無駄に目立ちすぎて私は大嫌いなんですけどねえ」と、思わぬことを言われる。

外は暑く、喫茶店でお茶するにもさゆみちゃんの好きそうな店がこのあたりにはない。

「よかったら私のウチに来る？　散らかってるけど」彼女は手を叩いて喜ぶ。

私は元来、人と付き合っていて一方的に急に距離を縮めてこられると萎縮する。馴れ馴れしくされると身構えてしまう。なのにどうしてこの子にはこんなに気持ちを開きたくなるんだろう。彼女には、何か言葉にはできない、相通ずるものがあるのだろうか。

家に着くなり、彼女は目を丸くして、いっそうニコニコ笑う。

「わー、なんか懐かしい感じのお宅ですねー、いいなあ、素敵ですね、こういうおうち。私、大好きだわ」

　家を褒められることがこんなに嬉しいとは思わなかった。私はとても気持ちが浮き立つ。玄関でさゆみちゃんは額に滲んだ汗を拭きながら母に挨拶する。

「初めまして、羽野さゆみと申します。いつも翔子さんにとてもよくしていただいている者です。今日は突然お邪魔させていただきまして、大変申し訳ございません」深々と頭を下げるさゆみちゃん。ひーー、なんだ、この丁寧さは。今の若い人ってこういう畏《かしこ》まった挨拶は苦手なんだと思いこんでいた私はビックリ。

あまりの彼女の腰の低さに驚いて「あのお綺麗な方は、どこぞのご令嬢なのかい？」と耳打ちする母。

　さゆみちゃんは、家に来てからずっと笑っていた。そうだ、せっかくだから若林先生のことを聞き出そうか。わくわくしながら彼女に問う。

「ね、アイツのどこが好きなの。確か旅行先で知り合ったんだよね」

　私がそう言うと、今度は本当に含羞《がんしゅう》を帯びた表情をする。ああ、可愛い子だなあ。なんでこんな可愛い子がひと回りも年上のオジサンを好きになったのか、私は好奇心で一杯だ。

「あの、私、今まで好きになる人ってみんな十歳は上なんです」

「へぇ、オジサマ好きなのね、さゆみちゃんは」

「ファザコンも入ってるのかなー」彼女の小さな手が自身の柔らかな頰を包む。

「まあ、そうなの。お父様、素敵な方なんでしょうね」私は先を促す。

「私、四人きょうだいで」

「あ、あれ、私もそうよ」

「え、翔子さんも？」話題が一気に盛り上がる。

「私が十歳のときに父が事故で亡くなりました。とっても優しくて大好きな父だったんですけど……」

「あ、あら、そうだったの」私は思わずしんみりする。

「母は女手ひとつで四人育て上げました。とても尊敬する母なんです」

「そうだったのね、大変だったわね」

「信夫くんのことは……最初に見たときから惹かれてました」

うわー、アイツめ、今度会ったら絶対何か高いもの奢らせてやるぞと内心嬉々とする。

「でも、『俺にはずっと好きな人がいたけど、その人は俺のことを友達以上には見てなくて、今度結婚することになってしまったから気持ちを鎮《しず》めたいんだ』って話してました」

わ、私のことだろうか。

「それが翔子さんのことだって知って、私、どんな人なのかって思ってて。ずっとお会いしたかったんです」

「あ、でも、……」私は言い澱む。

「わかってます。翔子さんは彼のことなんか相手にしてないって最初に三人で会ったとき、すぐに確信しました♪」彼女はケラケラ笑って言う。

「翔子さんのこと、イヤなタイプの人だったらガッカリだと思ってましたけど、なんかお話しさせていただくとすごく楽しいし、やすらぐ気がします。こういうのを相性っていうのかなあ。失礼ですけどとても好きになってしまいまして、翔子さんのこと」

「それ、私もよ。なんだかさゆみちゃんのこと、前から知ってる人みたいに感じていたわ。私、初対面の人とこれほど打ち解けられることってないんだけれど」

さゆみちゃんは麦茶を片手に遠くを見る。睫毛が長いなあ、とぼんやり考える私。

「信夫くんはまだ翔子さんのこと、忘れてないです」

さゆみちゃんが、遠くを見たまま、ぼそっと呟く。

「……え。それはないわ。私にメールで、あなたのことを大事にするって書いてたわ。見せようか」

「あ、いいです。いいんです。私は彼のことが大好きだから。いつか翔子さんよりずっと好きだって言ってくれると信じてもいますから。私、信夫くんのこと大好きなんです……」

私は感動する。なんだか打たれてしまう。目頭が熱くなる。こんなふうにまっすぐに想いの丈を口にできる彼女の純粋さと魅力に、私は感激する。

「彼はいい加減なことはしない。あなたと付き合い出したって時点から、もう振り向くことは念頭にないよ、きっと」私はハッキリと前を向いて言う。

「はい。わかってます。私は彼を信じています」まっすぐな目。なんて綺麗な目。「でも、彼は翔子さんに幸せになってほしいみたいです。私も翔子さんがそんなに痩せていくのを見るのはイヤですよ」

「ありがとう」

「何があったかは詳しくはお聞きしません。だけど、もっと信夫くんをこき使ってやってください。私は、翔子さんだったら彼と二人きりで会ったとしても心配しません。私は翔子さんのことも信じますから」

穏やかに笑う、可愛い人。この若さで、この老成した、こんなに達観した考え方ができるのはどうしてだろう。私はさゆみちゃんの明るさと健気さにたくさん元気をもらった。

一樹が帰り際、帰り支度をしているさゆみちゃんを見つけて大騒ぎ。

「おいおい、ねえちゃん、あの劇的に可愛い子が若林さんの彼女なのかよっ、マジ？」

おい、弟よ、鼻息荒すぎるぞっ。

しきりに紹介しろとうるさいので少し強く窘める。

「紹介してどうすんのよ。アンタ、自分が何言ってるかわかってんの。さゆみちゃんは若林先生にゾッコンなのよ」と一蹴する。

「ちぇっ」……なんだ、その大げさで無意味な舌打ちは。やめてくれえ。

七月十六日
朝から、さゆみちゃんの顔をもう一度拝ませろと、かなりうるさい一樹。若林先生とあれほど気が合うと言っていたのに、どういうことなんだろう。しつこい。一樹は元来、友人知人の彼女を取ってしまおうという考えを持つ人間ではないと思っていたが、よほど彼女を気に入ったのだろうか。さゆみちゃんからメールがあったので［実は私の弟があなたをすごく気に入ってしまって、また遊びに連れてこいとうるさくてねえ］と書いてみた。すると、［じゃあ、近いうち遊びに行きます。翔子さんがお困りなら、私からちゃんと話しますよ。］とやっぱり彼女らしい大人な対応が返る。
結局、さゆみちゃんと若林先生二人でウチに来てもらって一緒に飲みに行くことになってしまった。まあ、若林先生と一緒にいるさゆみちゃんを見れば、一樹も納得するだろう。一樹は若林先生のことも気に入っているのだから。
［信夫くんが翔子さんのこと心配してますから、思いっきり元気な顔を見せてあげてくださいネ♪］というさゆみちゃんからのメールの文字に、少し複雑な気持ちになる。本当に彼女は私のことを信頼してくれている。だけど、一点の曇りもなく、葛藤もなく、私と屈託なく対峙しているのだろうかと思うこともある。私が書くのもかなりおこがましいが、彼氏が昔好きだと告白した相手とここまで仲良くなれるという彼女の器の大き

さは、生来のものなのだろうか。

　彼女と直接話したくなり、こちらからさゆみちゃんに電話する。電話嫌いの私にしては珍しいことだ。思わず「まったく一樹には困ったものよねえ」と愚痴ると、彼女は真面目な口調で言う。

「あのう、翔子さんはお綺麗な方だから、わかってくださるかもしれないのですが……」と言い淀む。

「何？　なんでも話してくれて大丈夫よ」と促す。

「あの、高慢に思われるかもしれないんですけど、一樹さんが好きだと言うのは、おそらく私の容姿なんですよね」ああ、なんとなく言いたいことがわかるなあと思う。

「うん、彼は若くて可愛い子が好きだしね、それにあなたは礼儀正しくて第一印象がすこぶるいいし、他の男の人にも一目惚れされること、多いでしょ？」

　彼女の謙虚さからすると、この問いの答えは窮するところだろう。

「……でも、困るんですよね」しばし無言の後、彼女がやっと口を開く。

「可愛いとか言われるのはもちろん嬉しいんですけどね、なんか一方でとてもやりきれないというか……うまく言えないんですけど……翔子さんならわかってくださるような気がするんですが……」

　彼女は、かなり言いにくそうにしている。私はハッキリと言う。

「そうね、顔だけで選ばれることが屈辱に近いものがあるんでしょ？」

「傲慢ですかねえ、私」

「ううん、当然じゃないのかなあ」私は彼女の聡明さ、心の美しさに感動する。

少し間を置いて、さゆみちゃんはいつものよく通る声で話す。

「亡くなった父は、私のことをいつも可愛いねって言ってくれていました。それは母もです。でも私が自分の力で何かを成し遂げたときのほうが、ずっとずっと嬉しそうに褒めてくれてました」

「そうなの。素敵なご両親ね」

「母はいつも言ってました。あなたは可愛いって言われることだけに驕《おご》るなって。目に見えない部分を磨かないと本当に人として価値がなくなるんだって。幸せにはなれないんだって。だから小さい頃から他人が私の容姿を褒めるとき、両親は必要以上に顔のことだけを褒めすぎる人達には決していい顔をしませんでした」

「すごい人たちねえ」……と言いながら、ふと私は母のことを思い出す。

母も決して私を可愛いと言わないばかりか、他人が私の容姿を褒めると絶対にいい顔をしなかった。ひょっとして母は、私にもっと大切なものを教えたかったのではないか。でも不器用な母は、さゆみちゃんのご両親のように言葉をうまく操れないで、伝えることができずにいたのではないか。心の奥でガチガチに凍っていた塊がすうーっと融けていく感覚を覚える。褒めてくれなかったのは、憎かったわけではなくて、むしろもっと深いものを得させようとの貴い意志があったのではないかと。私は少し涙を滲ませながらさゆみちゃんの声を聞く。

「信夫くんは、私と初めて会ったとき、私に対して可愛いとかいう言葉は全然言わなくて……むしろ外見なんかどうでもいい、という感じで接してくれて。なんというか、特別扱いもしないし、私に興味がない、どうでもいい、という感じでした。それがとっても新鮮で」慎重に言葉を選ぶ彼女。私は相槌を打つ。

「そういうところがアイツのいいところでもあり、欠点でもあるのよね」

「でも彼は外見とは関係ないこと、たとえば礼儀正しいとか、人に対する洞察力がすごいね、とか……話をよく理解してるよねとか、必ず私の内面を見て褒めてくれてました。今もそうです」

若林先生らしいなあと思いながら私は微笑む。

「私、彼のこと、すごく尊敬してます。でも……」

「なあに？」

「どうして一番褒めてもらいたい人は、たった一回も私のことを可愛いって言ってくれないんでしょうね」と言って笑う。私は苦笑しながら言う。

「アイツは心の中では百万回も『さゆみぃー、可愛いよー、好きだよー』って言ってるのよ」

「きゃはは、そうでしょうか」

「そういうヤツなのよね。不器用というか、なんていうか……でも、今度会ったら私が死ぬほど言わせてあげるから、楽しみにしてて」私は電話口で笑う。彼女も可愛い声で笑う。すっかり楽しい気持ちになって電話を切る。

誰かに依存することがなくても、私はこんなふうに素敵な人に素敵なオーラをいただける。それだけでじゅうぶんじゃないか。こんな素敵な人たちがいるんだから、それだけで幸せじゃないかと思っている自分を見つけて嬉しい。

眠りに就《つ》く前、トイレに起きた母と台所で会う。私を見つけた母は「翔子、早く寝なさい。いっぱい眠らないと体に悪いよ」と小さな声で言う。

幼い頃の私はこんな言葉を聞けば、また母のうるさい小言だと思うだけだったんだろう。でも、今ならわかる。母は何もかもに不器用な人だったんだと。

「お母さん、おやすみなさい」母に笑顔を返す。

母はひと言、「ああ、おやすみ」と言ってゆっくりと寝室に入っていく。老いた背中。後ろから抱きつきたくなる自分を必死に抑える。

……私は、ずっと昔、毎日毎日自問していた。

「私なんかがお母さんの子供に生まれてよかったの」と。

でも、その葛藤した日々がすべて無駄だったとは、私は思いたくはない。そう、だけど今私は、母の子供に生まれてきたことを心の底から誇りに思っている。

七月十八日

さゆみちゃんとまた長電話する。これまで生きてきて、こんなにも急速に他人と親しくなっていくことが皆無だった私には、この状況がまだ信じられない部分もあり、若干戸惑っているところもある。純粋な彼女の天真爛漫さと明るさに触れると、私も素直に温かい気持ちになれる。さゆみちゃんは、ずっと日陰にいた私に太陽の光を直《じか》に届けてくれるようだ。

でも、今日の電話では、彼女は最初から少し沈んだ声をしていた。気になって尋ねてみると、彼女は遠慮がちに口を開いた。

「前にもちょっと話しましたけど、信夫くん、ずっと元気がないんですよ……」

私はドキッとする。ひょっとしたら私の婚約破棄を知った彼に、いまだに余計な心配をかけているのではないか。これは自意識過剰だろうか。ここは私の今の心境を彼にちゃんと話さなければならないだろう。私はさゆみちゃんとの交流でとても癒されていることと、気持ちの整理がちゃんとつきつつあることを彼に伝えたい。さゆみちゃんに断ってから、若林先生にメールをしてみた。しばらく彼とメールでやりとりしていたが、メールでは微妙なニュアンスがうまく伝わらず、埒が明かない。さんざん考えて若林先生と直接会って話すことにした。もちろんさゆみちゃんには私からちゃんと会う場所と時間まで伝えておく。さゆみちゃんは快諾してくれた。聡明な彼女は、これが必要なことだとすぐに感じ取ってくれたのだろう。

午後の猛暑の中、私は駅の近くのフルーツパーラーを指定して待つ。店の客は若い子ばかりでちょっと浮きそうだが、ここなら明るくて話しやすい。若林先生は黒いTシャツを着て時間どおりにやってきた。Tシャツのプリントのデザインが妙に若い。あ、これは色違いでさゆみちゃんとペアなのでは？と席についた彼に開口一番言いかける。でも、彼の顔を見ると、とても軽口を叩ける雰囲気ではないと気付いて思わず黙る。ちょうどお昼を過ぎたばかりの時間だ。

「ね、先生、お昼ごはん食べましょうよ」私は明るく言い放つ。が、メニューを差し出しても彼は「メシはいいよ」と見ようともしない。甘味のお店で出される食事はサンドイッチとホットサンドくらいしかないが、私は卵のサンドイッチをオーダーする。

「ねえ、さゆみちゃんとはうまくいってるの」

「なんだよ、そんな話をしに来たのかよ」彼は笑う。だけど笑う顔が明らかに不自然だ。いつもの闊達さがない。

「さゆみちゃん、若林先生が元気ないってすごく心配してるよ」

「ああ、なんか最近オマエと毎日メールしてるんだって、すげえ嬉しそうだぞ」

彼は話題を逸らす。少し目が泳いでいる。

「うん、私の家にも遊びに来てくれたし。母も父も一樹も本当に気に入っちゃって、可愛い可愛いってもう大変」

「さゆみから聞いたよ。突然行ったらしいね。迷惑じゃなかったか」

「まさか迷惑だなんて。……というか、正直、普通なら迷惑なんだけどさ、なんだかあの子は私にとってすべてが例外みたいで。だから来てくれてとっても嬉しかったし、けっこう癒されてるかも」

「あ、そうなのか」彼は少し表情を柔らかくする。

「あの子、いまどき珍しく礼儀正しくて本当にデキた子よね。大事にしてあげなよ、あんないい子めったにいないわよ」

「そっか、翔子センセ楽しかったのか」彼が嬉しそうに私を見る。話題が逸れていることに気が付き、私は話を戻す。

「あのね、さゆみちゃんが元気がないって言ってたけど」

「そんなことないさ」

「そう？　だったらいいんだけど。だけど、さゆみちゃんにあんまり心配かけないでよ。あのさ、もしも私のこと気にかけてくれてるなら、もう全然大丈夫だし。毎日わりと落ち着いて過ごせているのよ」私はわざとぞんざいに言う。彼は珍しく神妙な顔をする。

「……翔子センセ」彼の顔が厳しくなる。

「本当に大丈夫なのかよ。俺、婚約破棄のこと最近まで知らなかったんだ。塾長に聞いてからずっと心配していたんだよ」

「大丈夫だってば。あのね、もし精神的にダメになるようなら、あなたにはとっくに相談してたって」

「いや、絶対相談なんかしに来ないよ、翔子センセは」

「するよ、仲間だし」

「じゃあ、なんでずっと婚約破棄のこと黙ってたんだよ。現に俺には何も話してくれないじゃないか」彼は少し語気を強める。

「……だって、若林先生をこんな余計なことで煩《わずら》わせたくなかったのよ」

「余計なことだなんて……」先生の顔がもっと険しくなる。

「余計なことだなんて、思うはずがないじゃないか」彼は静かに、だけど明らかに怒っている。私は少し狼狽する。サンドイッチが運ばれる。

「ね、食べよう。お腹空くと話にも棘が出るし」お皿を彼の手元に滑らせる。

「いいよ、翔子センセが全部食え」

「え、だってお腹空いちゃうよ、食べないと」

「俺、食欲ないんだよ」彼は紅茶にドボドボとミルクを入れて豪快に飲み干す。よく見ると、カップを持つ手が少し震えている。私は慌てて見なかったフリをする。

「ごめんなさい。破棄したことは隠していたわけじゃなかったんだけど、言う必要もないと思っていた。心配かけるだけだったし」

「……」彼は黙っている。なんだか気まずい。話題を変えたい。

「ね、さゆみちゃんってホントすごくいい子。先生、彼女にもっと愛情表現ちゃんとしてあげたほうがいいよ。さゆみちゃんさ、若林先生からちゃんと好きだとか言われたいんじゃないかしら」

「……」

「ねぇ、どうしたのよ」

「……んー……」

「どうしたの」

「俺さ、さゆみちゃんのことはすごくいい子だと思うし、好きだよ。俺みたいなのには、もったいなさすぎるって毎日思ってる」

「うふふ、そうですとも」

「でも、翔子センセ、俺、翔子センセが婚約して幸せな結婚することをずっと祈っていたわけだよ。そのくらいはわかるだろ」

「うん、本当にありがたいと思っているわよ」

「……そうじゃなくて……俺さぁ、こう見えてもオマエのこと諦めるのに、けっこう力を使ったわけだ」

「え、そうなの？」

「……これだもんなあ……」彼は頭を掻く。私は鈍感すぎるのだろうか。

「婚約者に夢中で、幸せな結婚を夢見ているオマエにさ、俺が好きだって言い続けても不毛だし、それこそいい迷惑だろ。だからさ、ずっといい友達でい続けようと決めたし、同僚として気楽に話せる相手になろうと思った。俺はけっこう真剣に自分の気持ちを落ち着かせていたわけだよ。まあ、一時は必死だったと言ってもいいな」

「……え、あ、うん。あ、そうなの」

私は突然言われた言葉たちに戸惑い、相槌も不自然になってしまう。なんと言えばいいのかわからなくなる。彼は少し表情を変えて言う。

「まあな、いまさら必死だったって言い方はカッコ悪いし恩着せがましいというか、イヤだけどさ……でもそんなときに、さゆみに会ったんだ」

「うん、よかったよね」私は心から彼に言う。

「でも、彼女のことを最初はなんとも思わなかった。可愛いだけの子だと思ってたところもあった。それに第一、俺は翔子センセのことを忘れるので精一杯だった」

私は言葉を失う。そんなに想ってくれていたとは知らなかった。というより、気付かないように自分を仕向けていたのだろうか。わからない。

「でも、なんでだか知らないけど、さゆみはこんな俺のことをまっすぐに見ててくれた。いつも気にかけてくれて、いつも明るく接してくれて、いっつも優しいんだよ。俺は正直、今とても幸せだよ。俺に彼女ができれば、翔子センセにもヘンに気を遣わせずに済むと思ったし、これで堂々と翔子センセに会えるって思った」

「じゃあ、なんで今、わざわざこんな話するの」

「俺は、本当に翔子センセに幸せになってもらいたいんだよ。ずっと一人で苦しんでいたんだと思うと、俺は……何をのほほんとしていたんだろうって思うと……俺、結局仲間だの同志だのってカッコつけてただけで、まったく頼りないヤツだったんだよな……俺、知らなかったから……」彼の声が小さくなる。

「そんなこといいのよ、若林先生の優しい気持ちはよくわかってるよ」

　私はゆっくりと言葉を手繰る。

「正直……」彼が沈黙を引っ張る。

　私は息をつめて続きを待つ。

「俺は、さゆみと知り合った後で翔子センセの婚約が白紙になったって聞いて、少し悔しかった」

　私は驚く。聞きたくない言葉だ。

「やめて。今そんなこと言わないで」

「こんなことなら、オマエのこと諦めるんじゃなかった。俺だったらオマエのこと、絶対泣かすようなことはしないのに」

「やめてってば。今日はさゆみちゃんに断ってこうして会ってるってこと忘れないで」

私は彼の目をまっすぐに射る。彼は私の視線を強く反射する。

「ふ、冗談だよ。アホめ」彼が緊張を解《と》く。でも、私はまだ動悸がしている。

「婚約者が親友と……って、安っぽいテレビドラマじゃねぇんだからさ、なんでそんなことがよりにもよって翔子センセの身に……。俺、ショックだったよ」

「先生、本当に私のこと心配してくれてたんだね。ありがたいわ」

しばし、沈黙が流れる。私はまだドキドキしている。テーブルの上のサンドイッチのパンが乾いて、だんだん不味《まず》そうな色に変わっていく。私は冷たくなってしまったコーヒーを飲み干す。

「もう、いいの。因果応報なの」

「何言ってんだか」

「とにかく、あなたはもっとさゆみちゃんに愛情表現してあげて。誰だって好きな人にはいくらでも褒められたいんだから、ね」

「……ん」彼は曖昧に返事をする。「翔子センセ、俺……」

「何」私はこれ以上何も言わせたくないという意思を込めて視線にも力を込める。

「俺は、翔子センセのこと、本当に愛してたんだ。ずっと好きだった」

思わぬ言葉に息を呑む。

愛しているという言葉の響きが懐かしい。彼は目尻にうっすら涙を浮かべている。

「最初に会ったときから、俺はこんな人を探していたんだって思っていた。オマエに会うたびに好きになった。毎日一緒の職場で仕事をすることも楽しかった。だけど、俺は昔から好きな子には素直になれない性格で、結局オマエが一番辛かった時期でさえ、なんの力にもなってやれなかったことが、こんなに悔しくて、こんなに腹立たしいんだよ」

堰を切ったように話す彼の言葉に私は呑まれる。

「でも、もう私なら大丈夫だし、あなたは今は精一杯さゆみちゃんを大事にしてあげてください」

「翔子センセ、わかってるよ。俺じゃダメなんだよな」

「……ごめんなさい」

「もうわかってるよ、ずっと前から。ごめんな、いまさらこんなこと言って」

「いいのよ」私は彼に微笑む。彼の誠意が伝わってきたからだ。

「俺が先に幸せになっていいんだろうか」

「何言ってるの。それは傲慢ってやつよ」

「すまん」

「ん、一生付き合っていこう。私、若林先生のこと好きよ。人間的に好き」

「……ダメ押ししたな、このやろう」

「でも、嬉しかった。心配させてごめんなさい。ありがとう」

「当たり前だ。こんなことでいちいち御礼言うな」

「さゆみちゃんとの結婚式には、私、ピアノ弾いてあげるわ」

「その前にオマエも相手探せ」

「うふふ、そうだったわね。いつか、見つかるよね、きっと」

　私は窓の外に目をやる。カラカラになったサンドイッチに手を伸ばす若林先生。一気に三口で食べてしまい、豪快にゲップをする彼。紅茶をおかわりする彼の手は、もう震えてはいなかった。

七月二十日

さゆみちゃんから夜、電話がある。

「翔子さん、ありがとうございました♪」明るい、元気な声。

「私こそ、二時間近くも彼氏をお借りしてしまってごめんなさいね」ちょっとおどけて言ってみせると彼女は屈託なく笑う。

「翔子さん、何をお話しになったんですか？　なんだか信夫くん、すごく元気そうです。私にとても優しくしてくれるんですよ」

「あら、本当？　それはよかったわね」私は心から安堵する。

「すみませんでした。お時間取らせてしまって」さゆみちゃんの声が少し小さくなる。

私は明るい声を努めて出す。

「若林先生は今までいろいろ仕事面でも助けてくれたし、そのことの御礼と、あとは婚約破棄のこととか、全部話したわ。けどね、さゆみちゃん、彼はあなたのことずっと護《まも》っていくって私に約束してくれたからね」

「え、そうなんですか」

「うん。でも、無理に言わせたわけではないからね。誤解しないでね」

「……信夫くん、翔子さんのこと、吹っきったんでしょうか」

随分ストレートな言い方だ。さゆみちゃんにしてみたら、やはり一番気になっていたことなんだろう。当然のことだ。

「うん、私、ハッキリ言ったからね。さゆみちゃん、もう何も不安に思わなくて大丈夫よ。だから、信じてあげてね」

優しく諭すと、彼女はなぜか急にしんみりする。

「あ、あの、翔子さんも、もう一人でいろいろ悩んだり考え込んだりはしないでください。聞くことくらいしかできませんけど……」涙声だ。

「ありがとう。その気持ちだけでじゅうぶんよ」彼女の声を掬い取って穏やかに返す。

「若林先生は一本気で、嘘がつけない人だよ。信用できる人だと思うよ」

「はい、それはわかっています」

「だからね、二人で幸せになってほしいな」私は電話の向こう側で佇む可愛らしい瞳を思い起こしながら話す。電話の向こうの彼女の息使いは、温かい。

きっと、彼女なら幸せになれる。私は心からそう信じる。私も、私を取り戻さなければ。私が私であるためには、何を棄て、何を新たに身に着けなければならないのかを、もう一度考えよう。そして、一歩、踏み出さなくては。

七月二十四日
向日葵が高く咲き誇っている。

夏の庭には色彩が溢れている。ホースで水を撒く。着ている薄緑色のワンピースの裾が濡れる。母が庭に出てきて草むしりを始める。

「お母さん、暑いからもう少し陽が落ちてからにしたら」

「すぐに終わるから」

母の両手に嵌められた軍手は土で真っ黒だ。ホースから散る水の色の向こうで、キラキラと母が水の色と融ける。母は額の汗を拭っている。ふと、幻覚を見ているような気持ちになり、私は意識を遠くに飛ばす。

あれはいつのことだっただろうか。まだ十歳前後。今日のように私と母は、夏の庭にいた。私の頭にはおやつで食べた玉蜀黍《とうもろこし》のヒゲ。おどけて体を揺らしながら踊る私。一樹がそれを見て面白がり、ケタケタと笑っている。私は浮かれて一樹を笑わせる。

夏の日差しの向こうから母がやってくる。そして突然私を数回ぶつ。

「早く夏休みの宿題をしてしまいなさいっ！　アンタはそんないやらしい踊りをどこで覚えたのっ！」

私はなんで怒られているのかさっぱりわからない。楽しくおどけて踊っていたことが悪いのか。本当にわからない。いやらしい踊りってなんのことだろう。何度考えてもわかりようがなかった。ただ、もう二度と私は人前で踊ったりできなくなってしまった。母がヨガ教室に一緒に通おうと誘ってくれているが、このときのトラウマが強烈で、母と一緒に体を動かすことにかなりの抵抗がある。バカみたいなことだと思いつつ、いまだ私は母に叱られることをとても恐れている。母はあのときのことを今、どう思っているのだろうかと時々考えるが、怖くて問いただしたりはできない。

七月二十五日

由香の声が耳元で響いている。

「翔子、ここに来てよ。はやく、はやく、はやく」

由香の手には小さな種子がたくさん握られている。

「一緒に蒔いてね」と半分くらいの量を手渡される。なにやら黄色っぽい土壌に由香は

パラパラと種を蒔く。私も倣って種を投げる。もやしのような黄色い頭の芽がひょろひ

ょろと伸びる。そのもやしのような植物は、次第に形を変える。

由香が「よく育つでしょう」とあっけらかんと笑っている。よく見ると、黄色い部分

が人の頭になっている。人の頭の唇は異様に紅《あか》い。種子の先に人の頭を乗せた植物が、

畑一面に生え揃う。でもその目はすべて白眼だ。

そして、私の方を一斉に見て、けたたましく笑う。

笑い声を発する口元からは無数の蟲《むし》がざりざりと蠢《うごめ》いている。

「わっ」と声を上げ、自分の声の大きさに驚いて目覚める。汗が滴り落ちる。怖くて不

安で、私は深夜、頓服《とんぷく》を手繰る。いやな夢を見てしまったことをとても反省する自分。

どうしてこんな夢を見てしまうんだと責め続ける。気分が沈む。なんだかいつの間にか

空が明るくなり、私は日記を書き始める。書き上げてアップしたあとに必ず来る、ある種の陶然とした感情の到来を期待する。でも、上手く気分が転換できず、軽い発作。閉塞感だけが私を支配し、出口が見つからない。ああ、ダメだ。ダメだ。


母が「ねえ、翔子、お母さんね、なんだか名木先生に会いたくなっちゃった」と言い出す。もちろん私をクリニックに連れ出そうという配慮だ。

「予約なしだと会えないかもしれないし、迷惑かも」

「お中元をお届けしましょうよ、ちょっとだけ遊びに行きましょうよ」と引かない。私は震える体を動かす。一樹が昼食を食べに来る。

「おい、なんだか雰囲気暗いぞお。母さん、また、ねえちゃんに何かあったのか」一樹の声が響き渡る。一樹は由香の妊娠はおろか、由香と諒一くんが二人で家に来たこともまだ知らない。なのに、昼食を食べながらうっかり母が口を滑らせてしまった。母に悪気はない。でも、一樹は烈火のごとく怒り出す。

「なにい？　ガキができただと？」ブルブルと怒りに肩を震わせる一樹。

「でももういいの。私の中ではもう済んだこと。一樹、怒らないでね」と慌てて宥《なだ》める。

一樹はゆっくりと顔を上げる。

「アイツ……どのツラ下げてこの家の敷居を跨いだんだ。しかも女連れだぁ？」

大きな声。ああ、そんなに怒らないで。一樹は私の願いに反して箸を折らんばかりの勢いで怒鳴る。とても怒っている。

「ちくしょうっ！　本当に俺にはあの男のしていることはまったくわからんよ。母さんもねえちゃんも、なんでアイツらの言いなりなんだよ。こんなにナメられて悔しいと思わないのかっ？　俺はこのままでは絶対済まさないからな。こんなことが簡単に許されると思ったら大間違いだよ。世の中ナメきってるよっ！」

一樹の怒りが本来の「人間らしい」感情なんだろうと私はぼんやり思う。私は一樹の妥当な怒りがとても重たく、フッと気が遠くなる。私は何も我慢していない。私は耐えてなどいない。私は無理なんかしていない。私は後悔なんかしていない。私は何度も何度も一樹に言う。一樹は、ずっと怒り続けている。

結局名木先生のところに行く話は流れて、私は家で寝ていた。

七月二十七日
薬を飲み続けて少し気持ちが落ち着いた。今日は夕方、若林先生とさゆみちゃんと一緒に飲みに行く約束をしている。私は朝からなぜか少し緊張している。一樹がさゆみちゃんをまだ諦められないらしく、いまだに彼女のことをいろいろ聞き出そうと煩《うるさ》くてかなわない。
「本当にちゃんと若林先生とうまくいってるんかなあ。なんであんな年上がいいんだろうな。俺のほうが歳が近いのになあ」一樹は悔しげだ。

「アンタは若林先生とも仲よくなったんでしょ。たとえ冗談でもいつまでもそんなこと言わないほうがいいよ」

「なんであんなジジイが、あんな若くて可愛い子と」

「ジジイって、アンタとたいして歳は変わらないでしょうが。ひどいこと言わないでよ」私が呆れて言うと、一樹は「とにかくあんな可愛い子、めったにお目にかかれないよなあ……」と、上を向いてぼんやりする。

「アンタ、人の恋に波風立てて何が楽しいの。うまくやってるんだから、さゆみちゃんにはちょっかい出さないでね。子供じゃないいんだから」少しキツい口調で言うと、なんだか急にシュンとする。

「また、さゆみちゃんをウチに連れてきてくれよ、ねえちゃん」

まあ、確かに一目惚れする一樹の気持ちはよくわかる。あまりに可愛い子だし一樹でなくても夢中になってしまうだろう。でも思い込んだら一途に突っ走ってしまう一樹を諦めさせるには、敢えて告白させて盛大にフラれる以外方法がないのかもしれないと、半ば投げやりな気持ちで思う。

「ふふふ。イイコト教えてあげよっか」

「なんだよ」

「実は今日ね、さゆみちゃんがウチに来るよ。一樹も一緒に飲もうってさ」

一樹は飛び上がらんばかりに喜ぶ。

「わっ。ホントかよ。ねえちゃん、俺の味方してくれんのか」

でも、そこにトドメを刺す鬼姉。

「若林氏と一緒だけどね」その途端ヘナヘナと落胆する弟。

「なんだよー、それを早く言えよう。なんで若林連れなんだよう」

「アンタがいつまでもウジウジしつこいからよ。会ったほうが潔く諦めもつくよ」と私が言うとブツブツ言いながらも、さっそく新品のシャツを着込んで鏡の前でカッコつける姿を見ると、わが弟ながらちょっと可愛いところあるかな、と思う。

弟はどっちかというと童顔で、まだ二十代で通る。ルックスは可愛い感じで、一樹と私とはあまり似ていない。もう少しモテてもよさそうなのに、と思って私は軽く溜息をつく。母にみんなで居酒屋に行く旨を告げると、さゆみちゃんをたいそう気に入っている母は「そんなもったいないことしないで、せっかく集まっていただくならウチで飲むようになさいよ」と言う。若林先生は初めて私の家に来るので、それではかえって気を遣わせてしまうだろうとやんわり断ったが、母はテキパキと酒の肴の準備を始めてしまう。まあ、でも一樹もそのほうが会いやすいだろうと考えて母の提案を採る。それから母と二人で酒の肴を作り続ける。母の手際のよさは圧巻だ。私が春巻を五本巻いているうちに煮物の下拵えをして、和え物を作り、その上、揚げ物のタネまで作る。

一樹が待ちきれなくてそわそわしている。そして母が買い物に行った隙に愚痴を零す。

「ねえちゃんよー、ちょっとは俺に加勢してくれてもいいじゃないかよお」

「アンタ、自分が何言ってるかわかってるの。やめてよ。でも本気で好きなら、ちゃんと自分の力で頑張ってみたら。無理だと思うけど」

「冷たいなあ、ねえちゃんは」

「うるさいわねえ、横恋慕なんてみっともないこと、やめなさいよ」

私が突き放すと、一樹が唐突に声の質を変える。低く重い声が私に向かう。

「ふん。横恋慕がみっともないって言うなら、由香のしたことはなんだよ」

しまった、刺激してしまった。まずいなあと思っているうちにどんどん声が大きくなる。

「俺はなあ、婚約者のいる相手と寝たり子供作ったりはしねーぞ」

「……一樹、やめなさいよ」

「ふん、どうしてねえちゃんは自分のされたことはヒトゴトみたいなのに、俺には平気でそんなふうに言えるのさ」一樹が思い出し怒りをしている。

「俺の横恋慕なんて可愛いもんじゃねーか。俺はあいつらみてえな人でなしじゃないぞ」

「やめてよ、もういいじゃない」

「何がもういいんだよっ！」ああ、怒らせてしまった。私はゆっくりと言葉を選ぶ。

「でもね、一樹。少しはわかるでしょ、人を好きになるのって、どんな規制だってかからないのよ」

「だから、俺とあいつらを一緒にするなって言ってんだよっ！」コメカミがヒクヒクと動いている。

「一緒になんかしてないじゃないの」私は言葉に詰まる。

「俺はなあ、由香のことは昔から知ってるから、だからなおさら悔しいんだよ。ねえちゃんがどれだけあの女を信用してきたかもよく知ってるしな」一樹は拳を作る。

「ねえちゃんが諒一と婚約したとき、母さんがどんなに喜んだかも弟の俺だからわかるんだよ」

「一樹……」声を失い、私は黙る。

「とにかく俺とあいつらを一緒にするな」

「私が言いたいのは、そうじゃないの。誰かの恋人だからって絶対に気持ちを抑制できないのが恋なんだって言いたいのよ」

「ねえちゃんは、あいつらの味方なのかよ。どっかヘンだよ、その考え方は」

「ヘンじゃないよ。一樹がさ、彼氏のいるさゆみちゃんを諦められない気持ちって絶対不純ではないでしょ？」

「何が言いたいんだよ」

「道徳とか、倫理とかを超えてしまうこともあるんだってこと、少しはアンタにもわかってほしいの。闇雲に怒ったりする権利は誰にもない気がする。ね、そうでしょ、一樹。アンタが私のために怒ってくれてるのはよくわかるし、ありがたいけど、由香も諒一くんもわざとそうしたわけではないのよ。仕方ないのよ。私は何も失っていない。由香に会えたことは私の財産よ」

「……ねえちゃんよーーー」

「何よ」

「そういう考え方はご立派だけどよ……幸薄《さち》いぞ。そんなことばかり言ってると、損ばかりする人生になるぞ」

「損なんてしてないよ。私はいろんなものを得たよ、今回のことで」

「そういう絵空事言うなって。バカみてるのはねえちゃんだけじゃねーか」

一樹はそう言ってから考え込む。

「ねぇ、とにかく私のことでもう、そんなに怒らないで。私は今は由香が無事出産することだけを願っているのよ」一樹は呆れ顔で私を見る。

「ねえちゃんの言ってること、絶対ヘンだよ。俺は納得しねえ」強い口調。これ以上口論しても大喧嘩になりそうだったので、私は料理を続ける。

若林先生は最初はカチカチに緊張していた。なぜそんなに緊張しているのか、可笑しくて思わず笑ってしまう。

「あんなゴツゴツした岩みたいなオッサン、どこがいいんだよ、なあ」小声で耳打ちする一樹を、思いきりつねる。母はすこぶる上機嫌だ。さゆみさん、さゆみさん、とひたすら彼女を呼ぶ。

以前だったら多少嫉妬しただろうけれど、母も彼女のよさに気付いてくれていることが嬉しい。

若林先生の緊張を解くにはとにかく飲ませるしかない。一樹は隙を見てはさゆみちゃんにアプローチしようとするが、見ていて本当に加勢したくなるほどまったく相手にされない。さゆみちゃんは、若林先生のことしか見ていない。若林先生は、お酒が入ると少しずつ本来の豪快さが蘇る。母と父にもきちんと気を遣い、職場での私の仕事の様子を面白おかしく語って聞かせている。一樹は、さゆみちゃんを気に入っているのと同じように、若林先生のことも好きなんだろう、傍から見ていても馬が合っているし、一樹が同性にここまで心を開いて笑うのは初めて見た。若林先生は一樹の気持ちを知ってか知らずか、彼の言葉の小さな棘もうまく交わして笑い飛ばす。やがて一樹の屈託も、いつの間にか別のものへと転化してしまったようだ。まあ、ハッキリ言えば自分には無理だと諦めがついたのかもしれない。

「俺、アンタとは本当に気が合いそうだ」と最後には若林先生の肩まで叩く始末だ。もう、この単純さには苦笑するしかない。

父と母が就寝してしまった後、ぐでんぐでんに酔っ払ってしまった一樹は、笑い、ひとり浮かれている。

そして、なんの脈絡でそうなったのか、一樹がふと口を滑らせてしまった。

「ねえちゃんもなあ、親友がフィアンセの子供を妊娠しちゃうなんて、波瀾万丈すぎね？」

咄嗟に若林先生の顔色が変わる。さゆみちゃんが彼の顔を見てぎょっとする。

「一樹、やめなさいよ」私が制する。でも一樹の口は止まらない。

「ねえちゃんバカだから、親友に婚約者を寝取られても『ワタシは何も失ってません』とかヌカすんですよ。まったく何考えてんだか、俺にはサッパリわかりませーん！」

「一樹、もうやめて」私がつい怒鳴る。

「俺は悔しいんですよ、姉がコケにされっぱなしで、裏切り者らがのうのうと幸せになるなんて」

さゆみちゃんが私を見る。ああ、そんな顔をしないで、同情しないで、お願い。

若林先生が大きな声で一樹を制する。

「一樹くん、わかった。もういいよ。わかったから」

すかさずさゆみちゃんが明るい声で話題を変える。

「ねえ、みんなの夏休みを合わせて、今度はどっか遠出しませんか？」

一樹はぐでんぐでんに酔っ払って半分寝ながら「さんせーい♪」と叫ぶ。

私は気まずくなってしまったが、明るく振る舞う。

でも、明らかに二人は私を気遣っている。若林先生が小声で私に言う。

「……本当？」

「うん、本当。でも、もう終わったこと。全然平気」

「なぜ……」と若林先生が言いかけて黙る。さゆみちゃんは彼を見ている。

深夜零時を過ぎてから私は二人を見送る。さゆみちゃんは、私と若林生生を交互に見ながら、何か言いたげだ。美しい瞳には、私を案ずる思いやりが宿っている。こんな気を遣わせることになるなんて……。私は辛くて仕方がない。

深夜、洗い物をしながら、私は自分に問う。〈本当に怒ってはいないのか〉と。

答えはいつも同じ。〈誰のことも怒ってはいない〉だ。

熱帯夜。私は乾いた空気を探している。

七月二十八日
今日は若干昨日より涼しい。早起きして花壇の手入れをする。少し俯きかけた向日葵の陰に、無数の蟻が列を成している。ふと残忍な気持ちになり蟻の行列に土をかけてみる。蟻は足をまごつかせる。そして土の中から這い上がる。私はまた土をかける。そんなことを繰り返すうち、由香のお腹の子の存在感が圧倒的に大きくなり、私の胸に顕在し始める。私は蟻をいじめるのをやめる。この感情はなんだろうと自分の気持ちを注意深く探る。怒りではなく寂しさでもなく……なんだろう。なんだろう。ふと、「嫉妬」という二文字が、土で汚れた指先に宿る。私は篩《ふる》い落とす。何度も何度も。
嫉妬というのは由香に対してではない。由香に対する嫉妬心を私は持つことができない。この嫉妬は、あきらかに由香のお腹の中の子供に対してだ。由香を取られてしまうという、この一見倒錯した焦燥感。誰かに甘えたい。誰かに叱ってほしい、誰かに見ていてほしい……。それは他でもなく、由香に向けられている感情だ。でも、こんな特異な感情を自覚して私は、はじめて本当に由香を母親代わりとして見てきてしまったんだということを痛感する。……そう、名木先生の分析は当たっていたのだ。

赤ちゃん返りという言葉を最近知った。ずっと一人っ子だった子供が新しく下に弟か妹を迎えると、母親の感情を引くために、とっくに外してしまったオムツをしたがったり、哺乳瓶を使いたがったり、抱っこをせがんでみたりする行為。

私はまさに今、この赤ちゃん返りをしているのだろうか。なんだかとても悲しい。私は擬似母を失くすのだ。しかも、その母親は、私ではなく別の子供を孕み、この世に送り出そうとしているのだ。

でも、私はみなしごではない。私の親は由香でもない、諒一くんでもない。「七井衿子《えりこ》、七井浩生《ひろお》」という名の年老いた私の実の両親がちゃんとそばにいてくれるのだ。そのことに私は早く心を馴染ませないといけない。母もそれはわかっているようで、最近いつも私に頻繁に声をかけてくれる。まるで普通の親子みたいだなあと立ち止まって考えてしまうクセが抜けない。

心の病気を回復させるには、母との関係を完全にすることだ。でも、たぶん今の母と私ならそれは手易《たやす》いことだろう。あとは私次第。私の気持ちの持ちようだ。

七月三十日

夕方、突然さゆみちゃんが水羊羹を携えて遊びに来た。

母は大歓迎。父もなんだかウキウキと嬉しそうだ。一樹がいたらさぞかしうるさかったと思うが、今日は朝から仕事で飛び回っていていない。

さゆみちゃんは、またきちんと母と父に挨拶をして、一ミリもブレなく靴を揃え、慎ましやかに家に上がる。さゆみちゃんは介護やヘルパーの勉強をしながら、今は駅前のスーパーマーケットで不定期に働いている。将来は絶対に介護のプロになりたいんですと、母と父に自分の夢を語る彼女。ヘルパーと介護福祉士との違いもよくわからない私は、彼女の話をただポカンと聞くしかないが、天性の明るさと、ここまで人を和ませるものを持っている彼女には、介護のような仕事はまさしく天職だと思う。

「翔子はあなたと知り合ってから、なんだか明るくなった気がしますよ」と言う母も、実は彼女に癒されているんだと思う。彼女には人を和ませ、包み込むようなオーラがある。この嫌味のない独特の「なつき方」は、この子特有のものだろう。私はベタベタする人は嫌いだが、彼女の「なつき」には後ろ側にきちんと「礼」を感じる。だからこんな私でも抵抗なく受容できるのだろうと思う。

由香はきっと毎日私を心配している。心配かけたくない。元気でいると伝えたいという気持ちが募って発作的に走り出したくなるときがある。でも、それだけはできない。

できないんだ。ふと、さゆみちゃんに訊いてみた。

「ねえ、さゆみちゃん、ヘンなこと訊いていいかな」

「はい、翔子さん」

「あなたには親友はいる？」

「はい、郷里の金沢にいます。なんでも話せる高校からの友達です」

「そう。その子が、もし若林先生の子供を妊娠したら、どうする？」

彼女はとても辛そうな顔をする。

でも、彼女は私の質問に真面目に答えようと、本当に一生懸命に答えを考えている。

さゆみちゃんは、他人のためにこんなに真剣に心を砕ける子なんだ、と思った途端、もう答えなんてどうでもいいやと思える。かえってこんな不躾な質問を投げた自分を恥じる。でも、彼女はまっすぐにキッパリ言った。

「翔子さん、怒らないでくれますか」

「うん、怒らないわ」

「私は……えと、私ならどんなことがあっても絶対彼を離しません」

私は思わず狼狽する。それを察するさゆみちゃん。

「あ、ごめんなさい翔子さん、私、生意気言いましたか」

「いいのよ、続けて」

「はい。え、えと、翔子さんが、あまり怒らないことがヘンだって一樹さんが言ってましたけど、私もそこがちょっとわからないというか、不自然かなーって。すごく無理しているんじゃないだろうかって。どうして翔子さんは怒らないのかなーって」

「みんなそう言うわ。私、親友の由香には怒りが出ないのよ……」

「……じゃあ、婚約者さんにはどうですか。怒ってますか」

「……怒ってない……かな」私はいくつも年下の女の子に心を分析してもらっている。ああ、情けない。しかも、ちゃんと答えられない。

「翔子さんが怒らないのは……諦めてしまえたのは、親友さんのためじゃなくて……」

「え？」私は怪訝に思って訊き返す。

「失礼だったらすみません。あ、あの、翔子さんは本当に婚約者さんのことを好きだったのかなーって思っていました。だって……私、まだ若いからかもしれないけど、そんなの、耐えられないと思うもの」さゆみちゃんはキラキラした大きな目で私を見る。なんて美しい瞳。まだ何か言いたげだ。

「怒れないというのは、翔子さんが本当に優しいからだと思います。それに、その由香さんって人がどういう人なのかわからないので、エラそうなことは言えないですけど……翔子さんが取り戻しに行かないのは、どこかに最初から諦めていたところがあったからじゃないかなって思うんです。すみません、生意気ですね、私」

「いいのよ、生意気だなんて思わないよ」

思わぬさゆみちゃんの言葉に私は立ち止まる。でも考え込んでしまうと彼女が気にするので、話題を変える。

「金沢って、いいところなのかなあ。私、向こう方面は行ったことなくて」

「翔子さん、お盆に私帰省します。よかったらそのとき、ご一緒しませんか」

「えっ。誘うのなら彼を誘えば？」

「誘ってるんですけど、彼、まだ早いとかそんな時期じゃないとか、余計な気遣いしてばかりで」

「うふふ、アイツらしいなあ」

「私は彼よりも翔子さんと一緒に行きたいなあ」

「……でも、若林先生に悪いし、私、実は遠出するのがちょっと苦手なの。ごめんね。金沢って行ってみたいけどね。でも私よりも彼を誘ったほうがいいよ」

「……はい。結婚すると決めたとき、一緒に行きます。彼もそう言ってくれました」

「きゃー、ごちそうさま。いいなあ」私はとても華やいだ気持ちになる。さゆみちゃんと会った日は、とても元気な自分になれる。そしてあの独特の声は、魔術のように人を引き込む。

　楽しい気持ちになったとき、私はいつも由香を思い出す。

　彼女と分け合ってきた、喜びや愉《たの》しさの数を振り返る。それは計り知れない貴い記憶だ。どうか笑っていてほしい。由香、幸せになって。どうか、いつも、笑っていてほしいと、願う、夏の夜。

七月三十一日

お昼ごはんを作っていたら、姉が手に茄子を大量にかかえてやってきた。聞けば近所のスーパーでタイムサービスの特売をしていたので買ってきたとか。おととい近所の人にも、もぎたての茄子をいただいたばかりだったので、母と私は思わず悲鳴を上げる。なぜか食材というものはしばしば重なるものだ。親子三人、大量の茄子に囲まれて、しばし茄子料理談義。姉の料理は豪快で大雑把だが、大人数で食べる料理の味は絶品だ。だが、茄子料理のレパートリーはもう作り尽くした感がある。それにしても、茄子の深い紫色って、よく見るとなんて美しい。こういう小さいことに感動することができた自分の心を発見して、また少し嬉しい。よく考えれば、毎日の家事ほど退屈なものはない。この果てしないルーティンワークを飽きることなく毎日続けている人たちの力は偉大だ。食材のこの美しい色は、そんな頑張っている人たちを少しでも元気づけられるようにと生まれたのではないかと、まったく論理的でもなんでもないことを考える。

昼食の茶蕎麦をモリモリ食べていた姉が言う。

「翔子、早く次の男、見つけなさいよ。他にいないの、目ぼしい男は。いい男は売れるのも早いわよぉ」

私は曖昧に笑う。

母がどうしても名木先生にお中元を届けると言ってきかない。予約が来週に入っているからそのときでいいじゃない、と何度言っても、珍しく母は「今日行きましょうよ」と言って譲らない。名木先生に電話をかけると、先生はとても忙しそうだ。

「夕方六時過ぎだったら少しお話をうかがえます」と言われる。

時間に几帳面な母は早めに家を出たがり、途中でちょっと高めの菓子折りを買う。

「先生は甘いものを召し上がるかどうかわからないよ」と言うと、「最初は菓子折りが一番無難なんだよ」と笑う。母は名木先生と話すのを、どうしてこんなに急《せ》いているのだろうか。結局五時には着いてしまい、名木先生を苦笑させてしまう。時間を削っていただくことになってしまったが、それでも先生はイヤな顔ひとつせず、温かく迎えてくれた。母は深々とお辞儀をする。

「いつも娘が大変お世話になっております。これからも娘を宜しくお願いいたします」

菓子折りを差し出す母の手。母の細い体軀。私は目頭が熱くなる。

名木先生は「お母様、ありがとうございます」と母の手を取る。微笑む。そして私をゆっくりと見て艶《あで》やかに笑う。先生の「七井さん、よかったわね」という声にならない声が耳元に聞こえる。

「娘は一番仲のいい友達と恋人を一度に失くしてしまいました。これも全部私の責任です」と母が小さな声で言う。

「え、何言ってるの、お母さんには関係ないことよ」と私が言うと、名木先生が、

「お母様も、娘さんがこういう状況に置かれてしまうのは、とてもお辛かったでしょう

ね」と母を労《ねぎら》う。母は思わず涙を零す。でも私に見られまいと隠す。

「七井さん、あなたは本来の怒りの感情をどこかにしまい込んでしまっています」

「いえ、私にはその自覚がありません」

「その怒りを暴発させないためには、お母様にもっと甘えてしまうことと、自分をもっと愛することです。七井さんはご自分が愛されているという自信を持ち、それをもっとしっかり確立させましょう」

私はうなずく。母は神妙に話を聞いている。

「人にとって怒りという感情はとても大切なものです。怒りに自覚的になって、理性できちんとそれをコントロールできる人、必要に応じてきちんと怒りを伝えられる人が、真の意味で精神的に健康な人ということです」

「翔子のその感情は、私がずっと抑え込んできてしまいました」母がポツリと言う。

「でも、これからいくらでも変えていけます。今回のことは翔子さんご自身がよく考えて出した結論でしょうから、私が何か言うことはできませんが、結果的にはこれでよかったんだと思える人生を歩んでいってほしいと心から思っています」

名木先生がまっすぐに私を見て言う。

「あと一カ月投薬を続けて様子を見て、仕事に復帰しましょう」

私は心から喜ぶ。仕事ができるんだ！　母がまた深々とお辞儀をする。

帰りの車の中で、母は何度も「大丈夫だって言ってくれた。よかった」と呟く。

母はずっとこの言葉を待ち続けていたんだろう。不安にさせていたことを改めて痛感して申し訳なく思う。

ああ、私、元気になりたい。もっと元気になりたい。心からそう思いながら、私は由香のお腹の子のことを考える。由香の赤ちゃんもどうか無事に生まれてきますようにと願う。誰からも祝福されて生まれてきてほしい。それには私が元気にならなくては。

八月一日
また一樹が朝から怒っている。仕事で何かトラブルがあったのだろうかと「どしたの」と問うと、ムスッと押し黙る。

「感じ悪いよ、朝から」と言うと舌打ちまでするので、放置するのが一番だと考えて黙々と朝食を作る。私が黙り込んでいたら、一樹のほうから口を開く。

「昨日、仕事でS町まで行ったんだよ」

「うん、どしたの」

「あいつらを見た」

「え」

「由香と諒一」

「ふーん」

私はわざと興味なさそうに相槌を打つ。S町といえば、この界隈では有名な腕利きの産婦人科のある街だ。おそらく由香は諒一くんに付き添われてその病院に通っているんだろう。

「それで、どうだった、元気そうだった?」私は気にかかっていたことを尋ねる。

「ふん、何が『元気そうだった?』だよ。ねえちゃんはつくづくおめでたいよなあ」一樹は鰺の塩焼きをバクバク食べながら文句を言う。

「腹立ったよ、俺。笑ってやがった。なんだか幸せそうだった。ねえちゃんのことなんて忘れてるみたいに笑ってやがったぜ、あいつら」

私は嬉しくなる。心から安堵する。

「……よかった。順調なんだね」

「うわぁ……なんだよそれ。心底気色ワリィわ」

「何言ってんのよ」

「俺にはわかんねえよ。なんで何事もなかったようにあいつらは笑ってられるんだよ」

「一樹、アンタ、あの二人の不幸を願うの?」

「……」

「私だって今、不幸せなんかじゃないよ。もう前を向いているの。だから、アンタの怒りで私を後ろ向きにさせないで」

「実際見てないからそんなことが言えるんだぜ。目の前でウキウキ笑っていられても、ねえちゃんは同じこと言えるか」

「言える」

「どうかしてるわ、ねえちゃんは少し麻痺してるんだよ、どっかが」

「違う。とにかく、私は本当に嬉しい。由香が笑ってくれていたなんて」

そう、本当に嬉しい。心から嬉しいのだ。

由香のその笑顔が、どれほどのエネルギーと、どれほどのいろんな人の想いと、そしてどれほどの深い意味を湛《たた》えているのか、一樹に口で説明しても伝わるものではない。でも私は痛いほど感じる。貴くて、大切で、そして何より美しい笑顔なんだということを、私は心から認め、祝福したい。お腹の子が順調に育っているなら、何よりだ。

諒一くんと由香は、擬似家族などではなく、今、本当の家族を、本当の子供を育《はぐく》もうとしている。

私はもう、彼らの子供ではない。断じて、ないのだ。

若林先生からメールが来る。

「また一樹くんと二人で飲みに行きたいんだけどいいかな。」

一樹と彼は馬が合うらしく、この前会ったときもしきりに「今度一緒に飲もう」と言っていたんだった。

私は「一樹がなんだかイライラしてるみたいだからぜひ誘ってやってください。」と返信する。

「若林先生が飲もうってさ」と一樹に伝えると、一樹は途端に機嫌をよくする。

傷口

八月二日

通販で買ったサマードレスが届く。値段のわりに素敵で凝ったデザイン。表地に薄い水色の小花があしらわれた、ゆるふわシルエット。あまり体型の貧弱さが目立たない。胸のない私はこの時期、どうしても貧相極まりないスタイルになりがちなのが悩みだ。久々に新調したこの服は着てみるとなかなかいい感じ。でも、服に合うサンダルがないことに気付き、買い物に行こうかなと思い立つ。車を走らせ、街に向かう。

どうもエアコンの効きが悪い。車の中はうだるような暑さ。私は気を紛らわすためドビュッシーをかける。が、フランス音楽と真夏の日差しは思っていたほど調和しない。少しでも涼しくなる音楽を、と大貫妙子を選ぶ。清涼感漂ううたごえ。『夏に恋する女たち』。あまりに効きの悪いエアコンを見てもらおうと、ガソリンを入れるついでにスタンドに寄る。スタンドのお兄ちゃんは、しきりにヘラヘラと愛想笑いをする。

「これはエアコンのガスがどうたらこうたらで、エンジンオイルがどうたらこうたらなのです。そして、バッテリーの消耗がどうたらで、水抜き剤をどうたらこうたらで、こうしてああして、こうしたほうがいいですねえ」……と、車にまったく疎い私には、お兄ちゃんの説明が全部こう聞こえる。

なんだか面倒になって「あ、今日は時間がないのでガソリンだけ入れます」と言うと、「ね、キミ、これからどこ行くの」といきなり馴れ馴れしいのでなんだかとてももううんざり。スタンドに寄ったことを激しく後悔する。

今日、一樹と若林先生は二人で飲みに出かけている。またどんな話をしているのやら。

八月三日
カウンセリングの日。夏休みに入ったせいか、待合室には学生と思《おぼ》しき若い子が数人。見た目はごくごく普通の高校生たち。でも、不安そうな佇まい。手にはハンカチを握り締めて一点を見つめている子もいる。何がそんなに不安なの、と尋ねてあげたい気持ちが過《よぎ》る。

完全予約制のこのクリニックでは、待合室に人がごった返すということはめったにないが、今日は珍しく人が多い。顔見知りの人も何人かいる。でも、みんな土足で人の領域に入ったりはしない。適度な距離と適度な親しみがそこにはある。

名前を呼ばれる。

「七井さん、ごめんなさいね、今日はずいぶんお待たせしてしまいましたね」

名木先生は恐縮している。

「いいえ、待合室にいるのは好きなので……」私は笑顔を向ける。

珍しく髪を束ねず、長い髪を下ろした名木先生は文句なく美しい。思わず「先生の髪の毛、とてもお綺麗ですね。何か特別なお手入れをしていらっしゃるんですか？」と不躾なことを訊いてしまう。先生は優しく笑う。

「いいえ、何もしていないんですよ。でも、それがかえっていいのかな」

髪を褒められることには慣れているといった受け答えだ。

名木先生も、この美しい黒髪を男の人に愛撫されて恍惚とすることがあるのだろうか、と場違いなことを一心に考えている自分に気が付いて、思わず密やかに照れる。

私は長年「名木先生は彼氏はいるんですか？」という質問してみたいとずっと思い続けてきた。でもそれだけはどうしても訊けなかった。ひとえに「下衆《げす》な興味を持っている女だ」と思われるのが怖いという、実にくだらない理由で、だ。

でも今日はなんとなく訊けそうな雰囲気があった。

「あ、あの、先生は独身でいらっしゃいますよね。彼氏とか、あの、いるんですか」

訊いてしまってから赤面する。どうして私が赤くならなければならないんだろう。バカみたいだ。でも名木先生は意に介さず飄々と答える。

「ええ、まあ、恋人はいるのよ。たぶん結婚はしない、けどね」

いきなりの告白に狼狽して、行き場を失い、その後が続けられない。名木先生はわざと目を逸らして、何気なさそうに言う。

「もう十年来の相手なのよね」

「え、十年、ですか、長いですね。すごい」

「すごいですか？　十年なんてすぐですよ」

「どんな方なのかなあ、名木先生の彼氏さんって」

「……同業者なのよ」

「え、お医者さんですか」

「しかも精神医学の分野では……」と言いかけて、言葉を濁す。私が聞いてもわからないことなんだろう。

「まあ、とにかく同じ仕事をしていると、いいことも悪いこともあるんですけどね」

「どんな方か知りたいです、私」

「あらら、興味を持ってもガッカリするだけよー。ただのオジサンだから」

先生は美しく笑って答える。オジサンと言いながら、それでもその声にはいとしさがこもっているような響きがする。いい恋愛をなさっているんだろうな、と想像する。

同じ精神科医同士が結婚するというのは難しいことなんだろうか。このヘンはまったく想像がつかない。でも、私の身を案じて一緒に涙してくださった名木先生は、きっと恋愛の苦しさを熟知している方だろう。十年の間には幾多の艱難辛苦を乗り越えたんだろうと察する。正直、もっと話を聞いてみたかったが、患者と医師という関係を崩して必要以上に馴れ合うことは、治療の大きな妨げになることを、私も、そしてもちろん、名木医師もよく知っている。冷たいとか、そういうこととは別に、名精神科医の条件とは、患者との距離をいつも適度に保ち、決して緊密すぎないようにいられることだと思う。

「七井さん、顔が明るくなりましたね」褒められる。素直に嬉しい。

「え、そうですか？　ありがとうございます」

「あら、私が御礼言われることではないけれどね」名木先生が優しく笑う。

「毎日が穏やかです。今、のんびりしています」私が言う。

「そうですか。よかったわね。でも薬はもう少し続けましょうね」

「減らせないでしょうか」

「もう少しね」

「なぜですか」先生はカルテを繰る。指先が止まる。長い黒髪が揺れる。

「お母様とは、ときどきお電話でお話しさせていただいています」

先生が何気なく言う。

「え、そうなんですか」

「あなたの精神的自立は、まだ始まったばかりです。傷を癒すのはまた時間がかかることです。七井さんはもう、頑張ろうとしないこと。頼れる場所があれば頼っていい。でも、決して寄りかかりすぎないこと」

「はい」

「大丈夫、あなたはここまで来られたんです。自信に繋げましょうね」

名木先生の瞳には強さと優しさが見える。

クリニックからの帰り道、ふと、名木先生の黒髪を愛撫する男性の手の大きさを想像する。私も無性に誰かに髪を撫でてもらいたくなる。性欲とは違うこの感情。でも、かなり激烈な欲求だ。大きい手で胸に寄せられたい。大きい手で背中を、髪を、頬を撫でられたい。ふと〈誰でもいい〉という思いが占領する。

出会い系サイトで男を漁っていた頃の自分の姿が、まざまざと蘇る。胸が痛くなるほどの欲求に、私はのた打ち回る。誰か、私を抱きしめて。誰でもいい、誰でもいい、誰でもいい、誰でもいい。連呼する自分の声は、とても耳障りだ。結局これはただの性欲か。いや、違う。私が欲しいのはぬくもりだ。抱き寄せてくれようとする、その意思と心だ。

薬を飲みたい。……と思ってから、とても寂しくなる。結局私が頼れるのは薬だけか。いえ、違う。そうじゃない、そんなはずはない。私はそっと、自分を抱きしめる。涙が止まらない。

八月四日
夕方、久しぶりに過換気発作。母がすぐそばにいてくれたので大事には至らず。

母ももう慣れたもので、あまり慌てなくなったけれど、もうあまりこういう類《たぐい》の心配はかけたくない。薬を多量に飲みそうになる自分を戒め、私は夕方、ひとり散歩に出る。

陽が落ちないとずっと暑い。帽子を目深にかぶり、駅までの道。

ふと、声が聞こえる。蟬の声に混じる、細い女性の声。その声は夏の日差しと、夏の奏でる音たちに融和し、見事に調和して街の一部と化している。

「ここへ、来て」……あれは誰の声。由香ではない。由香の声ではない。

声のする方向に一目散に走りかける。しかし歩く私の爪先には、引き止める力が加わる。

気が付くと私は、知らない道を歩いている。声の余韻が心で澱《おり》のように沈んでいる。あれは、由香の子供の声だ、と思った瞬間、私の心が回る。吐き気がするほどの寂寥。思わず道に蹲《うずくま》る。この感情をどう手なずけたらいいのか。もう、なんだか何もかもわからなくなって、私はずっとそこに竦《すく》んでいた。

八月九日
陽一《よういち》兄さんの奥さんの理代子《りよこ》さんから電話があり、二歳になる長女の茉莉花《まりか》ちゃんが風邪を引いて寝込んでいると聞く。母はオロオロする理代子さんに、あれこれと対処法を教えている。思えば、私が幼いころ熱を出して寝込むと、母はいつも平然としてテキパキと私の体を冷やし、薬を飲ませ、他のきょうだいたちと笑い合い、いつもどおりの母親でいた。もっと心を痛めてくれたらいいのに、もっと一緒に涙してくれたらいいのに、お母さんは私のことを全然心配してないから笑っていられるんだ、と私は思い込んで傷ついていた。だからこそ私は病気になると、かえって気遣って平気なフリをしていることが多かった。
でも、今ならわかる。母は病気の私の前では、努めて「いつもの母」であり続けようとしていてくれたのだ。一緒に嘆かないのは、決して私を心配していなかったわけではなく、そうすることで病を受け容れない態度を示していたのだ。

母の優しさの表現は一見わかりにくい。でも、それを見抜くには私自身が成長しなければいけなかったんだと、今、心から思う。

八月十日

熱を出した茉莉花と義姉のために色とりどりのお弁当を作って届けることにした。茉莉花の五歳上の兄の優作《ゆうさく》と理代子義姉さんは大喜び。あまりに美味しそうにお弁当を食べてくれるので、それを見ていた茉莉花が「まりかも、おべんと、たべる」と呟く。熱を出してから一度もちゃんと食事をしていなかったらしい茉莉花が自分から食べたいという意思表示をしたので、義姉はとても喜んでいる。

「ちょーこちゃん、おいちい♪」という言葉が返ってくる。嬉しい。早くよくなってほしい。

八月十三日

さゆみちゃんが、故郷の金沢に帰省すると若林先生から電話がある。

「これから彼女を駅まで見送りに行くんだ。よかったら一緒に来ないか?」

「え?　でもお見送りするのに私がいたらお邪魔でしょう?」

「いやいや、さゆみが俺よりオマエに会いたいって言ってるんだわ」

そう言われてイヤな気持ちになるはずがない。私はウキウキして身支度を始める。

「翔子さ〜ん、こっちですぅ」駅に着くと、さゆみちゃんの独特な声がホームに響き渡る。その通る声に、何人かが一斉に声の方向を一瞥する。いつもながら、なんという美しい声だろう。若林先生と並んで立っている彼女は、遠目にもとても可愛らしい。今日のさゆみちゃんは髪型が違う。両脇の髪の毛をしっかりと編み込んでスッキリした印象だ。水色のカットソーと薄い白の水玉のスカートがまたとっても清々しく、よく似合っている。

「若林先生、このまま一緒に電車に乗ってけばいいのに」私が軽口を叩くと、彼は照れて乱暴な口調になる。

「うっせーなあ。オマエが行けよ。どうせ暇してんだろうが」

「失礼ねえ。さゆみちゃん、なんとか言ってよ」

「信夫くんたら、さっきまで『このクソ暑い中、アイツ倒れないでここまでちゃんと来られるかな』って翔子さんのこと心配してたくせに」

「バカ言うなよ、心配なんかしてねえよ」彼は私の目を見ない。

私は対応に困って愛想笑いで返す。大きな荷物を抱えてさゆみちゃんは電車に乗り込む。

「じゃあ、行って来ます。お見送りありがとうございました。翔子さん、帰ってきたら最初にご連絡しますね」

「あらあら、ダメよ、最初に連絡するのはこの人でしょ」

若林先生を指差して笑う。

「あ、そうだった。信夫くん、連絡するね」

「おいおい、なんだそれ。俺はついでかよ」若林先生が苦笑いをする。

さゆみちゃんは一生懸命窓から手を振る。ホームで私が若林先生と並んで見送っているのを内心どう感じているのかとチラッと思ったけれど、まあ、でも私がいつまでも屈託するのはよそう。

「行ってらっしゃい！　気を付けてね。お土産は宅配便の午前中着でいいからね」と冗談を飛ばすと、キャラキャラと明るく笑う。

「金沢に着いたら連絡してくれよな」若林先生が小さい声で言う。

「うん、電話するよ。五日後にまた会おうね」さゆみちゃんが一生懸命手を振り続ける。

「帰ったら連絡します！　翔子さん、ありがとうございます！　信夫くんのことよろしくお願いしま〜す」

私も笑顔のまま、さゆみちゃんを乗せた電車を見送る。

それにしても今日は暑い。すごく暑い。汗が滴る。なんだか冷や汗みたいな冷たい汗だ。さゆみちゃんが見えなくなるまで見送ってから、若林先生が言う。

「あっついなあ、なあ、冷し中華でも食おうぜ」

「若林先生、わたし、暑くて歩けな……」

そう言いかけて、突然目の前が昏《くら》くなる。膝から崩れる。そういえば、最近あまり食べることができなかったんだ、と思い出す。彼に余計な心配をかけてしまうことが忌々しい。

「お、おい、大丈夫かよ」

「うん」私は立ち上がる。でも、目の前が揺れる。気持ちが悪い。吐きそうだ。

「タクシー拾うから、医者行こう」

「お盆で休みだよ」

「じゃあ、家まで送るから」

「大丈夫よ。ごめんなさい。ただの貧血だから」立ち上がろうとすると、また立ちくらみがして気分が悪い。

「やっぱりタクシー呼んでください」私は気を遣うのをやめ、タクシーに乗ることに決める。彼が遠慮がちに私の肩を抱く。私を支える温かい手。男の人に触れられるのは久しぶりだなあと場違いなことを考える。肩のぬくもりを感じてホッとする。けれど、これはときめきとは違う種類の安堵感だ。

タクシーに乗る。若林先生も一緒に乗り込む。

ここで左隣にいる彼の肩に凭《もた》れられたらラクそうだなあ、と気が弱くなる。

でも当然彼は私に指一本触れず、ただ「大丈夫か」を繰り返す。温かい声。このまま眠りたい、と思う。

家に着くと誰もいない。家族に余計な心配をさせずに済むことに心から安堵する。心配する若林先生に心から御礼を言ってそのまま帰ってもらい、私はエアコンをつけてベッドに横になる。このまま意識が戻らなかったらどうしよう、という焦燥に似た感情と、甘美な退廃が心の奥に沈んでいるのがわかる。薄目を開けると、庭に向日葵の花が咲き誇っているのが見える。私の背丈よりもずっと背の高いその向日葵の花は私を見ず、どこか遠くを見ている。

八月十九日

買い物からの帰り道、唐突に花を買いたくなる。猛暑なので切花は育てにくい。でも、どうしても買いたかった。

花屋さんの店先に、黄色くて、小さなカーネーションに似た花を見つける。花は、私を見ている。何かを問いかけている。私は耳を傾け、花の声を手繰る。

遠い昔、由香の誕生日に私が贈った花が、確かこの花だった。黄色くて可愛い花びらの色は、かすみ草の慎ましやかな白い色と見事に調和し、とても可憐な佇まいで彼女の誕生日を祝った。由香はたいそう喜び、すぐに由香の手によって大事にドライフラワーにされ、美しくラッピングされ、そしてその後何年も由香の部屋の一隅を飾っていた。

あの花は今、諒一くんも見ているのだろうか。それとももう、捨てられてしまったのだろうか。わからない、わからない。

ふと、絶望的な喪失感が私を襲う。由香の、大きくなっていくお腹と、それをいとおしそうに撫でる諒一くんの手が見える。不安で、悲しくて、そしてとてもとても戦慄している。花屋の店先で固まる私。店員が怪訝そうに私を見ている。

「プレゼントになさいますか」おそるおそる若い店員は声をかける。ねぇ、そんなに不審そうに私を見ないで。

「すみません、また来ます」やっとの思いで声を発し、私は駆け出す。

炎天下、いやな冷や汗が脇の下を伝わるのがわかる。ああ、クスリ、クスリ、クスリがほしい、と呪文のように唱えていると、後ろから声をかけられる。

「ね、キミ、暑いから乗っていかない？」

黒のMAJESTAが私の横に停まる。運転席を一瞥すると、派手な青のシャツを着た三十歳くらいの男。顔は濃い。

「いいえ、結構です」私は歩き出す。

「ねーねー、でもどこまで行くのー。暑くて倒れるよー。駅まででよければ乗っていってよー、大丈夫だよー、誘拐したりしないよー」

男は馴れ馴れしい口調でゆっくりと後をついてくる。

「いいです。一人で歩きたいから」私はなるべく感情を抑えて言い放つ。すると、その男は「ふん、気取りやがって」と捨て台詞《ぜりふ》を残して立ち去る。すさまじいイヤな気分が私を包む。吐きそうだ。嘔吐できる場所を必死で探す。人の来なさそうな寂《さび》れた公園を見つけ、トイレで吐く。私は汗でドロドロになりながら吐き続ける。どうしようもない孤独感が、私の催吐感を限りなく抽出し、吐いても吐き気が治まらない。〈本当はいまだに決して由香と諒一くんを認めていないのではないか〉という自分の奥に沈潜する声が聞こえる。私は耳を塞ぐ。もう、いい。もう、こんなことはいい。もう、私はとっくに前に進んだはず。

私は潰れてしまってはいけない。もう少し頑張るんだと自分に言い聞かせ、立ち上がり、もう一度花屋を探す。私は、自分のために花を買おう。そうだ。今度は赤い花にしよう。思い切り元気が出るような真っ赤な花を買おう。

八月二十日

母が過労でダウンしてしまった。血圧が高いらしい。ここ数日ずっと不調だったらしいのだが、隠していたらしい。かかりつけの近所の医者を呼ぶ。降圧剤を処方される。私は、心の一番下の隅っこで地虫の鳴き声のような不快な音がずっと響いているのを感じている。離人感が昨日から取れず、絶えず頭の中に別の自分が虎視《こし》眈々《たんたん》として潜み、私を蔑んでいる。思考が不安定で、気が付くとあらぬことを考えている自分を見つけ、そんな自分を抑え込む。

そして、「思い出し怒り」を真剣にしている自分に気付いているが、どうしてもそれを止《や》めることができない。もう二十年前にされた屈辱的な出来事、十八年前に言われた暴言。そんな昔の言葉の棘をわざわざ呼び起こし反芻し、一人で怒っている。でもその怒りは長くは続かず、それはやがて悲しみと虚しさに変わり、私を苛む。

もう、いい加減うんざりしている。クリニックに行ったほうがいいのはわかっているが、なぜか名木先生に会うのが怖い。なぜだろう。とにかく今は母に早く元気になってもらいたいと心から思う。

八月二十二日

朝、どうしても体が起きない。

母も具合が悪いのだから、早起きしてちゃんとケアしなければと思うが、頭がフラフラして起き上がることができない。

家族に朝食を作らなければならない。さあ、今日も一日がんばるぞ、と心を発奮させようと楽しいことを懸命に思い浮かべる。でも考えれば考えるほど楽しいことが何ひとつなかった気がして、心の遠いところで、ぷつっと糸の切れる音がする。途端にどす黒い暗雲が私の頭上に立ち込める。その黒雲は容赦なく私に四方から襲いかかり、呑み込み、私の体ごと嚥下《えんげ》しようと企てる。

ようよう起き上がり、鏡を見る。なんだこれは。誰だこのやつれた女は、いったい誰なんだ。目の下の隈と、青白い頬。まるで死人だ。急激に焦燥が私を襲う。

「私は、死んでしまう」

ひとたび、この思いに憑かれるともう、私は何もできない。不安神経症という病気は、死への恐怖が一度でも眼前に立ちはだかってしまうと、面白いほど「死」以外のことを一切思考できなくなる。名木先生の顔を思い浮かべる。でも今日はクリニックは休診日だ。名木先生のところに行くわけにはいかない。一人でなんとか自分を鼓舞しなければならない。わかっている。

一樹は気を遣って「たまには朝マック食ってくるわ」と言って外に出る。おそらく私のため、敢えてあまり口を利かないでいてくれるのがわかる。

夕方、母に声をかけ、私は外に出る。なんだか寒い。もうほんのり秋のにおいがする。死ぬのが怖いとパニックになるくせに、切実に死んでしまいたいと思う自分もいて、私はこうして人間として大きな矛盾を抱え、不完全なまま誰にも愛されずに朽ちていくのだろうか。

あてどなく一人トボトボと歩いている自分がとんでもなくみすぼらしく感じる。

先日、一人で嘔吐した寂れた公園を思い出す。もう一度行ってみようか。かなり距離はあるが、歩く。

吐きたくはない。でも、猛烈に何かを吐き出したい。

途中、鳩の骸《むくろ》を見つける。死んだ鳥の目はどこかで見たことがあると思ったら、そう、今朝、鏡に映したばかりの自分の瞳の色とおんなじじゃないか。

私は、生きているのか。死んでいるのか。

私は、人なのか、鳩なのか。

気付いたら、割れたガラスで左肘を切りつけていた。

流れる血を見て私はやすらぐ。生きている。ほら見て。私はこうして生きているよ。

思ったより深い傷だったらしく、出血が多く、私は唸《うな》り、蹲る。

おかっぱ頭の中学生の女の子が悲鳴を上げる。だいじょうぶですよ、と笑う。幽鬼のように。女の子は逃げる。

痛みはない。私は吐き出したい。公園を探す。

でも、場所がわからなくなってしまった。それから先の記憶が、ない。

私は交番で一樹が来るのを待っていた。血が止まらない。そのまま大学病院に連れていかれる。止血される。

一樹が姉を呼び、私の様子がヘンだとしきりに伝えている。大丈夫、大丈夫、大丈夫、何度も言う私の声は、鳩の鳴き声のようだ。

「今日は私が全部やるから、アンタは寝てなさい！」杏子姉さんの声。

私の病気は寝ていれば治るのか。頓服を何種類も服用し、睡眠剤を倍量流し込んでも眠れなくて、パソコンを開いて、同じように苦しんでいる人の声を必死で探す。

でも、私は何が苦しいのかさえ、わからない。今はただ、眠れないことが辛いだけだ。

八月二十三日
午前中になんとか日記を書き、午後、薬で頭の中が豆腐のようにほろほろになっているように感じる。私は、一樹の車で名木先生のところに行く。でも、中に入るとガラガラだ。不審に思って受付を見ると【本日名木医師は風邪のため藤伊《ふじい》医師の代診となります】という張り紙がある。心から落胆して、すっかり友達と化している馴染みの受付の子に問う。

「名木先生、風邪なの？」

「はい。高熱を出されたみたいですよー」

禊《みそぎ》という珍しい名字の医療事務の受付の子とは、私はとても気が合う。人見知りする私としては珍しく、今ではすっかりお互いタメ口で話している。この受付の子は、私がかつて、代診の藤伊という医師にひどく傷つけられパニック発作を起こしてしまったことも知っている。

「七井さん、今日は藤伊先生ですけど、どうしますか」さりげなく訊いてくれる。

「先生が許可してくれるなら、処方箋だけいただければいいかな」私は苦笑いして首を振る。

「一応、お薬を出すなら、先生に相談してみないとなんだけど？」と言うので、慌てて「ああ、それなら薬もいいわ」と断ってしまう。

　この藤伊という医師は正論ばかり言う女医で、精神科医なのにまったく人の心を読まない。ただひたすら患者に対して「正しいこと」ばかりを理屈っぽく説くのだ。

「私も昔は鬱病だった」が口癖で、本当か嘘かはわからないけれど、いつも滔々《とうとう》と患者に病気自慢をしている。まあ、でも精神科医と患者は相性がすべてだ。私には合わない藤伊先生でも、私以外の人とは相性が抜群にいいということもある。現にここで藤伊先生に会ってから、名木先生をやめて藤伊先生のクリニックに完全に転院した患者さんも何人かいると聞いたこともある。体を治す医師とは違い、心のケアを仕事とする精神科医とのお付き合いは「合う、合わない」が大きく左右する。

　プレイルームでくつろぐことも考えたが、外の車の中で待たせている一樹をこれ以上待たせるわけには行かない。彼も仕事があるのだ。結局、何もせず帰ろうとすると、禊さんが呼び止める。

「七井さん、ダメですよ、体傷つけちゃ。今日は緊急で来たんでしょ。このまま帰らないほうがいいかもです」有無を言わせない表情。

禊さんの勢いに気圧《けお》されて、私は診察室に入る。

藤伊医師は四十一、二歳といったところだろうか。岸田劉生《きしだりゅうせい》の麗子像を思わせるおかっぱ頭で、細い目。パソコンの前に座って、すさまじく速いタイピングで何かを打っている。キーボードが小刻みに叩かれる音と共に「藤伊冴子《さえこ》」と印字された左胸のネームプレートがカタカタと小さく音を立てる。

「お、おねがいします、あの、七井です」私は背中を見せている藤伊医師におずおずと言う。

「はい、あら、前に一度お会いしたことがあったわね」

「……は、はい、あの、前に……」あーあ、思うように言葉が出ない。

藤伊医師はカルテを捲《めく》りながら何度も私の顔をチラッと見る。

「で、今はよくなってるの」

……なんて答えたらいいんだろう。「で、」ってなんだろう。

「ふーん、名木先生はこのお薬を出しているのかしら？　へーえ、なんだか変わった処方ねぇ」薄ら笑いを浮かべてこちらを窺う。

私が侮辱されているようなイヤな気分になり、言葉が出ない。

「で、何か変わったことは」

この医師は、私の左手の包帯に気付きもしないのか。受付の禊さんさえすぐに気付いたのに。

「いえ、何もありません。お薬がもうあまりないので、処方してください」

私はそれだけを伝えた。結局私は何もせず帰った。

傷は思っていたより深いのか、今頃になってかなり痛い。無意識に動脈を切ろうとしていたのか、もう少し深かったら大出血で命も危なかったと、応急処置をした大学病院の若い医師が言っていた。

私は包帯をほどいてみる。生々しい傷。落ちていたガラスで切ったので傷口はぐちゃぐちゃだ。

帰り道、今度は近所の外科で包帯を替える。野卑な笑いを湛えた外科医の口臭がひどく、私は吐きそうになる。思考が鈍麻していて何も考えられず、ただ私はひたすら薬を齧る。ガリガリと齧る錠剤の音だけは、私に優しく、私を裏切らない。

夜、どうしても寝付けず、多めの睡眠薬を使う。そして、絶対にやらないと誓っていた、アルコールと一緒に睡眠剤という禁忌をやってしまう。案の定、私は夜中に起き出して台所で料理を始めてしまったらしい。無意識に母におかゆを作っていたらしいが、まったく記憶にない。アルコールと眠剤の同時摂取による健忘はよくある副作用のひとつだが、これで健忘中に運転などして人でも撥《は》ねてしまったら、取り返しがつかない。しっかりしなければと思うが、なんだかとても自暴自棄になっている自分がいて、その原因もよくわからない。私の夜中の健忘を知った一樹が心配している。

「名木先生、熱、下がったかなあ」としきりに言う。

八月二十四日
母の調子が悪い。起き上がると眩暈がするらしく、床払いができないでいる。働き者の母にしてはこんなことは珍しいので、よほどのことだろう。かかりつけの医師に何度も往診してもらうが、「過労から来る高血圧」という診断で、たいした処置はしない。父は大きな病気を疑ってしきりに別の病院に行かせたがるが、母は自分の体を見せるのに抵抗があるのか、もう何十年も診てもらっている医師以外の診察は受けたがらないのだ。

母が私の左手の包帯に気付き、「それ、どうしたの?」と尋ねる。私が高校生の頃に自傷行為をしていたときに切る場所は、いつも決まって左手首だった。今回は上腕の傷なので、これが私の自傷行為によるものだとは母は気付かないのだろう。

私は安堵する一方で、何か気付いてほしいという甘ったれた感情が巣食っていることからは目を逸らしている。

「階段で転んでガラスで切ってしまったのよ」と何気なさを装って言う。

「そそっかしいわねぇ。包帯なんて、どこにいても目立つでしょうに」と母は言う。筋肉を断《た》ったせいか、痛みがひどくて左手がまったく使えない。

しっかりと傷口を縫ってしまったほうが治りが早いのではないかと考え、先日行った外科に行き相談する。なんともいやらしいニヤついた表情で「これは、何をして切ったんでしょうか?」と問われ、外科医ならそんなことわかるだろうと思いながら、「階段で転びました。そして、ガラスで切ってしまいました」と何度も反芻したセリフを言う。まるで客のまったく入らない劇団の大根役者だ。

私は看護師に導かれ、処置室で青い手術着を渡される。

「それに着替えたらあのベッドに横になってくださいね」と顎で指される。ぞんざいな口調。きっとリストカットした私を嘲っているんだろうと被害妄想的な感情ですっかり萎縮する。

硬いベッドに横たわり、仰向けに寝て、私は左手を上げて台の上に載せる。まあるく穴の開いた青い布が左手にかけられ、傷口が穴から見えるようにされる。医師が来て「すぐに終わりますからね」と言われ、私は頷く。

頭の奥で蝉が鳴いている。私は左手を縫われるという現実がまだ認識できない。白く、透明な液体で傷口を念入りに消毒され、外傷用のイソジンを塗られ、またさらに透明な消毒液を塗られる。何度も消毒を重ねた後、針が皮膚を貫く感覚。麻酔のキシロカインを打たれる。麻酔の注射も痛い。痛い。すごく痛い。

何度か場所を変えて針を打たれ、やがて痺れて感覚がなくなる。

縫合はたった五分ほどで終わる。

医師は「今度は気を付けてくださいね」とニヤニヤしながら言う。どうにも気持ちが悪い。

看護師に、またさらに大げさな包帯を巻かれる。なんでこんなに太く巻くんだろう。私は思わず心で舌打ちする。

抗生剤と鎮痛剤を大量に処方され、私は帰る。縫合代と薬代で七千円。高いのか安いのかわからない。

あまりに包帯が仰々しいので、家に帰る前に外で直すことにする。人の疎らなショッピングモールの片隅のベンチに座る。

縫合したことは誰にも秘密にしておかなければと思いながら、私はどうしてこんなことをしてしまったのか、と初めてハッキリと後悔する。

包帯を外し、巻き直す。ぐるぐるぐるぐる。麻酔が切れていない左手は感覚がまだ戻らず、うまく腕が上がらない。

ぐるぐるぐるぐる。もっと小さく。もっと小さく。

でも、包帯は包帯だ。どうしたって目立つことには変わりがない。

でも、懸命に巻き直す。

ぐるぐるぐるぐる。

巻いているうちに、涙が出てくる。

それは嗚咽に変わり、私は泣きじゃくる。

今までのいろんなことが頭を過り、心の中に溢れ出す。湧出した想いを掬い取り、私は一心に白い包帯をがしがし巻きつける。

ぐるぐるぐる。ぐるぐるぐるぐる。

ああ、うまく巻けない。うまくいかない。

ふと、若林先生の顔が浮かぶ。彼は元気だろうか。彼が知ったら激怒するだろうなとぼんやり考える。涙が止まらない。

「あら、お怪我がお悪いのかしら?」

六十代後半と思しき上品な白髪《はくはつ》のご婦人が心配そうに声をかける。

「い、い、いえ、大丈夫です」私は慌てて涙を拭く。

「包帯、お巻きしましょうか」老婦人が私の手をそっと取る。婦人は黙って私の腕に包帯を巻いていく。

「あまり目立たないようにしましょうかね」

婦人は器用に包帯を巻きつけていく。どうしてこんなに手際がいいのか。医療従事者だろうか。でも余計なことは訊かないことにする。薄く、それでもきちんと傷を保護する厚さに巻き、婦人は携帯していた裁縫用のミニバサミでまた器用に包帯を切る。

「お大事に」ひっそり笑う顔。私はロクに御礼も言えずに口ごもる。

立ち上がって空を見る。

深い、遠い。気の遠くなるような青の色。その色は由香の声を連れてくる。耳元で声がする。

「一人で大丈夫だって言ったじゃない。翔子はやっぱり一人にはなれないのね」違う、違う、人はみんなもともと一人だ。それを認識できない自分がいるだけだ。あの空の青は、由香の声にとてもよく似ている。深くて、遠い。

八月二十五日
縫合したら左手は余計に痛い。まあ、でもしばらくは仕方ないだろう。抜糸するまでの一週間は雑菌に感染しないように気を付けなくては。運転ができないのはイタイ。忙しい一樹に頼むしかなくなるので心苦しい。今日は消毒をしに、また一樹と昨日と同じ病院に行く。病院に入ると、ナースステーションの中の壁に貼られたポスターに目が留まる。釘付けになる。そのポスターにはこう書いてある。

『〝小さな命〟なんかじゃない。』

私は心を衝かれる。ひどく衝撃が走る。

そうだ、子供の命を私たちはよく「小さな命を必死で灯《とも》している」などと簡単に形容してしまうが、確かにそうだ。子供の命が「小さい」なんてことは、絶対にない。この世で弱者とされている障害者や小さな子供や、病を抱える人の命と、健常者との命の重さと尊さはみんな同じだ。みんな同じ赤い色の血が流れていて、みんな生をまっとうするために命を授かったんだ。

私は左手の傷が恥ずかしくなり、身の置き場がなくなる。と同時に、不安が私を包み始める。私は椅子に座り、バッグの中の薬を探す。が、ない。どこにもない。出がけにバッグを別のものにしたので、薬を入れ替えることを忘れていたのだ。

薬を忘れてきたと思ったその途端、すさまじい不安と焦燥が私を襲う。

深呼吸して落ち着かせる。ふう、ふう、ふう。そうだ。甥と姪の写った写真があったはず。あの写真を見ると心が落ち着くんだった。私は財布の中から茉莉花と優作と沙希が並んで笑っている写真を取り出して見つめる。

私にとっては宝物の写真だ。が。次の瞬間、隣に座っていた六、七歳くらいの子供がその写真をチラッと見て言った。

「この子たち、ヘンな子お、バカみたあい」

私はカッとなり、無意識にその子を突き飛ばしていた。

尻もちをついてキョトンとしている女の子は、すぐに起き上がり、私を睨む。

「お母さんに言ってやる！」叫ぶ女の子。私の中に、ものすごい怒り。こんな怒りは初めての感情だ。抑えきれない。

「あの子を叩きつけたい、殴りたい、そして、あの子を殺してやりたい」私は真剣にそう思っていた。かつてないほどのものすごい憎悪。ぶるぶると体中が蠕動《ぜんどう》しはじめる。

茉莉花を侮辱された、優作をバカにした、沙希を指差して嘲った。そのことがどうしても赦せなかった。

ほんの数分前に『《小さな命》なんかじゃない。』というポスターのコピーにあれほど感激していたのに、どうして私は子供を突き飛ばしているんだろう。でも、矛盾にうっすら気付きながらも私はどうしても怒りを抑えられない。

その後、私は何かすごい勢いで怒鳴っていたらしいが、一切の記憶がない。

一樹が私を制し、女の子は逃げ、私は過換気発作で倒れた。息が止まりそうで死んでしまうと思った。

私の感情はどこか壊れてしまっている。心がコントロールできない。私の体はかつてないほどの憤怒と憎悪に完全に支配されていた。

一樹が名木先生に連絡を取る。でもまだ名木先生はクリニックに来ていない。一樹が受付に伝言だけお願いします、と言って電話を切る。母と義姉は私の心の病気がこれほど深刻なものだとは知らないので、私がまた倒れてしまったことに強い不安と心配をかけてしまっている。申し訳なささでいっぱいだ。


夜八時頃、名木先生のほうから電話がある。一樹が応対して何か喋っている。一樹は不安で仕方がないという調子だ。途中から替わる。

「もしもし」私はおそるおそる声を出す。

「七井さん、留守にしていてごめんなさいね。受付の禊から聞いたけど、あなた、怪我してるの？　大丈夫ですか？」

名木先生の声は明らかに風邪声だ。

「はい、ごめんなさい」

「何を謝っているの。何も考えなくていいから、今はただ寝てなさい。抗不安薬より、今日は睡眠導入剤だけ飲んで、とにかくぐっすり寝ましょう。アルコールは絶対ダメ。とにかく、今は頭を休めましょう。明日必ず来てくださいね」

「先生、お風邪は大丈夫ですか」

「ええ、ありがとう。なぜか子供がかかる溶連菌《ようれんきん》っていう細菌にやられてしまって。でも大丈夫、熱は下がったわ。明日はあなただけを診るから。藤伊先生は何か話したの」

「いいえ、何も話せませんでした」

「うーん、万が一のときの引き継ぎはちゃんとしていたんですけどねえ。おかしいなあ……」

「すみません」

「あなたが謝らなくていいのよ。それより、お母様の具合がよろしくないって弟さんにうかがいましたけど、大丈夫でしょうか？」

「あ、はい。ありがとうございます。大丈夫です」

「明日、お母様と一緒に来られるかしら」

「いいえ、無理だと思います」

「うーん、できたら一緒がよかったんですけど。あ、誰が付き添うのかしら」

「弟に」

「そうですか。絶対一人では来ないでくださいね、左手の怪我は？」

「外科医に診せました。縫合しました。大丈夫です」

「いい？　今日は眠りなさい。大丈夫ですよ。何も心配しなくていいんですよ、七井さん」

「……」

「不安だったのよね、いろんなことが。よく頑張ったわ」

「……先生、私、子供を殺そうとしてしまいました」

「弟さんに聞いたわ。あなたはただ怒りの感情をコントロールすることができなかっただけですよ。自分を責めないで」

「……ごめんなさい」

「だから、どうして私に謝るの。あなたは誰にも謝らなくていいのよ」

「先生、私、自分で左手を……」

「その話は明日ゆっくり聞きます。あなたは悪くないのよ。大丈夫、大丈夫よ。明日ゆっくり話を聞きますからね。あなたは疲れているの。寝る前に温かいミルクを飲んで眠りなさい。大丈夫、こんなことはなんてことないわ、七井さん。大丈夫よ」

私は名木先生の声で凪《な》いでいく気持ちを意識する。

大丈夫、という言葉を、名木先生は何度言ってくれただろう。

一回一回の「大丈夫」の言葉で、私は心底やすらいでいった。弱音を吐けなかった自分がようやく先生に少し弱音を吐けたことで、心に溜まっていた澱《おり》が少し澄んだような気がする。温かいミルクと睡眠剤で、私は久しぶりに深く眠った。夢も、見なかった。

八月二十六日

入院することになった。私は、自分で思っていたよりずっと、傷ついていた。

名木先生とのカウンセリングは二時間近くに及び、先生は私の行動と原因、それを対処したときの心理状態をすべて的確に分析してくださった。

先生は私の話したことをすべて体系づけ、まっさらな白い紙に書き出し、私は先生の書いた文字を視覚で捉えて確認する。そして、何度も二人で話し合いながら、私は自分を取り戻していった。

喪失感を埋めるために、今までの私はいつもセックスに逃げていた。だが、性行為に逃げられるだけのエネルギーすら、今回は私に残されていなかった。

そこへ来て母の体調不良だ。

私は一気に不安神経症患者の特性を発してしまい、さらに悪いことに、その不安をすべて誤魔化し、押し隠そうとした。

母が死んでしまうかもしれない。私が傷つけば、母は死んだりしない。私を見てくれる。私を心配するため、母は死なないでいてくれるかもしれない。だから、私は自分を傷つける。だから、生きて、お母さん、だから、どうかずっと私のそばにいて、お母さん。母が私を気にかけてくれることで死なないなら、どんなことでもしてみせる……この、幼い私。子供のまま大人になってしまった私の、愚鈍で稚拙な思考力は、かろうじて残っていた大人としての理性をも遥かに凌《しの》いでしまったのだと、名木先生は分析する。

名木先生の言葉に、それでも私は反発する。

「それじゃ、まるで子供じゃないですか。振り向いてほしいため、生きていてほしいために自分の身を傷つけてしまうなんて」名木先生は言う。

「恥ずかしくもなんともないわ。それがすべてなの。子供のままの大人。でも自分を責めないことね」

「私は、自分の感情をコントロールできないんです。私はこのままいくと人を殺しそうです」私はハッキリと言う。

「七井さん、今まで怒りの感情をうまくコントロールしてこなかったことが原因です。あなたはどうやって怒ったらいいのかがわからないのよ」

「……」

「あなたは、それだけのことを抱えていて、たくさん辛いことを乗り越えてこられ、その上、家事も取り仕切って立派です。自信を持ってください。どこかで、社会の落ちこぼれというレッテルを、ご自身に貼っているような気がしてなりません」

私は言葉が出ない。名木先生は私の顔を見ながら優しく続ける。

「入院して、もう少し気持ちを休めましょう。私の尊敬する精神科医の勤める病院をご紹介します。その先生は摂食障害がご専門ですが、鬱病や不安神経症の症例もたくさん診ています。安心してお任せできます」

「私は名木先生以外の先生はイヤです。絶対に」

「ここには入院設備はないし、ワガママ言わないで。イヤだと思ったら、すぐに退院してもいいわ。でも、気に入ってくれるんじゃないかしら」

「そうでしょうか……。あ、でも、ひょっとして……」私は思い起こす。

「そう、前にお話しした、私の彼のところよ」

そう、名木先生の恋人も精神科医だったと前にお聞きした。どんな人だろうと好奇心が湧く。ここはお任せするしかないだろう。家族は大賛成。寝ているだけでも疲れが取れるだろうと言ってくれる母。申し訳ない。ごめん、お母さん。

八月二十七日
入院すると決めてからは、フッと肩の力が抜けた。
安堵感と、少しの虚無感。眼前に碧い海が広がる気がする。母が死ぬのではないかという焦燥が自傷行為に結びついてしまったただなんて、なんと稚い思考過程。私は欲しいものを手に入れたいがために、オモチャ屋の前で永遠に泣き続けている子供だったのか。もう、何年も何年も。アダルトチルドレンという言葉は病名ではない。ただ、さまざまな精神症状の契機となる「状態」だ。病気ではないから特効薬というものはない。でも、

「治そう」と思わずに焦らずに、自分自身をあるがままに受け容れる作業から第一歩が始まるのだと名木先生はおっしゃった。

一週間やそこらで完治するものではないが、少なくとも頭の中をクールダウンすることはできるだろう。

初めて精神科に入院することになったが、兄夫婦にはナイショにする。今は余計な心配をかけたくない。

名木先生の恋人が勤める病院は家からはかなり遠い。でも、かえってそれもいいのかもしれない。入院となるといろいろ準備が必要だ。パジャマを買ったり、洗面道具を揃えたり、まるで旅行に行くみたいだ。

でも、普通の入院と違うのは「爪切りと眉毛剃りは持ってこないこと」だ。精神病棟に刃物が厳禁だというのは聞いていたけれど、注意書きに明示されているのを見ると少し可笑しい。

鉄格子がある病院ではないらしいが、なんだかわくわくしている自分がいて、自分でも閉口している。

母は薬を変えてもらったら調子がいいらしく、床払いをした。

でも、私が早く元気にならないといけない。

もうこれ以上心配をかけてはいけない。今までの自分の行動を振り返ると、自責の念がフツフツと湧いてくる。これを機会に、さゆみちゃんには私の今の状態を告げた。

驚いていたが、彼女は限りなく優しい。

今、彼女は来年三月に行われる介護福祉士の試験に向けて猛勉強していて、若林先生とのデートも減らしているらしい。

「翔子さんは他人に気を遣いすぎるんですよ、もっと私みたいにワガママになってください」親身な声。

「さゆみちゃんはちっともワガママじゃないわ」

「いいえ、最近信夫くんにはワガママばっかり言ってて、困らせてばかりなんです」さゆみちゃんは、相変わらず謙虚ですこぶる魅力的だ。

「ワガママ言われてても、内心アイツは喜んでいるんじゃないの」

「いいえ、けっこうケンカもするんですよ、私たち」

「えー、信じられない」私は若林先生の明朗さを思い出す。彼は元気だろうか。

せっかく入院するのだから、ちゃんと治療したい。元気になって退院したい。

九月十五日
退院した。今、十日ぶりに自宅に帰り、久しぶりにパソコンを開いて日記を書いている。入院中、私はひたすら先生の言うことをよく聞く模範的な患者だったと思う。
十日間、私の中で流れる時間という時間がすべて、まあるく穏やかに、そしてゆっくりと過ぎていくのを肌で感じ取っていたと思う。そのまあるい時間を得たことで、私は今まで見えていなかった自分の心の奥がクリアになっていくのを毎日少しずつ実感できた。

見えていなかった自分の暗部を見る行為は、ある意味とても辛いことではあったけれど、入院して治療に向かい合った十日という時間は、私にいろんなことを克服するための力と方法を学ばせてくれ、自分の負った傷の深さを認められるようになれたと思う。

九月二十日
私は、辛かったのです。

ずっと、心の奥で叫び続けていたのです。

全部、みんな、自分のせいだと、責め続け、自分を殺そうとしていたのです。

心が平らかになるに従って、私は今までずっと力みすぎていた自分の姿を自覚することができるようになった。ただ、名木先生の彼の加瀬徹也《かせてつや》先生は、名木先生とは根本的に治療方針が違い、最初は戸惑いも多かった。でも温厚なお人柄にはとても癒されたし、医師としても素晴らしい方だった。くまのプーさんを連想してしまうような、温厚で優しい表情とその小さな目の奥には、穏やかで奥深い包容が佇んでいた。初めて会うタイプの人種だ、と私は思う。その印象はすこぶる良かった。

入院中に寄せられた私のブログへのコメント欄が溢れている。

殆どが励ましの言葉である。ネットでしか繋がっていない私に対して、これほど親身になってくださるのはなぜなんだろう。本当にありがたいと思いつつ、人の心の不思議さに、敬虔な気持ちすら覚える。ひとりひとりのコメントに目を通しながら、私は言葉の持つ大きなパワーにひれ伏している。

こうして私がズタボロになりながらもブログを続けてこられたのは、書くことで心をフラットにする効果があることを少しずつ実感してきたからだ。［書く］行為は私にとって［薬］の効果がある。これは確実だ。いや、もしかしたらそれ以上なのかもしれない。

私の場合、ブログは己の承認欲求に突き動かされて書いているわけではない。とにかく、私が、私自身が、言葉によって救われている、それが事実だ。

九月二十二日

母と父がひとまわり小さくなったように見える。

なんだろう、この感覚。不思議な気持ちで私は両親と向かい合う。こんな娘を産んでしまったこと……両親にとって幸せなことではないだろう。

正直に書くと、病気が完治して退院したわけではない。十日やそこらで完治したらそれこそ大変なことだ。

ただ、入院は有意義なものであった。私の欠陥や欠点に自覚的になれたことだけでも、これからの生き方がずいぶんラクになるはずだ。

「穏やかな生活をしよう」と強迫的に思うなと加瀬先生はおっしゃった。「目標を立てる」のは無意味なことが多いことを知れ、と教えられた。

そう、確かに今までの私の場合「課題」を与えることで、結局は逃げ場と言い訳、責任逃れを自分自身に与えてしまうことになっていた。何気なく生きて、そのときそのときに応じて感情のままに生きることが、今までの私にはあまりに欠けていたんだと診断された。

母は、昔から「目標設定」が好きだった。子供を「きちんと」育てることに執心していた。「○時までに○ページまで音読をし、○分までに算数の○問目までを解いておきなさい。そしてそれが終わったら手を洗っておやつを食べて、○時○分までお昼寝しなさい、そして、そして、そして……」

私は母の言う通りに行動した。少しでも時間がズレると、機嫌を悪くし、私を叩いた。そのくせ、気が向かないと簡単に放置した。それは、課題をもらったときよりもずっと辛いことだった。

そして、放置され、無視された私は見捨てられた絶望のもとで「母からのガチガチに固められた課題」をいつしか待ち望むようになっていったのだ。完全に母に依存していた。しかも、歪《いびつ》に間違ったやり方で深く依存していったのだ。

母の不安も、今ならわかる。理解してあげられる。

でも、刷り込まれたある種の完璧主義は、一度崩れてしまうと脆《もろ》い。

脆いから、精神が保てなくなる。そして簡単に気が狂うのだ。

竹のような柔軟性をもつことが大事だということ、他人も自分と同じように一生懸命生きていること。私は今回の入院で、この当たり前すぎるほどの二つのことを認識することができた。


今日、さゆみちゃんが遊びに来た。

母と父と一樹は大喜び。さゆみちゃんは相変わらず可愛くて元気だ。髪型を少し変えたのか、色っぽさも加味されていて、一樹のデレデレぶりはとても見ていられない。来年の介護福祉士の試験のため、彼女は毎日猛勉強をしている。聞けば、どこかの介護施設でも掛け持ちで働いているらしい。日曜日に出かけることも少ないという。

一樹がすかさず言う。

「若林さん、寂しがってんじゃないの？　ウチに遊びに来たりして大丈夫？」そう言いながらも嬉しさを隠しきれない一樹。彼女は明るく言い放つ。

「彼はこんなことで寂しいなんて言う人じゃないもん。今日は彼が翔子さんのところに行けって言ってくれたんだもん♪」一樹は肩を竦めて私に耳打ちする。

「……まーだ別れないのかよ、若林。ちっ」

私は思いっきりヤツの硬い尻をつねる。一樹は大げさに痛がる。

花と緑が美しく溢れている。秋の花がたくさん咲いている庭は、父と母の素晴らしい合作だ。

「来年の試験には絶対合格したいんですよー」

　彼女がコスモスの花を触りながら私に言う。

「大丈夫よ、さゆみちゃんなら大丈夫」

「ありがとうございます、翔子さん」彼女はにっこり笑う。なんて可愛いんだろう。

「翔子さん、退院して雰囲気変わりましたね」

「え、そうかしら」

「うまく言えないけれど、少し遠くに行ってしまった感じがします。でも、寂しくないんです。遠くで、一人ですくっと立っているって、そんな感じです」

「そうかなあ……私、正直ね、入院直前の自分がどうだったかってあまり記憶になくて」

　そう、事実、私はテンパっていた時期の自分の行動の記憶にところどころ穴が空いていて、この日記を読み返しても「これ、私が書いたのかな」という部分が少なからずあるのだ。

「翔子さんは私の憧れの女性です」まっすぐに言うさゆみちゃん。

「やだぁー、やめてちょうだい」

「本当です。私、翔子さんみたいな優しい人になりたい」

「私よりずっとさゆみちゃんのほうが大人だわよ、本当にそう思うわ」

私は黄色いコスモスを一本手折る。

さゆみちゃんが受け取って髪に飾る。おどけるさゆみちゃん。

「私、ゆくゆくは重度の精神疾患の方や、重い身体障害の方々のお世話がちゃんとできるようになりたいんです。私の夢です。翔子さんも、仕事復帰できるといいですね」

「そうね。できるといいけど」

「翔子さんじゃないとダメだっていう生徒さんがたくさんいるんだって信夫くんが言ってました。待っている生徒さんがたくさんいること、どうか忘れないでください」

「そうね、ありがとう、さゆみちゃん」

「でも、焦らないで、自分の心のことだけ考えていてください、今は」

ひと回り以上も年下の女の子に私はこんなにも励まされている。

それにしても、この子の老成した性格と達観したものの見方はどうやって培ったんだろう。「健全な精神」という言葉がぴったり当てはまる人は、そうザラにはいないはずだ。よほど彼女のご両親の育て方がよかったのだろう。でも、どんなに両親に愛されていても、ここまで明るく聡明になれるものだろうか。

ふと、彼女に羨望している自分を見つけ、狼狽する。

しかし、ひとつだけ言えることがある。

私は母のことをもう何ひとつ責めるつもりもないということと、自分は母を責める資格もないんだと、心から思えるようになったことだ。

コスモスの花をお土産にと、たくさん剪ってさゆみちゃんに渡す。

「帰りに信夫くんのところにも置いていきます」そう言って彼女は帰っていった。

彼女の髪に飾った黄色のコスモスが、私に向かってずっと優しく笑っていた。

夕食は久しぶりに外食。鉄板の焼き飯が死ぬほど美味しかった。

九月二十三日
テレビから、七歳の女の子が両親から壮絶な虐待を受けて死亡したというニュースが流れる。私は子供が死んだり傷つけられるのを見たり聞いたりすると、自分の身が傷ついたように動揺し、痛みすら感じてしまう。目の前に血を流した子供がこちらに向けて手を差し伸べているような、そんな幻覚をありありと見ることもある。

入院中、加瀬医師は、そんな私の心理状態を丁寧に解《かい》してくださった。

「あなたは虐待された子供達の痛みを拾うことで、小さい頃の自分を慰めているんです。いわば、辛い出来事をもう一度自分のこととして心から受け止めて、もう一度救ってあげたい、そんな強迫感に近いものがあるのかもしれません。「やり直し」の心理といいます」

私は、私を救うために傷ついた子供たちに同情していたのか。

「七井さん、あなたはそこまで傷ついていたんですよ」

「先生、私は、じゃあ、本当はあの子たちのことなどどうでもいいと思っているのでしょうか。自分をやり直すために悲しむなら、それこそ偽善です。それはイヤです」

「そんなことはありません。あなただけではなく、人は多かれ少なかれこういう感情を内包しているものです。ボランティアをしている人や、そして我々カウンセリングを職業とする人たちにも同じような傾向が見られます。でも、それは決してマイナスには働きません。子供たちの痛みを自分の痛みとして感じてしまうのは、欠点でもありますが、と同時に素晴らしい長所にもなり得るのです」

私はこれを聞いてから、必要以上に取り乱すことがなくなった。自分を慰撫するために子供の死に感情移入しすぎていたということがわかった。このことで、少し客観的にモノが見られるようになった。

今、精神的な揺れが少なくなったということは、入院は私にとって決して無駄ではなかったんだと思う。

人の心というものはたくさんの襞《ひだ》と綾を織り成している。実際、自分で自分だと認識している姿というのは、ひょっとしたら本当は幻影なのかもしれないと、私は今、そんなことを感じている。

九月二十四日

私が入院した病院は中規模の総合病院の精神科病棟だ。評判はすこぶるよく、入院待ちをしている患者さんも多いと聞く。病室は普通の病棟と変わりなく、明るくて清潔でじゅうぶんに魅力的だ。

加瀬医師は病棟の責任者で、フロア全体を取り仕切っているが、決して威張っておらず、横柄でも傲岸でもない。むしろ人の分までキッチリ働いていて、いつも忙しくしている医師だった。患者からの信頼も篤く、私は主治医が加瀬先生だというだけで他の患者に羨ましがられてさえいた。自由な雰囲気の病院で、居心地はとてもよかった。しかし、唯一、面会の制限だけは厳しかった。両親ときょうだい以外の面会は禁じられ、友人との面会は特別に申請をしない限りは一切禁止だった。

加瀬医師はパニック発作治療の一環で認知療法という治療法を私に試した。

自分を否定する負の感情を一旦吐き出させ、一つ一つ分析していき、あなたのパニックはなんてことはないよ、悪くないよ、という結論を丁寧に導き出す。気の遠くなるほど緻密な治療法だ。が、もともと書くことが好きな私にとっては、自分のことを文章に書き出すのはこの上なく楽しく、話すよりも数段容易であった。

ただ、十日やそこらでこれらすべてをこなすことは不可能だった。それでも私はカウンセリングと認知療法と投薬の三つの治療で平静と自己肯定を少しずつ身につけさせられた。

入院中、名木先生が来るかなとも考えたが、いくら加瀬先生と名木先生が恋人同士でも、何か私の知らない病院のネットワーク上の軋轢があるらしく、名木先生がここに来ることはないと知らされていた。医師の世界もいろいろ複雑なものがあるようだ。ただ、加瀬先生が時折名木先生を話題にするときの表情は、まさしく恋人のそれであり、目の光が優しく和らいだ。私はそれを見るのがとても好きだった。どうして結婚しないのかという愚問が浮かぶ。精神科医同士の恋愛はどんなものなんだろうと下衆な興味が湧くが、口にはできない。

見舞いに来た母が、摂食障害の子に話しかける。

「素敵なビーズね」手首に着けた彼女の手作りのブレスレットを褒める母。

その子は照れる。口ごもるが、笑っている。初めて見る彼女の笑顔は、まだ十代のあどけない顔だ。

母はその子が気になるらしく、見舞いに来るたび何か話しかけていた。

そのうち、その子は母が来る時間を待っているような仕草を見せるようになった。その子の母親は仕事を持っているらしく、見舞いは、週末にしか来ないのだ。こんな母を見て嫉妬が湧いてこないのが不思議だった。

母が笹沢《ささざわ》みなみという、その細すぎる手足を持つ、いたいけな少女に手を差し伸べるたび、私も癒され、落ち着いた。この感情は自分でも説明がつかなかった。

母は、私の見舞いに来て、他の子を気にかけている。それでもなぜかそれがとても嬉しかった。

「みなみさんは、翔子の十代の頃に似ているの」と母が言う。

顔は全然似ていないはずなのに、なぜそんなことを言うのかがわからない。母から見たら似ているのだろうか。

ひょっとしたら母も「やり直し」をしているのかとふと気付く。

母の小さな手は、みなみさんの髪を撫でる。

その手は遠い昔、私の首を絞めた手だ。けれど、私はただひたすら母の手がいとおしい。

十日間の入院で、私はいっぱい考え、いっぱい休み、いっぱい癒された。

おそらく、何かが劇的に変わったということはない。でも、私は今度は傷ついてもそれを人に転嫁することはないだろうという気がしている。それだけでも嬉しいことだ。やすらぎは、求めすぎてはいけない。自然体で受け止められる器を持つことが大事なのだ。他人は私のために生きているわけではないのだから。

九月二十九日

父が俯いている。

そこだけ空気の質が違う気がする。

午後の縁側。私はさっきから父の背中を見ている。何をしているのだろうかとこっそり様子を窺うと、父は一心に爪を切っている。ぱちん、ぱちん、という乾いた音は、秋の風に混じり合い、私の胸の奥に小さく響く。

時折「ふぅ」という溜息が聞こえる。爪の弾かれる音と同じくらいに、父の吐息の余韻は限りなく切ない。

父の背中は無防備で優しい。両手が終わり、次は右足の爪の音が響き始める。

ぱちん、ぱちん、ぱちん。

縁側から見える秋の色と、父の背中のあたたかさは見事に調和し、庭の風景に溶け込む。その色彩と、乾いた音は、私をなぜだか涙ぐませる。

父は、私に優しかった。いつでも、優しかった。

でも私はいつも母からの愛情に飢《かつ》え、そして限りなく母に執着していた。私にとって父の存在は昔から薄く、正直、少し疎ましく思ったこともあった。

父が浮気していることを知ったときの、あの母の冷淡さを、私は忘れない。

もちろん父も憶えているだろう。遠い昔、母以外の人を愛してしまった父は、どうやって自分の気持ちに折り合いをつけたのだろう。今はただひたすら家族のためだけに生きている父に、今、向かい合って問うてみたい。私は声をかける。

「お父さん、ほら、柿の実が今年はたくさんついてるね」庭を指差す私の声は少し震えている。父は落ちた爪を集めながら庭を見る。

「おお、今年はいっぱいだなあ」相槌を打つ父の声は優しい。

私の花嫁衣裳を楽しみにしていた父の夢を私は一つ潰《つい》えさせてしまった。結婚式の予定日だった日が日一日と近づくのを、親はどんな気持ちで過ごしているのだろう。

「私、仕事復帰しなくちゃ」努めて明るい声で言う。

「ああ、そうだな、でも無理することはないじゃないか」

「うん。でも働いて稼いで、今年の冬は家族で温泉に行きたいのよねえ」

父は目を細める。微笑む。

「そうだな、温泉、いいな、みーんなで行けるといいよな」

父の声が、秋の庭に優しく融和する。

私は涙が出そうになり、慌てておどけてみせる。

いろいろ心配かけてごめんなさい……と言いたくて言えない。

こんな自分を持て余し、そんな自分に少し苛立ちながら、私は赤く彩られ始めた柿の実を、ただひたすら見つめている。

九月三十日
母がようやく前の元気を完全に取り戻した。近くに陽一兄さん一家が越してきたせいだろうか。兄も嬉しそうだ。優作は一樹と遊びたくて毎日のように家に来る。
午後、若林先生からメールがある。彼とさゆみちゃんとはうまくいっているらしい。若林先生とさゆみちゃんは、私の入院中も、そして退院してからもずいぶん私の病態を気遣ってくれていた。さゆみちゃんも私にずいぶんよくしてくれた。何度か病院宛てに手紙さえくれた。

［退院祝いに久しぶりに夕飯でも一緒に食おうぜ」と誘われる。彼女も一緒に来るらしいと聞いて、手紙の御礼を直接言おうと思い、約束を取りつける。一樹に話したら、「ウチに来てもらおうぜ」と言ってきかない。さんざん迷った末、結局今度の休みに二人を家に招くことになった。

さゆみちゃんの太陽のような笑顔と声を思い華やいだ気持ちになる。

十月二日
久しぶりに図書館に行った。私のとても好きな場所。図書館には独特の香りと静謐さと、気高さが漂っている。そして、私にとっての聖域が、この場所にはある。

初めて諒一くんを見た、あの窓辺の席。その一隅だけ、私にとっては特別な空気が漂うように感じる。もう、何年前のことになるんだろう。

諒一くんを見たときの、あの言いようのないときめきと空気のゆらぎを、私は今でもハッキリと思い出すことができる。

あの一隅の脇の本棚にひっそりと佇んでいる一冊一冊の本は、あのときの私と彼を見ていたはずだ。私たちは離れてしまったけれど、それでもいつも、いつまでもそこに在《あ》る膨大な数の本たちの、におい。

そう、私があのとき確かに幸せだったということを知っている本たちが、いつでもここに息づいているのだ。

私は一冊手にとってみる。「源氏物語」の分厚い研究書。興味深い論説。思わず読みふける。

気が付くと時間を忘れ、陽が落ちかけていた。すっかり触発され、アパートに置いてきた瀬《せ》戸内《とうち》寂聴《じゃくちょう》訳の『源氏物語』を読みたくなり、そのままの足で久しぶりにアパートに足を運ぶ。でも帰ったら帰ったで今度はあちこちの埃が気になって読書どころではない。結局、掃除をしただけで終わってしまった。

そろそろ一人暮らしに戻ろうか、と唐突に思う。

仕事をしたい。こんなに長く休ませてくださっている塾の厚情に甘えすぎていたように思う。もう、私は大丈夫だろうか。自問する声に答えを出せるのは、自分しかいないのだ。

渦

十月四日

学生時代の友人、西岡恵津子《にしおかえつこ》から電話がある。

大学時代の友人でいまだに付き合いがあるのは彼女だけだ。彼女とは性格も価値観も悉《ことごと》く違うが、なぜか馬が合い、卒業してからも年に数回会って食事をしていた。でも自分のことは彼女に喋らない。彼女といるときはほぼ聞き役だが、それでも彼女との関係は良好に続いていた。

最近はずっと電話もせず、メールもやりとりしていなかったのに、彼女はなぜか私が入院したことを知っている。こういう噂は広がるのが早い。

「翔子、家にばっかり引きこもってないでさあ、私が男紹介してあげよっか。もうお互いいい歳だしさあ、ちゃーんと結婚できる男にターゲット絞らなくちゃねっ♪」

なんて唐突なんだろう。こういうところは恵津子の短所であり、愛すべき長所でもある。

「私、相手は自分で探すわよ」とできるだけ明るい声で言う。

「アンタ、そんなこと言ってるとすぐに四十になっちゃうわよ」とすかさず厳しいひと言。彼女は何か食べながら電話しているのか、カリカリと小気味いい音が電話の向こうから響いている。

「あのさぁ、私の知り合いの友達なんだけど、大学で研究者として働いている人がいるのね。えっーと、歳は私たちと同じくらいかな。この人、私の周りではカタブツで有名なんだけど、とにかく真面目で穏やかでね、私から見るとわりとお買い得な感じかなって思うのよ。面白味はないかもしれないけど、翔子は案外こういう人とうまくやっていける気がするのよ」喋る合間にカリカリと音が鳴る。そういえば恵津子はナッツ類が好きだったっけ。アーモンドでも齧っているのか。

「あのー、今、私、まったくそんな気ないのよ。ゴメン」

ガリッとナッツを齧る大きな音がして、恵津子がすかさず反論する。

「まったくさぁ、アンタまだそんなこと言ってるの？　会うだけ会ってみたらいいじゃん。あ、いいよ、会ってすぐ断っても。気晴らしに男の人と話してみるのも気持ちがラクになるかもしれないじゃない」

「うーーん、ラクになれるのかしらねえ」私はどうやって断るかだけを考えている。

「ほっんとうにいい人なの。絶対人を裏切らない人。ポリシーをちゃんと持っている人だよ。大学の研究者なんて、話聞くだけでも面白そうじゃない。ね、翔子」

ううう、こ、断れない……恵津子の言の葉のエネルギーは素晴らしく強い。

でも考えてみたら人見知りが激しくて疲れそうだという理由以外、男性を紹介してもらうのを頑なに断らなくてはならない理由など、今の私にはないことに気付く。

私が他の人と知り合って付き合ったとしても、それを止める人はもう誰もいない。そう、私のことを待っている人も、もう誰もいない。

諒一くんと由香が遠くに見える。二人は幸せに暮らしているのだろうか。考えなくてもいいことばかりを考える。一歩踏み出してみようか。一生懸命、その勇気を引き寄せる、引き寄せる、引き寄せる。

「翔子、もう、忘れなさい。ほら、立ち上がりなさい、ほら」自分で自分を激励する。それはあまりに滑稽で涙が出るが、もう今の私には失うものは、ない。

十月五日

ずっと休日出勤していた一樹だったが、今日になってようやく休暇が取れた。ここのところかなり大きな仕事が入っていたらしいが、うまく軌道に乗せられたのが嬉しいらしく、ヤツはいつにも増して饒舌だ。

「ねえちゃん、なあ、またさゆみちゃん、ウチに呼べよぉ」

「アンタ、人の彼女をそんな気軽にここに呼ばないでよ」

「いいじゃん、別に触るってんじゃないんだから」

「当たり前じゃっ！　一樹が触ったら一大事よ」

「な、遊びに来させたら？　オッサン付きでもいいからさ」

「そういう言い方は止《や》めなさい」

「早く電話しろよ」

「今日はやめとこうよ」

「俺はやっと仕事から解放されたんだよっ！」

「勝手なことばかり言って……アンタ友達いないの？」

「う」

私は知っている。一樹は若林先生と飲みたいのだ。さゆみちゃんに興味があるフリをしているのは、照れているからだ。

「急に誘っても先方だっていろいろ予定があるかもだから、もし断られても文句言わないでね」と念を押してさゆみちゃんに電話をする。

「はい、羽野です」さゆみちゃんの声。ああ、この声。相変わらず透き通っているなあ。私の心に灯《ひ》がともる。ダメモトで誘ってみる。後ろで一樹がニヤついている。でも、彼女は残念そうに言う。

「わー、嬉しい。ただ、私は大丈夫なんですけど、信夫くんは忙しいみたいです。一緒には行けないので、また日を改めたほうがいいですよね」そのまま一樹に伝える。

「なんであんな可愛い子とのデートを断れるんだよあのオッサンは。けしからんなあ」と一蹴。結局話は流れてしまう。ブツクサ言いながら、一樹はバイクでどこかに出かける。すると、一樹がいなくなった一時間後にさゆみちゃんがケーキを持って遊びに来た。

「やっぱり、ちょっとだけお邪魔しようと思って」

彼女は薄いオレンジ色のブラウスを着ている。肩のところにレースがあしらわれており、肌が少しだけ透けて見える。いつもよりちょっと大人っぽい装いだ。

そして一樹、オマエはなんと間の悪い男なんだろう。悔しがる顔を想像すると自然に頬が緩む。ただ、今日のさゆみちゃんはなんだか元気がない。

「試験勉強で疲れているの？」と問うと、ちょっと困った顔をする。

「今日アイツは仕事なのかあ。少しでも時間作れないのかなあ……」と何気なく言うと、思いがけず、さゆみちゃんが真正面を見てキッパリ放つ。

「翔子さん、あの、信夫くんのことを『アイツ』って呼ばないでほしいんです」

ハッとする。今まで何も気にせずに使っていた言葉だ。

「ご、ごめんなさい。あの、いつもこうだったから……」

「わかってるんですけど、私は彼のことはアイツって呼べないから……」

あ、そうか、そうだった。私はなんて鈍感だったんだろう。

「ごめん、ごめん、気にしていたのね。気が付かなかったわ」

「いえ、前はそれほど気にならなかったんですけど……実は、信夫くんも翔子さんのこと、いつも『オマエ』とか呼んでて、羨ましく思っていたんです、私」

「『仲間』って意識が強くて、どうしてもそんな呼び方がしっくりくるものだから」

「はい、わかっています」

「でも、そうよね、気になるよね、ごめんなさい」

さゆみちゃんはまだ何か言いたそうにしている。

「信夫くん、優しくていつも怒らなくて、私は会えばやすらげて嬉しいんですけど……」

「うん、そうね」と相槌を打って促す。

「翔子さんが入院したとき、信夫くん、すごく心配してました。毎日話題にするのは翔子さんのことばかりで、彼、本当に翔子さんのことばかり考えていて」

私は少し複雑な気持ちになる。

「そういう心配はしないでほしいの」私は前に向き合い、意識してキッパリと言う。

「私は若林先生とちゃんと話したし、彼もあなただけを見るって言ったわ。あなたがそういう心配をするのは彼に対して失礼だと思うし、私に対しても失礼だと思う。さゆみちゃん、そんなに私と彼が信じられないの」

「いえ、違います」

「信じていれば、不安に思ったりしないじゃない」

「彼、翔子さんのことが心配で夜も眠れなかったみたいで。私、そんな彼を見ていて辛くて辛くて仕方なくて」

泣き出すさゆみちゃん。私はどうしたらいいのかわからない。私のことが心配で夜も眠れないなんて、果たして本当に彼がわざわざさゆみちゃんに話すだろうか。私は混乱する。

「でも、ちゃんと会ってはいるのよね？」

「会っていても、彼の気持ちは私にないのがわかるんです」

「本当です。翔子さんだって、わかっているくせに」さゆみちゃんがこちらを向く。目には涙が浮かんでいる。

「え、何を?」私は動揺を悟られまいとわざと軽い口調で問う。

「信夫くん、翔子さんのこと、ずっと好きですよ。わかっているんでしょう。翔子さんは彼の気持ちを見ないフリしているんですよ。ずるいです。彼の気持ちを見ないフリして、私にむりやり向かわせたのは翔子さんです」

「ちょっとー、さゆみちゃん、何を言ってるの。支離滅裂よ。なにもかも誤解よ」

「誤解? 誤解だったら私はこんなに苦しまないっ!」泣きじゃくるさゆみちゃん。

心配した母がおろおろと様子を見に来る。

若林先生とは最近ほとんど接触がなかったし、入院前後もメールのやりとりを何度かしただけだ。彼とは一定の距離を置くことを自分に課してきたし、特にさゆみちゃんが彼と付き合い始めてからは、徹底させてきたつもりだ。

彼女の言うことは俄《にわか》には信じられない。

しかし彼女のこの消沈した態度は普通ではない。私が入院して治療がうまくいって元気になれたのは、彼の励ましも大きかったことは事実だ。でも、それは他の人からの励ましの言葉と同じ感覚のもので、私にとって決して特別なものではない。

でも、さゆみちゃんの目から見ると、違って見えてしまったのだろうか。


「さゆみちゃん……」

「あのね、そんないい加減な気持ちでさゆみちゃんとお付き合いを続けるなんてことを、アイツ……あ、ごめんなさい……若林先生が、するわけないでしょう」

「私も、そう信じようと努力していました。でも……」

「もっと自信持って。あなたは大事にされていると思うよ」

「でも……」

「何？」

「最近、あまり会ってくれないし、会っても話すことは翔子さんのことばかりで……私、なんだか自信がなくなってしまって。すみません、取り乱しました」

「さゆみちゃんが自分にかまってくれないことが多いから、若林先生、拗《す》ねてるんじゃないの」私は故意に冗談めかして言う。

「そんな、拗ねてそんなことをする人ではないです」

　さゆみちゃんは俯く。黙って笑い泣きしている。こんなに辛いのか。なんだか私も泣きたくなる。

　さゆみちゃんは本当に若林先生のことが好きなんだなと実感する。こんなふうに人を想って泣ける彼女に少し眩しいものを感じている。でも今は若林先生から思わせぶりなオーラを感じてはいない。私もそんなに鈍感ではないつもりだ。

「ごめんなさい……でも私、最近、とても不安なんです」静かな声でさゆみちゃんが言う。

「さゆみちゃんは、いつもどんなことも一生懸命だからね、少し気持ちを休めたほうがいいよ」

「ごめんなさい、翔子さん。失礼なことを……」彼女は帰っていく。

その可憐な後姿を見ていたらなんだか感傷的になってしまう。若林先生に電話してみようかと考えたが、私が介入してしまうことに躊躇《ちゅうちょ》する。いや、私しか話す人はいないのだ。意を決して電話をする。が、電源が入っていない。彼はさゆみちゃんからの電話もこうして絶っているのだろうか。

夜、気になってさゆみちゃんにも電話を入れるが、何度かけても出ず、留守番電話に切り換わる。私の対応の仕方がまずかっただろうかと後悔ばかりする。だけど、どうすることもできない。私は、二人の幸せを心から願っている。その気持ちだけはずっと変わらないのだけれど。

十月六日
昨日、家に来てあまり時間が経たないうちに泣き出してしまったさゆみちゃんの様子を、母がかなり心配している。当然といえば当然だろう。昨日からずっと母は「何があったの？」と事あることに訊いてくる。
今まで私は母に何かを相談したり、見える形で頼ったりすることがほとんどなかったので、心配事や気にかかっていることができると故意に隠し通すクセが身についていた。

その結果、昔から母には何も話さない子供として認識されてしまっていた。

でも、私は今日、思いきって母に打ち明けてみた。これはこれでかなり勇気の要ることだった。

台所。母は炊き込みごはんの下拵えをしている。私も栗の皮むきを手伝う。思いきって口火を切る。

「お母さん。あの、実はね」

「はい」母は居住まいを正す。

「実は、さゆみちゃんの彼ね、ほら、一緒にウチに来た彼なんだけど」

「若林さん、って言ったわね、翔子と同じ塾の先生ね」

「そう、その若林さんが、一時私に好意を寄せてくれていたことがあったのね」

うう、照れる。なんだか親に自慢話をしているだけのバカ娘のようだ。

「へーえ、そうなの。いつの話？」

「えっと、半年以上前のこと。まだ婚約していた頃だから」

母は困った顔をする。私も言葉を探しあぐねる。母が促す。

「若林さん、婚約していた翔子に打ち明けたの？」

「そうなのよ」

「それはそれですごいわねえ」母は手を休めることなく、次々と料理を仕上げていく。

「でも、婚約していたことを抜きにしても、私は若林先生に対しては仲間って意識しかなくて」

「付き合おうと思ったことはなかったのね」

「うん、だって、若林先生も私のこと女扱いしてなかったし、異性として意識していなかったように思っていたから」

「うーーん？」母は手を止める。

「何？」私は問いかける。

「なんかヘンだなあ」母は微笑みかける。

なんだか、不思議だ。私が、母に、相談事をしている。母が微笑んで答えている。この状況。嘘みたい。なんだか現実感が伴わなくなり、頭がぐるぐる回る。不安なのではない。なんと呼んだらいいのだろう。この感情。こうして母が熱心に私の話を聞いてくれていることが、まだ信じられないという思い。

それと……。そう、これは、抑えきれない「喜び」だ。

さゆみちゃんの涙を思えばあまりに不謹慎だが、私は今、嬉しくて仕方がなくて、母に抱きつきたい気持ちがフツフツと湧いている。

「お母さん、いい子、いい子って頭を撫でて」とゴロゴロ甘えたくなる。ほんの五、六歳の私が今、ここにいる。母も、それは同じだろう。

「翔子が私を頼っている、私の意見を聞きたがっている」そんなふうに喜んでいるような表情が見て取れる。

そして「絶対翔子の役に立とう」と、一生懸命考えて言葉を選んでいるのがわかる。私は饒舌になるのを抑えられない。嬉しくて仕方がないのだ。

お母さんが、私を無視しない。

お母さんが、私に応えている。

お母さんが、私のために自分の言葉を探している。

一生懸命、一心に。

お母さん、私が生まれてから三十四年の中で、こんなこと、初めてのことだよね。

お母さん。お母さん。私はゆっくりと尋ねてみる。

「お母さん、私の何がヘンだと思ったの？」

母の言葉を待つ。母は言葉を探している。私を傷つけないように、きちんと伝わるようにと、その誠意が私に伝わってくる。

「翔子は、普段言ってなかった？　仕事に男も女もないって」

「うん、そうね。だって、そういうのは邪魔だもの」

「じゃあ、どうしてそんな言葉を使うのかな。『女扱いされなかった』だなんて。翔子は職場では女扱いされたくなかったんじゃないの？」

「え、う、うん、それはそうだけど……」

「若林さんは、あなたのポリシーをいち早く理解してくださったから、職場では対等に向かい合おうとしていたんじゃないの？」

「……そこまで考えてたかなあ」

「翔子は働きやすかったんでしょう？　それとも若林先生に女として見てほしかったところがあったのかな？」

「まさか。そんなことはないわ。アイツとはいつもバカ言い合えてたし、楽しかったし」

「なんか、矛盾しているなあ、翔子は」

母は微笑む。私は小さな子供になった気持ちになる。母は手早く料理を続ける。

「ねえ、あなたも男の人とバカ言い合ったりするんだ？」本当に意外そうに訊く。

「うん、若林先生とは会えばバカばっかり話していた関係だと言ってもいいかな」

「ふーん……諒一さんの前では取り澄ましていたじゃないの、あなたは」

母が笑う。取り澄ました顔をした覚えはないけれど、そうだったのかな、と軽く思う。

「それで、どうしたの」母が促す。

「私には諒一くんがいたし、その気もなかったからハッキリとお断りしたの。それで彼も納得してくれていたと思っていたのね。その後、さゆみちゃんと若林先生が旅行先で知り合って、二人は付き合い始めたの。その後、彼も逡巡が少しあったみたいだけど、私、ちゃんと会って話したの。そのとき、若林先生はさゆみちゃんを大事にするって私にも言ってくれた」

「うーーん……」

「さゆみちゃんだったら、きっと若林先生も夢中になるだろうって思ってたし、私が彼にその気がないってことも伝わったと思う」

「うん、それで？」母は相槌を打ちながら、味噌汁の火加減を調整する。

「でも、少し前に私が精神的に参ってしまったとき、彼はさゆみちゃんの前で私への心配を何度も口にしたらしくて、それをさゆみちゃんが誤解してしまって、まだ若林先生が私のことを好きなんだ、と訴えているの」

「なるほど」

「私はどうしたらいいと思う、お母さん」

一気に喋り終え、私は溜息をつく。緊張が解けるのがわかる。話している間中、母に無視されたらどうしようという危惧がちらつき、多少緊張していたのだ。でも、母はまっすぐに私を見ていてくれた。

「若林さんは、さゆみさんを好きだとあなたにハッキリ言ったのね」

私はハッとする。そういえば、言ったんだっけ。思い出せない。

「大事にするとは言ったわ」

「そうじゃなくて、好きだって言葉は聞いたことがあるの？　さゆみさんにも言ったことがあるのかしら」

「……」

「愛情表現をひとつもしないままだと、不安になるでしょう」

「うーん、でも言葉を超えたものってあると思うし」

「翔子、あなた、さゆみさんの気持ちはわからなくないでしょう」

母の声が静かに心に浸透してくる。

「……翔子はどう思っているの」

「え？」

「若林さんよ」

「だから、仲間よ」

「あなたのことをヘンに女扱いしないで、一人の人間として認めてくれている人なんでしょ。あなたには、こういう人が理想なんじゃないの？」

「……」

「違うの？　お母さん、それがわからないわ」

今日ずっと自問自答し続けていたことを、母にズバッと訊かれ、思わずたじろぐ。

「さゆみさんはまだ若いからね、気持ちの持っていき方がわからなくて、あなたに感情をぶつけちゃったんだと思うよ。かといって、彼にハッキリ訊くのも怖いんでしょうね」

「お母さん、でも本当に私、彼のことはなんとも思ってないのよ」

「そうかしら。さゆみさんがいなかったらどうだった？　諒一さんがいなかったらどうだったかしら」

「たられば で言われても、わからない。でも、たぶん、付き合ってないよ」

「そうなの……お母さんにはわからないこともあるんだろうけどね、翔子」

「はい」

「誰かを想う気持ちを他人が左右することなんて誰にもできっこないんだよ。そんな簡単なことじゃないんだよ」

母は、ゆっくりと私に向き合う。母の瞳の奥に映るのは、確かに私だ。この感覚。この感情に、私は少し感動する。

母は料理の手を止めて言う。

「彼に今の気持ちを訊いてみたら？　さゆみさんは訊けないでしょう、怖くて」

「うーん、でも、私が介入したらややこしくなるよ」

「あら、それが一番てっとり早いわよ。翔子も逃げてるのよ。さゆみさんを傷つけることになる結果が怖いんでしょ」

「うん、すごく怖いかも」

「翔子にその気があるとかないとか、それは二の次ね。今いちばん辛いのはさゆみさんでしょう。翔子しか助けられないでしょう」

「うん、そうかなあ……」

「あのね、翔子。たとえば二人が壊れることになったとしても、それはあなたのせいじゃないわよ」

「でも……」

私はずっと恐れている。私が誰かを傷つける存在になりたくない。

それは自己保身からそう思うのか。わからない。……それは、わからないけれど。

母は私の表情を読み取り、ハッキリと話す。

「お母さんはね、由香ちゃんを一度も責めなかった翔子のこと、すごいと思っているのよ。私の娘として、誇らしく思ってるんだよ」

私は少し驚いて母を見る。

「お母さん……」私は言葉が出てこなくなる。

「さゆみちゃんは、若いけどとっても利口な子だよ。あんな利口な子はある意味、不幸かもしれない。でも、さゆみちゃんはどうなっても絶対、翔子を責めたりしない。人を信じてあげるっていうのは、そういうことだよ、翔子。今のあなたなら、それはわかるはずでしょう」

「……」

「若林さんが翔子のことをまだ好きだということが、全部さゆみさんの誤解なら、それはそれで済むことだよ。だから、一度ちゃんと話を聞いてみたら」

「うん、わかった。お母さん、わかったわ」

「翔子」

「はい」

「……」母が、言葉を詰まらせている。

私も、言葉を失っている。誰よりも、私のことを案じていてくれた母が、今ここにいるんだということに改めて気付かされている。

そして、母もまた、いろいろな感慨があるのだろう。私を見つめたまま、何も話さない。

一樹が台所に入ってくる。

「ひゃー、うまそうなにおいっ！　腹減ったああ！」

一気に空気の色が変わる。少し気持ちがラクになった私は、近々、若林先生と話すことを決める。ちゃんと間に入って、さゆみちゃんの気持ちを伝えたい。

深夜、恵津子からメール。

「明日の夜六時にH駅の改札の前に来てね。いよいよ将来のアンタの結婚相手とご対面させてあげるから。ちゃんとめかし込んで来いよ。わかった？」

ひー、いつの間に私はその人と結婚することになっているの。

十月七日

朝、さゆみちゃんから電話がある。あれからずっと連絡が取れなかったので一安心。

「先日は突然お邪魔した上に取り乱してしまって、ごめんなさい」彼女は小声だ。

「ああ、何も気にしていないよ。それより若林先生とは話せた？」

「いえ、それが、実は……言えなかったんですけど、ここ一カ月くらい会ってません」

「えっ、どうしたの」

「つまらない私の嫉妬で、怒らせてしまって……けっこう大きい喧嘩をしてしまって」

「やだ、どうしたのよー」

「私が翔子さんのお宅に伺った日、本当は前から会う約束をしていたんですけど、なんだか彼、忙しいからって会ってくれなくなってしまって、それで悲しくなっちゃってつい、感情的に翔子さんに当たってしまったんです」

「ん、もう、アイツは……」あ、また言ってしまった。バツが悪い。この際だからハッキリ言おう。

「ねえ、さゆみちゃん、ごめん、私がアイツって言ったとしても、気にしないでほしいの。親しげな表現ではあるけれど、私、そんなつもりはないから」

「わかってます。くだらないとは私も思います。でも、つまらないことが今とても気になってて。ごめんなさい」

「なるべく使わないようにはしますけどね。もし出てしまったらごめんなさい」

私は優しく言う。電話は苦手だ。声だけのニュアンスで気持ちを全部投影させられる自信が私にはまったくない。誤解や曲解が受話器を通して運ばれてしまうのを、とても恐れている。私は慎重に言葉を手繰り寄せる。

「さゆみちゃん、私、今日、男の人紹介してもらうのよ、友達に」

彼女の不安を少しでも解消することになるかもしれないと、私は敢えて言ってみる。

「え、翔子さん、本当ですか」

「うん、今日会うのよ」

「……あの、信夫くんにはそのことは黙っていてほしいんです」

なぜ？　彼女の意図が読めない。

「信夫くん、翔子さんが他の人と付き合うようになったら、本当に私から離れていってしまうと思う」消え入りそうな声。

ここまで寂しくさせているアイツは何をやってるんだ。うっすらと怒りが湧くのを感じる。

「それは考えすぎ。さゆみちゃん、もっと二人で向かい合って話して。私は彼のことをなんとも思ってない。大事な仲間だけれど、付き合うことは考えたことない」

「それはわかってます。翔子さんにその気がないのはわかってるの。私が言いたいのは、そうじゃなくて」

「彼の気持ちが私に向いているという確信は、どこから来るの。そんなに信じられないのかなあ」

「あ、あの……実は、こんなこと言うのは恥ずかしいんですが、彼まだ私にキスさえしてくれてないんです」

……は？

「抱きしめてはくれるけど、まるでお父さんが娘の頭を撫でている感じなんです」

うーーーん、これは初耳だ。というか、普通こんなことは話題にしない。

「翔子さんならわかってくださるでしょう？　私に魅力がないのかなあとか、好きじゃないのかなあとか、その、なんていうか、だんだん自信がなくなってくるんです」

「うーーん、これは確かに不安かも……大事にしているってことは確かだと思うけどね……さゆみちゃんからキスしてって言ってもしないの？」

「してくれないです」

ふと、私が仕事場で若林先生に抱きしめられた日のことを思い起こす。あの、腕の硬さと熱さと、圧倒的な彼の体の厚みの存在感。心の中の風景をさゆみちゃんに見られた気がして、私は慌てて脳裏の画像を消す。

「さゆみちゃん、私が二人の間に入ってもいいかしら」

「え……でも……」

「これで最後にする。さゆみちゃんが訊きにくいこともあるでしょう」

「翔子さん、私、翔子さんばかり頼れないですよ……」

「……いいのよ、そんなことは」

「翔子さんのこと好きだって彼が言ったら、翔子さんどうしますか」

「考えたくないし、考えられません」

「考えてください」

「私にとって、彼は大事な仲間。それだけ。信じて」

「そうじゃなくて、私の気持ちを抜きにして、翔子さんもちゃんと考えてほしいんです」

電話を切ってから、私は考える。

母のアドバイスを思い出す。そうだ、私しかいないんだ。私が直接彼と話そう。

恵津子との待ち合わせの六時まであと三時間。なんとか彼と話したい。

若林先生は今日は塾に行っているはず。仕事中は律儀にケイタイを切っている彼。塾に電話すれば捉まるかもしれないと思い立ち電話する。でも、気抜けするほどあっけなく彼が直接電話口に出る。

「若林先生、授業まで少し時間ある?」

「何?　どうした?」

「さゆみちゃんが、悲しんでるのは知ってる?」

「ワリィ、今、状況的に電話では話せない」

「わかった。少しでいいから話がしたいんだけど」

「折り返しケイタイにかける」と切られて、ずっとかかってこない。仕事中にかけたのは失敗だったかと後悔する。

恵津子との待ち合わせの時間が迫っている。私は敢えてジーンズとラフなシャツを選ぶ。「めかし込んで来い」という恵津子の言葉に従うのが非常に恥ずかしかったからだ。

待ち合わせの駅に行くため、最寄り駅まで自転車を走らせる。

途中、若林先生から電話がある。

「悪い、遅くなった」

「うん、私もそんなに長くは喋れない状況なんだけどね」息を吸う。落ち着け。ちゃんと話せ。私は自転車を停める。人気《ひとけ》のない場所に座る。

「ねえ、さゆみちゃんのこと、あんまり悲しませないでよ」

「いや、なんだか最近、ケンカばかりで」

「さゆみちゃん、ウチに来て泣いていたよ。あのね、あなたが私のことをまだ忘れてないって思い込んでて、疑心暗鬼みたいなの。だから、もっとちゃんと愛情表現してあげてほしいのよ」

「……俺、確かにずっとオマエのことが心配だったからな、ついつい、さゆみの前でオマエのことばかり話してしまったんだよな」

「デリカシーがなさすぎるよ。少しはさゆみちゃんの気持ち、考えてあげてよ」

「さゆみもオマエのことすごく好きだって言ってたんだよ。だからそんなふうにあからさまに嫉妬するとは思ってなくて、ちょっと驚いてる」

「あのさあ」私はわざとぞんざいな口調を作る。

「先生、さゆみちゃんのこと本当に好きなんだよね？」

「なんだよ急に」

「私のことは仲間だよね」

「……ああ」

「信じてるから」私は思いを込める。

「若林先生、さゆみちゃんを悲しませないで。安心させてあげて」

「わかってるよ。悪いな、心配させて」

そろそろ行かなくては間に合わない。私は立ち上がりゆっくりと駅に向かう。

「あれオマエ、今外からか？　どこか行くのか」

「うん、私ね、これから男の人紹介してもらいに行くの」

さゆみちゃんに禁じられていたことを私は伝える。これは意図してのことだ。

「……ああ？」

「私も一歩、前に踏み出すことにしたの」

「……おい」

「だから、応援しててほしいな。若林センセ……」

「行くなよ」

……え？

「翔子センセ、行くなよ」

「あなた、何言ってるかわかってるよね？」

「俺、どうしたらいいのかわかんねえんだよ」

「あなたは私に誓ってくれたじゃない。さゆみちゃんのことを……」

「俺はオマエのことを、ずっと」

私は思わずケイタイを切ってしまう。そう、聞かなかったことにしてしまった。逃げてしまった。今のは気の迷い、彼はちょっと、一時的に錯乱しただけだ……と思い込もうとしている。

さゆみちゃんの涙の色が私の脳裏に蘇る。かなり動揺してしまい、頭が真っ白になる。どうしたらいいんだろう。動悸がして、止まらない。

でも、これは現実？　気付いていた？　そう、本当はどこかで彼の気持ちを知っていたのかもしれない。だから、怖くて、怖くて、逃げていたんだ。

さゆみちゃんの言うとおりだ。私は彼の気持ちを押し込めていた。この狡猾さにうんざりする。

なんだか、これから男性を紹介してもらうという気持ちが劇的に失せる。憂鬱だ。でも、約束は約束だ。行かなければならない。むりやり心を鼓舞する。


待ち合わせのH駅で、真っ赤なスカートを穿《は》いた恵津子が手を振っている。久しぶりに会う彼女は垢抜けていて美しい。アスリートのようなキリッとした姿勢で颯爽と立っている。「精悍」という、形容がよく合う。

私たちは歩きながら話す。恵津子が私の姿を上から下までじろじろ眺める。

「ねぇ……アンタ、何よその汚い格好」

「汚くなんかないわよ。失礼ねぇ」

「もっとこう、なんとかならなかったわけ？　初めて会うってのにさあ……それじゃモロに家着じゃん。翔子、休職中だからって服も買えないの？」

「だって、気恥ずかしいじゃない、意識して洋服新調してオシャレしてご対面だなんて。考えただけで顔が赤くなるよ」

「翔子のそういうとこ、変わらないよねぇ」恵津子がひとつ、大きな溜息。

「ま、今日紹介する人、絶対気に入るよ。いい男だよー」

「でもさ、大学の研究者だなんて、私と不釣合いじゃない？」

「そんなことないよ。研究者って言ってもごく普通の人よ」

「恵津子は何度か会ってるのよね？」

「うん、一緒に飲んだりしたことは三、四回くらいかな」

「恵津子の今の彼の友達？」

「彼になるかどうかは、まだ微妙よ。付き合ってみてもいいかなとは思ってるけどね。でもお友達で終わりそうな予感だわ」

「その彼とはどこで知り合ったの」

「婚活パーティー」

「あら、ずいぶん積極的ね」

「医療関係者だけを集めたパーティーってのがあって、そこに行ったの。会場で一番金持ってそうなイケメンを狙ったってわけよ」

「あら、さすが恵津子ね」

「でも、寝てみたらひどい早漏だった。アレはないわー」

「やだー、もう寝てるの」

「寝てみないと男はわからないじゃん」

「相手は付き合ってるつもりなんでしょ」

「まあ、ね」

「じゃあ、あなたもちゃんと本気で付き合いなさいよ」

「ほらほら、また翔子の真面目グセが出たあ。男と女なんて駆け引きがすべてなのっ」

ふと、「行くなよ」と切なそうな声を放った若林先生を思い出す。

私は心の奥で彼を振り払う。思い出してはいけない。忘れろ、忘れろ。

「うふふ、今日紹介する喬《たかし》くんもアンタとまったく同じようなタイプよ」

居酒屋に着いた。急に動悸がする、とても緊張してきてしまった。

恵津子は入口付近にいる彼氏の姿を見つけ手を振る。

わかりやすいイケメンという感じで、恵津子と並ぶとけっこうお似合いのカップルだ。

「七井さんですね。初めまして。オレ、篠崎蓮太《しのざきれんた》っていいます。いやぁ、噂に違《たが》わずスゲ〜キレイっすねぇ」

とってつけたような恵津子の彼のお世辞。でも、意外に不快な感じは受けない。かなり軽そうだけど、まあ、人としてそれほど悪い人ではない感じを受ける。恵津子と私は篠崎さんに導かれ、席に案内される。

「いらっしゃいませ」店長と思《おぼ》しき男性がこちらをちらっと見る。

店は大繁盛のようで、ほぼ満席。大人の居酒屋といった風情の、ちょっと和風のこじゃれた店内。ブースは仕切られていて客同士の顔を見ることはない。

鉄板焼きがメインなのか、テーブルには炭が常備してある。私の目の前に、古いユニクロのシャツをキレイに着こなしている人が座っている。この人が「喬くん」だろうか。私もユニクロを着ていたので、それだけでちょっと親近感が湧く。こういう場に来るときに、敢えて普段着を着てくるセンスというか、オシャレして来るのが気恥ずかしいと思う感性が同じなのかな、と単純に考えた。

「ほら、自己紹介しろよ、何ボーッとしてんだよ、お前」篠崎さんが促す。

「あ、すみません。森本《もりもと》喬といいます。今日はよろしくお願いします」

私を見る、まっすぐな瞳。あまりにその瞳の色に邪気がなくまっすぐなので、私はたじろぐ。どちらかというとハッキリした顔立ちなのに、顔の印象よりも、ちょっとした仕草や声が印象に残る人だなと感じる。

私は初対面の人の前では地蔵だ。ひたすら黙りこくる。子供じみているが、どうにも言葉が出ない。でも、決して相手が不快な印象だからではない。むしろ、見つめられる視線は心地よいほどだ。この感覚はなんだろう。うまく言葉にできないが、とても落ち着く。そう、ひと言で言えば「この人、すごく落ち着く」というのが第一印象だ。

恵津子と篠崎さんは喋る喋る。いや、場を盛り下げないように必死になってくれているのだろうか。ただ、恵津子の彼の話は若干、独断と独善が多い気がする。少し聞き役が疲れてくる。

レモンサワーをちびちび飲みながら、私は居心地の悪さだけを感じ始める。


「行くなよ」


若林先生の声が再度耳元に蘇る。

若林先生は、本当は今でも私のことを好きなんだろうか。絶対考えたくなかったことを、現実として受け容れなくてはいけなくなったことに、逃げ続けたいと思っている。

思い沈む私。無口になる。早く帰りたい。その私に気付いたのか、喬さんが言う。

「あの、七井さん、ご気分大丈夫ですか?」

「あ、すみません。無口になってました。久しぶりにこういう賑やかな場所に来たので、ちょっと緊張もあって」

「翔子は昔から人見知り激しかったからねぇ」恵津子が笑う。

「ままま、飲もうよ、飲みが足りないんだって、翔子ちゃん」

篠崎さんがボトルを頼みに行く。私は、今日はお酒を飲むので薬を控えてきた。でも、お酒をたくさん飲む気持ちにもなれないでいる。

やはり、さゆみちゃんと若林先生のことが頭にあって、気になって楽しめないのだ。

喬さんがトイレに立つ。すかさず恵津子が小声で言う。

「ねえ、ちょっと、アンタ、その仏頂面やめてよ。気に入らないの？　だったら後で断っていいからさ、この場だけでももっと笑っててくれないかしら」少し怒っている。

「う、ごめんなさい。そうよね。ちょっと緊張しちゃって」

「喬くん、いい感じだと思わない？」

「うーーん、第一印象は悪くないけど、どうかなあ」

「何言ってんのよ、なんですぐ結論を出すかなあ。男はまず、付き合ってみなくちゃわからないでしょうが、アンタ、この先こんないい条件の男、もうそうそうは出てこないわよっ！」

「そうね、いい人だとは思うわ、私も」

「だったらもっとさあ、せめて愛想よくニコニコ笑ってあげなさいよ」

「ごめんね、恵津子」困る私。恵津子は大仰な溜息をつく。

結局、元気な篠崎さんが一人で喋りまくり、恵津子がそれに茶々を入れて二時間が過ぎる。恵津子が唐突に言う。

「翔子、私たち先に帰る。お金は今度でいいわ。ここは払っておくから二人でゆっくり飲むといいわ」気を利かせたつもりなんだろうか。

でも、本当は私も早く帰りたい。

突然二人きりになったテーブルの上には、さっきまで四人で食べていた焼き鳥の大皿が残っている。喬さんはそれをまとめて片付けやすくしている。私も手伝う。すべてのお皿を取りまとめる。手を動かしながら、喬さんが言う。

「七井さん、改めて何か飲みますか？　お酒がキツいようですからソフトドリンクにしますか」

あまりお酒が進まないのを見ていてくれてたんだ。無口でいた自分を少しずつ反省し始める。

「はい、じゃあ、熱いコーヒーをいただきます」

「甘いものは召し上がりませんか」

「はい、今はいいです」

「本来はお好きなんですか、甘いものも」

「ケーキは好きです。でも私はどっちかというとコーヒーがないと生きていけません」

「あれ、僕とおんなじだ。僕もコーヒーがないと一発で死ぬよ」

初めて私たちは顔を見合わせて笑う。居酒屋でコーヒーを頼む無粋な客に成り下がった者同士、という楽しい共通意識が私を優しく解いていく。でも、まだ私は緊張感を拭えない。さゆみちゃんのことが頭から離れない。私はここにいてはいけないのではないかと、さっきからずっと考えている。

私の表情を察したのか、喬さんは黙ってコーヒーを啜っている。私も話題を探す。が、沈黙があまり息苦しくないことに気付く。なぜだろう。空気が温かい。喬さんから発する雰囲気は、どうやらとても私に馴染んでいる。彼がコーヒーを持つ手を休めて静かに言う。

「今日は、すみません。なんか、ご無理を言って来ていただいたのではないですか」彼に気を遣わせているなと気付く。何か話さないと。

「すみません、私、極度の人見知りで。いい歳して恥ずかしいですけど」

私はなぜここにいるんだろう、という想いが少し過るが、見ないフリをして話す。

「翔子、っていい名前ですね」喬さんが独り言のように言う。

「え、初めて言われました」

「呼んだ感じが爽やかで好きです。もしよろしければ、お名前でお呼びさせてもらってもよろしいですか？」

「あ、はい、どうぞ」

「ありがとう。翔子さんも僕のこと、喬って呼んでくれて結構です……って、なんだかこういうのって、めっちゃ恥ずかしい会話だね」

《恥ずかしく思うツボ》が全く一緒だということが少し嬉しい。

「あの……」私はおずおずと口を開く。

「はい。何でしょう？」穏やかな目で私を見る。

「あの、失礼ですけれど、翔子さん、お歳はおいくつでしたっけ」

「三十四歳です。えと、喬さんは？」

「あれ、聞いてなかった？　翔子さんより一つ年下なんですよ」

「年下ですかあ」

「いえ、年齢は関係ないですか？」

「そうですか、よかった」目元が優しい。それと、手がとてもキレイな男性だ。私はまじまじと顔を見る。よく見ると、とても人の良さそうな、優しいオーラだけを醸している表情だ。

「僕、実はとても緊張してます」彼が初めてまっすぐ笑顔を見せる。

ああ、この笑顔、なんだかとっても安心する。落ち着く。もっとオシャレしてくればよかったと急に自分の普段着姿が恥ずかしくなる。

「あ、あの……」話題を探す。うう、なんだ、この緊張は。

「はい。なんでも訊いてください」

「あの、お仕事は、大学の先生ですか？　研究もなさってるとか。どんなことを教えているのですか」

「複雑現象の追跡について、です」

「わー、なんだか難しそうですねえ。もう少し具体的に、私の頭でもわかるように教えていただけるとありがたいのですが……」

「えーっとですね、一見規則性の無いものから規則性を見つけ出すという学問なんです。学生と一緒に研究を進めたりしてますが」

「何ひとつ、おっしゃっていることが理解できません」私は笑う。本当に、こんなに人の言うことが理解できないのは初めてだったからだ。

喬さんは困った顔をして笑う。

「あはは、すみません、易しく説明するほうが難しい分野で。あまりに専門的すぎることを研究してるんですね、僕は」

彼はゆっくりと居住まいを正す。サラサラな髪をかき上げる。ゆっくりと話を続ける。空気が柔らかい。

次第に私は気持ちが平らかになっていくことに気付く。

「僕は自分の研究内容を女性に尋ねられたのは初めてです。嬉しいです。ただ、慣れていなくてうまく説明できなくて、すみません」

「いえ、私の頭がトリ頭なんで。ごめんなさい」彼がまた笑う。

「翔子さんはモノを作ったりするのが好きですか」

彼は空になったコーヒーカップを置きながら私を見る。

「はい、好きです。料理も好きですし、あと、言葉で遊ぶのが好きです。私は日本語の美しさを愛しています。文章を書くと、なぜかとてもやすらげます」

「僕も日記を書いていたりするんですよ、ネットで。お客さんは知り合いだけですけどね」私は少し驚く。

「え、ご自身で作られたんですか」

「いえ、フォームは人に頼んで作ってもらったものなんですけどね、もう三年近く毎日書いてます」

「ぜひ、読ませてください」興味津々だ。どんな文章を書くのだろう。

「ケイタイからも読めますよ」

そう言って、喬さんはケイタイでページを開いて見せてくれる。

彼の文章は、なんの衒《てら》いもなくまっすぐで素直な日本語を綴っている。決して文章の技術に長《た》けているわけではない。だけど、どこかラディカルな視座をそことなく感じる。難しい研究をしている人の頭の中に、こんな優しい泉が溢れていることに、少し感動する。私は、言葉を大切に扱う人には無条件で好印象を持ってしまうという弱点がある。

「翔子さんもWebで書かれているの?」

「いえ、私は大学ノートに。アナログですみません」咄嗟に嘘をつく。

「喬さんは、大学で学生さんに教える講師のお役目もあるということですね。生徒に勉強を教えるって意味では私と同じですね、レベルはずいぶん違いますけど」

「そうですか?　生徒に逆に教わるという意味では同じことですよ。僕ら講師は生徒から学ぶという意識で教壇に立たなくてはと思います」

日頃、考えてはいても口にはできないことをまっすぐに言われたことに、私は感激する。心が揺れる。ひょっとして、素敵な人かもしれないな、と改めて彼の顔を見る。

話題を探る。何を訊こうか。

「今、一番大切にしているものはなんですか」彼の醸し出す空気は柔らかい。

「相手の心を理解しようと努力するってことですね」

「じゃあ、喬さんが生きていく上で、一番大事にしているポリシーはなんですか？」

「ありきたりだけど一期一会かな。翔子さんとの今日のこの出会いも、大切にしたいと思います。もっとあなたのこと、これから知りたいと思います。もし僕の第一印象がよくなくても、もう一度会っていただけたら嬉しいです。僕は一目惚れはしません。翔子さんのこと、もっと知りたいです」

私は「はい」とだけ返事をする。ケイタイの電話番号とメールアドレスを交換する。

家に帰ってからの私は思いのほか浮かれていた。そう、でも、この浮かれ具合は、逃げにすぎない。私は、さゆみちゃんと若林先生にちゃんと向き合わなければならないのだ。若林先生の想いを、ちゃんと受け止めなくてはいけない。さゆみちゃんと話さなくてはいけない。わかっている。どうしたらいいのか、考えあぐねて時間が過ぎる。さゆみちゃんをこれ以上苦しめたくない。どうしたらいいのか、わからない。

十月八日
　今日は午後、久々に名木先生と会う。久しぶりのクリニックは、青リンゴのような清涼な香りが薄く漂っている。この素敵なにおいは、名木先生の髪から香るカモミールのアロマとよく似ている。

　受付の禊さんは自慢のネイルアートを見せる。

「七井さん、ほら、素敵でしょ。揚羽蝶よ」

「わー、キレイ。でもお米はどうやって研ぐの」

「んもう、七井さんたら、お米なんて研ぎませんよ。爪のほうが大事」

　いいなあ、オシャレに命かけられる若い子って……と、嫌味抜きでそう思う私。

　名木先生は長かった髪をバッサリと剪っていた。あの豊かな髪が肩の辺りで揃えられているのを見て、思わず「きゃー、もったいない！」と大声を出してしまう。恋人の加瀬先生と何かあったのかなと思ったが、口にはできない。

「発作的に髪を剪りたくなってしまったのよねえ。でも、どうして私には誰一人として失恋したんですかって聞いてこないのかしら」

　艶やかに笑う名木先生は相変わらずとても美しい。

「加瀬先生がおっしゃってましたよ、あんな真面目な入院患者も珍しかったたって」

　名木先生は私の目をまっすぐに見る。

「明るくなりましたね、雰囲気が。七井さんはお顔に精神状態がすぐに出る方ですよね。

少し太られましたね」

「はい、今のところ発作はありません。とても落ち着いています」

「減薬については加瀬先生から指示されてますか」

「いえ、あとは名木先生に従うようにと言われています」

「そうですか、じゃあ、少しずつ薬を減らしますか。焦らずにいきましょう」

「……はい」返事した途端に不安になる。

「大丈夫ですよ、無理な減らし方はしません」

名木先生は服用している数種類の薬を、すべて少しずつ減らす計画を紙に書いてくださる。本当に長い時間、長い月日をかけてゆっくりと減らす計画。

断薬症状で苦しむ人の話はよく聞くので、こうやって丁寧に計画してくださると不安が軽減する。

「お薬が半分に減らせたら、お仕事復帰していいですよ」

目の前がパァッと明るくなる。仕事ができるんだ。やった！

若林先生とさゆみちゃんとのことを名木先生に話したいところだが、名木先生は精神科医であって、人生相談をする相手ではない。先生は市井の占い師ではないのだ。筋違いだと思い直して私はクリニックを後にする。

家に帰ってから意を決して若林先生に電話をする。

が、出ない。話し合いをしたいと言ったのは彼のほうなのに、なぜケイタイを切っているのだろう。私が悪かったんだろうかと否定的な感情に捉われている。この感情をどう名付けたらよいのか、それさえもわからない。ただ、さゆみちゃんの涙はもう見たくはない、その想いがとても強い。また仕事場に直接電話して呼び出すしかないのだろうか。できればそんなことはあまりしたくない。でも、会って話す以外に打開する方法はない気がする。わかっている。わかっているけれど。

まあるい月。きいろい月。満ちる月に、私は由香を想う。由香に会いたい。とても会いたい。感傷だということはわかっている。赦されないことも知っている。だけど今、私は誰よりも由香に会いたい。

十月十一日

ブログのアクセスが累計二百万ヒットを超える。毎日二万人以上の人が見てくれている。最初は見えない視線に怖気づいたりもしたけれど、今は読者の励ましが何よりもありがたい。コメント欄に溢れる私へのエールが、私のエネルギーの源となっている。本当にありがたいことだ。

深夜、突然に強い胸痛がある。すぐに痛みは治まったがとても不安な一夜だった。加瀬先生の外来が近いので、じっくり相談しなければ。

十月十二日

午前中、ケイタイに喬さんから電話がある。

初めて会ってから電話で話すのは初めてだ。ただでさえ電話恐怖症なので突然の電話に少しパニくる。でも、電話で「声」だけを届けられると、会っていたときには気付かなかった声のトーンや、言い回しに気付く。何気ない近況を話しているうちに、しだいに私は落ち着き、安定していくのがわかる。まるで安定剤を飲んでほんわかしたときのようだ。どうしてこんな気持ちになるのか、説明がつかない。

「ぜひまたお会いしたいんですが」と意外と積極的なお誘いを受ける。

「じゃあ、またご連絡します」と受けて電話を切る。


今日は加瀬先生の病院で、初めての退院後外来受診。

出がけに陽一兄さんのところの理代子さんが茉莉花を連れて家にやってくる。茉莉花は可愛い。子供と接すると私はとても元気になる。茉莉花と遊んでいたかったのだが、うかうかしていると予約の時間が過ぎてしまう。

「あそぼーよー、ちょーこちゃーん」とスカートの裾を引っ張る茉莉花に「きょうはおでかけするから、またこんどね」と言って頭を撫でる。

電車を乗り継いで病院に向かう。正直、私はいまだに電車が苦手だ。朝から緊張し、頓服を飲んできた。でも、その緊張感よりも加瀬先生に会える楽しみのほうが今日はずっと勝《まさ》っている。もう十月だというのに、半袖の人が多い。そして本当になんだか暑い。残暑という言葉を使うには躊躇われる。もう季節はとっくに秋のはずだ。確かに風のにおいと空気の質は夏のものではなく、私の肌は秋の湿度を纏っている。この季節になると、決まって思い出すのが初めてキスしたときの、遠い日の、あのもみじの紅。乾いた、それでもじゅうぶんに彩られ、赫《かがや》く色を放つあの秋の光景。

初めてお付き合いした男の子は、今どこで何をしているのだろう。名前すらすぐに出てこない。なんだか遥か前世の出来事のように遠く感じる。

十月だというのに、夏の名残のほうが強い今年の秋は、私に季節感を見失わせ、妙な幻惑を誘発させる。

加瀬先生のいる病院の看板が見える。看板には小さなひよこがあしらわれている。ロゴも可愛らしい。大きな病院にはそぐわないほど、可愛い看板だ。私は加瀬先生のプーさん顔を思い出して、頬が緩む。

診察室に入る。看護師の胸のプレートにもひよこがいる。可愛い。小児科みたいだな、と思いながら、明るくて可愛い診察室を見渡す。加瀬先生は私の胸痛の原因を探る。

どちらかといえば、不安感より胸の痛みのほうが強かったことを話す。パニック発作で似たような症状に見舞われたことはあったが、ここまで強い痛みは初めてだ。

「名木先生の減薬の計画はとてもいいと思いますが、ひょっとして七井さんは、薬を減らされることに対する不安があるのではないでしょうか」

ああ、そうかもしれない。思い当たるフシがなくもない。

「私は七井さんのことをよく名木先生からうかがっていますが、名木先生とは本当にいい信頼関係を築いているみたいですよね」

「はい。名木先生のことはとても信頼しています」

自分の恋人を「先生」と呼ぶことに抵抗はないのかなと、どうでもいいことを頭の片隅で考えながら、私は加瀬先生の穏やかな目を見る。

「大丈夫ですよ、薬を減らしてもまた不安が急激に増えることはありません」

にこにこと笑うその顔。ああ、優しいなあ。それにしても、なんてくまのプーさんに似ているんだろう。

　私は先生の笑顔を見ているだけでほっこりした気持ちになり、思わずニコニコしてしまう。名木先生はこのほっこりした気持ちを加瀬先生と会うたびに味わっているのだな、と少し羨ましくなる。

「ご自身で原因を自覚できている不安というのは、身体的症状が出ないことが多いのですが、なんだかよくわからないけど不安で仕方がないというときに、また別のストレスがかかると、『これは薬を減らしたからだ』と早合点して、ますます不安になり、不安になった自分にまたさらに不安になり、そんな自分をまたさらに不安がる、という無限のループに陥るんです。すると簡単に追い詰められます。薬を減らしたことで、きっと無意識に七井さんはこの不安のループに嵌まってしまったのではないかなあと思うんですけれど」

　そうだろうか。よくわからない。でも減薬については、うまくいかなかったらどうしようという不安があったことは事実だ。

「心臓に欠陥があるわけではないと思います。大丈夫、人間、そんなに簡単に死にはしません」

　加瀬医師はわっははは、と快活に笑いながら言う。

「今度、胸が痛くなったら迷わずに名木先生のところに行ってくださいね」

「はい、わかりました」と言って診察室を出た。

　病院で支払いを済ませる頃には、私の胸に不安はほぼ無くなっていた。

　若林先生のことが私にとって「ストレス」なんだろうか。それはとても失礼なことだ。ちゃんと向かい合わなくてはならないと決断する。私は彼と会うことを決める。

　帰り道、ケイタイから電話をかける。彼のケイタイにではなく塾にかけた。英語科の小《お》原《はら》先生が出る。よりにもよってなんで小原先生が……と少し苦々しく思う。

「あれっ。七井先生だ。どうですかその後。こちらは七井先生の穴埋めで非常に忙しくさせてもらっちゃいましてね、ここんところずっと休みなしですわ。ははは」

　嫌味を言わせたら天下一品だなと心の中で毒づきながら、私はひたすら謝る。

「いずれにしろ近いうちに一度教室に来てもらわないとこっちはまったく埒《らち》が明きませ

んわ。ちょっとでもいいんで、お時間作れますかねぇ？」

　電話越しにでも小原先生の眉間の皺が見えるようだ。

「はい、近いうち必ず伺います。申し訳ございません。塾長に宜しくお伝えください。あ、あと、今日は若林先生はもういらしてますか？」

「えーっと、ちょっと待って……あー、まだ来てないようだね。何か用事があるの？」

「あ、いえいえ、別に急用というわけではないので大丈夫です。電話があったことだけお伝え願えますか？」

　早口でそう言って、もう一度謝罪して電話を切る。心がざりざりする。なんであんな嫌味な言い方をするんだろう。いや、いつものことじゃないか、と自分に言い聞かせる。

　駅のホームに立っていたらケイタイが鳴る。彼からだ。

「ワリィ、今、小原のオッチャンから聞いた。電話くれたんだろ」

「うん、話がしたいと思って……」

「ん、……ああ」

「さゆみちゃんは、大丈夫？　連絡とれてないけど」

「ああ、悪いな、心配かけて」

「さゆみちゃんのこと、ちゃんとフォローしてくれてるんでしょ？」

「……話、してないんだ」

「……え」

「俺、会ってないし、電話もしてないんだ」

「え、どうして？　さゆみちゃんのこと、どうするつもりよ」

「ごめん……」

「私に謝られても……。とにかく、話したいから会ってください」

「今日は仕事で身動きできない。どうしても時間取れない。明日でいいか」

明日は、喬さんに誘われている。私は悩む。

「明日はダメなの。先約があるわ」

「……オマエ、もう、付き合ってるのか」

「え？」

「この前紹介してもらうって言ってた男と、付き合ってるのか。明日会うって、ソイツとなんだろ」

私は押し黙ってしまう。なぜ答えられないんだろう。ここで黙っているとはどういうことだ。私は自分に腹を立てる。


ホームの片隅のベンチに座り、少し声を大きくする。

「あのね、別に付き合っているというのではないわ。まだ」

「でも、会う約束してるってことは、今後付き合うってことだよな？　オマエ、暇つぶしのためにわざわざ男と会わないよな？」強い口調。彼は何を言いたいんだろうか。

　ケイタイを持つ手を替える。心を落ち着かせようとひとつ深呼吸する。

「……どうしてあなたがそんなことを私に訊くの」

　どうして、という理由は、わかっている。わかっているのにこういう言い方をする私は、明らかにずるい。

「明日、俺と会ってくれよ。頼む」こういう言い方も、我儘も、本当に彼らしくない。こんな彼は初めてだ。

「先生らしくないことを言わないで」

「来なかったら諦めるから」

「そういうことは止めてよ」

「じゃあ、会うなよ、ソイツと。俺と会ってくれ、頼む。ちゃんと話すから」

　いつになく必死な声。私はさゆみちゃんの泣き顔だけを思い出す。

　喬さんとの約束を反故《ほご》にしてしまうことは、今の私にはできない。

「私、それはできない」振り絞るように言う。

「じゃあ、俺、仕事全部休む。今日、これから会おう」

「若林先生、落ち着いてください。仕事はちゃんとやってください。お願いします」

　本当に今日はすべての言動が彼らしくない。彼の気持ちが痛くて、また逃げたくなる。

でも、逃げてはいけないんだ。喬さんと付き合い続けたいという強固な意志も、私にはまだない。確かに、会いたいという気持ちはある。だけど、付き合うという意志が持てない。

ふと、母の声がする。

「今会うべきなのは、喬さんではなく若林さんのほうだよね？」

そう、母ならきっとそう言うはずだ。私はもう一度ケイタイを持つ手を替える。

「わかった、明日の夜、会いましょう。さゆみちゃんには私と会うことを隠さないでほしい。ちゃんと彼女に伝えてから来てください」

「わかった。ありがとう。俺は……」彼は絶句している。

そのまま電話を切った。

明日の夜、若林先生に会って話すべきなのは、これからの自分をどうしていくかだ。私は彼の話を聞くことだけでなく、自分の気持ちを伝える必要があるのだ。

誰も答えてはくれない。

眦《まなじり》にずっと止まっている喬さんの面影と、若林先生の強い声。私は小さな白い錠剤を手に取り、水で一気に飲み干す。水のにおいと、錠剤の色と、二人の存在が、体で融ける。そして、眠れずに夜をやり過ごす。夜。夜。夜。

十月十三日
若林先生と寝てしまった。

私は結局、キレイゴトを並べていただけの、ただの馬鹿だ。

今、由香の気持ちが痛いほどわかる。

いや、違う。同じように考えるのは由香への冒瀆だ。

だって、由香は全身で諒一くんを愛していた。愛していたから、抱かれたいと思った。

でも、私は、そうではない。

ただ、せつなくて、せつなくて、気持ちがちぎれそうで、苦しかった。

苦しさから逃れたかっただけである。

私が彼に抱かれるというよりも、私が彼を抱かずにいられなかった。

私と由香は似て非なる存在だ。まったく違うのだ。ただ、由香が私にすべてを打ち明けたのは二人の間に貴い歴史があり、絶対的信頼があったからだ。いわば、由香に黙っている選択肢は最初からなかった。……でも、私はさゆみちゃんに話してはいけない。保身の意味ではない。絶対に話してはいけない。

私は、最低だ。もう、私はさゆみちゃんにも、若林先生にも、そして喬さんにも会うことはできなくなってしまった。

十月十四日
一夜明け、ブログ読者から怒濤のコメントが止まらない。
これほどまでに大勢の方が毎日毎日私の日記を読んでいてくださったんだと、改めて実感して気圧されている。
［どうせそうなるだろうとは思っていましたけど、本当にそうなっちゃうんですね、どこまで軽薄なの。ただの淫売じゃん。］
［マジわかんない。どうしてそうなるわけ？　ホントは翔子さんて案外すごい馬鹿だったの？　心底気色悪い。］
［これからどうするのか考えた行動だったら仕方ないですけど、やっぱり私にはあなたのその行動はよくわかりません。］
その殆どが私の軽率な行動を批判する声である。
けれど、今回の批判は当然だと思う私がいて、不思議と心が波を立てない。
中には私の心の揺れを本当に心配してくださる方も大勢いらっしゃる。今まで自身のことのように親身になってくださった方もいるし、この場でこうして書かせていただける、読んでいただけるということは、私にとってどれほどの精神安定をもたらしてきてくれたかわからない。
なのに、軽率な行動で心配をおかけしてしまって本当に申し訳ない。どういう経緯を辿り、そして私自身にどういう心の推移があったのか、ここで綴り、読んでいただくのが一番の恩返しだと思う。でも、全て思い起こして果たしてきちんと書けるだろうか。すべてあからさまに書けるのだろうか。

十月十六日
あの日。会う約束をしていた喬さんに電話をした。

「どうしても行けなくなってしまったんです。すみません」

「何かあったの？」彼は気を悪くするでもなく、私を案じる。

「いえ、ちょっと、どうしても、と友達に呼び出されまして」

「そうなんだ」彼は少し時間を置く。何か考えているのが伝わる。

「翔子さん」彼が改まる。私は緊張する。

「もし、僕とどうしても会いたくないというお気持ちでしたら、無理しなくていいですからね。紹介してくれた篠崎や恵津子さんに気を遣うこともしないでください」

「いえ、違うの。私はあなたに会いたくないなんて少しも思っていません」

すぐに否定する。彼はただ、そうですかよかった、と言って電話を切る。


若林先生と駅前のショッピングモールの一角で待ち合わせた。もう陽が翳《かげ》る時刻になっているのに、まだ日差しが肌を射る。なるべく人目につく場所がいい。明るい雰囲気のところで話がしたい。私は人がたくさん行き交う往来のベンチで待つ。若林先生は私を見つけると、眩しそうな顔で私に近づく。

「お待たせ。翔子センセ、よく来てくれたね」

彼の言葉が遠くから届くような、そんな錯覚を感じる。少し現実感が伴わない。

「今日私に会うこと、さゆみちゃんにはちゃんと話してきたの」

「ああ」

「なんて言ってたの」

　彼は言い澱む。

「俺、これから翔子センセと会って話したいと言ったら、ちゃんと話してきてって言われたよ」

　胸が塞がれる。さゆみちゃんは、どんな気持ちで若林先生を送り出したんだろう。そして、私は絶対に彼を彼女の許《もと》に還さなくてはいけないと心に誓う。

「で、あなたはなんて答えたの」

　何も言わない。どうして教えてくれないんだろう。

「ね、歩きながら話そう」私が提案する。

「俺、車で来たんだ。その辺、車で走らせるよ。そのほうが落ち着くだろ」

「私は、歩きながら話したいの」私はそう言って歩き出す。若林先生は私の右横に並ぶ。彼の横顔は、とても緊張しているのがわかる。固くこわばっている。初めて見る表情だ。私は気付かないフリをする。

　数分歩くと、ようやく彼が口を開く。

「俺、さゆみに信じてもらえるほど、さゆみのこと大事にしてなかった。それは俺自身がいちばんよく知っている」

「でも、信頼を裏切ったらいけないよね。あなたは、さゆみちゃんに対して責任があるのよ」

「責任？」彼が私に向き合う。

「そうよ、責任がある。私も、あなたも子供じゃないんだから」

「俺もそう思ってたよ」

「そうでしょう？」彼は立ち止まる。私は止まらずに歩き続ける。彼が追う。

「俺は、翔子センセのこと、ずっと好きだった」

「……」

「だけど、好きになったときにはすでにオマエは婚約していた。だから俺は絶対邪魔になってはいけないと必死で、いい仲間、いい同僚でいようとした」

「気が付かなかったわ、私。言われるまで」

「そうだろうな。俺は必死に演技してたし。でも、それはそれで楽しかったけどな。俺は、俺のくだらないジョークで笑っている翔子センセを見ているのも好きだったし」

　私は黙るしかない。

「いきなり職場で打ち明けてしまったときは、俺はどうかしていた。すぐに反省した。とても後悔した。オマエを苦しめるだけだったしな。それに俺がどうこう言ってもオマエは俺を恋愛対象として見ていないことはじゅうぶんわかってたし。でもな、あんときは、本当に自分を抑えられなかった」

「うん、正直、戸惑ったかな、あのときは」

私は急に抱きしめられたときのあの腕の強さを思い出す。彼は大きく溜息をつく。

いや、溜息ではない。深呼吸して気持ちを整えているように見える。

「俺はオマエを諦めるので精一杯だった。自分の気持ちは絶対外に出してはいけない、二度とあんなことをしてオマエを苦しめてはいけないと自分に言い聞かせていた。毎日な」

「毎日……？」

「そう、毎日、俺は自分の気持ちを抑えこんでいたよ。それがオマエにとってはベストなんだと知っていたし、俺もまったく脈がないこともわかっていたし、忘れなければと思っていた。迷惑な存在にだけはなりたくなかった」

「そうだったの……」私はなんだかとても申し訳なく思う。

風が出てきた。少し寒い。もう、辺りは暗い。

「オマエが倒れて救急車で運ばれたとき、俺は本当に自分が潰れそうなほど心配だった。でもな、俺はそれでも絶対二度と迷惑をかけまいと頑張っていた。わかるよな」

「うん、そうね」

「さゆみが現れて、俺を好きだと言ってくれた。俺にとっては夢みたいだった、というか、今でもまだ信じられない気持ちがどこかにあるよ、あんな可愛くて若くて、性格のいい子が俺みたいな……」

「そんなこと言わないで」

「だって、そうだろ。旅行先で会ったとき、確かに可愛い子だとは思ってたけど、まさか付き合うことになるなんて信じられなかった。まだ俺は、さゆみが俺なんかのどこがいいのか、よくわかんねえんだよ」

「私には、わかるよ。さゆみちゃんは年上の包容力のある人が好きなのよ」

「俺、包容力なんて、あると思う？」

「う、うん、ま、あるんじゃないかな」

的外れなことを言ってると思いながら、私は相槌を打つ。

「でも、俺はさゆみなら翔子センセを忘れさせてくれると思った。実際俺は本当に彼女に会うのが楽しかったし、会えばいつも気持ちがやすらいだ」

「好きだったんだよね？」

「ああ、確かに好きだったけど、俺は……ひょっとして、オマエを忘れるために好きになりたいって、そんなふうに思ってたのかもしれないいんだよな」

「そんな……ひどい」いや、彼の気持ちに気付きながら、気付かないフリをして放置していた私のほうが、ずっとひどいのかもしれない。

ふと、さゆみちゃんの言葉が蘇る。

「翔子さんは、彼の気持ちをなかったことにしている、ずるい」

そう、今の私はこの言葉に何ひとつ反論ができない。そのとおりだからだ。

「それに……怒らないで聞いてくれ」彼はとても辛そうな顔をする。

「何？　何を聞いても怒ったりしないわ」

「……俺は、実は翔子センセが仕事を休むようになって少しホッとしていた。仕事場で毎日翔子センセに会えるのをすごく楽しみにしていたから、休んでくれて会えなくなったことで、とても助かった。これで忘れられる、完全に忘れていけるって。自分勝手だけどな、本当にあのときは、このままオマエを忘れたいと切実に思っていたんだ」

「そうだったんだ……」ここまで想っていてくれたなんてまったく気が付かなかった。

若林先生が「寒くないか」と何度も言う。私は大丈夫だとそのたびに言う。

「それからオマエが婚約破棄したことを聞いた。オマエが精神的にとても不安定になっていたことを知って、俺は、正直、毎日会いたくて、抱きしめたくて仕方がなかった。俺は何もできない自分の立場がとても辛かったんだ」

　彼が、一気に言う。少し涙まじりに聞こえる彼の声が、夕闇に溶けていく。

「正直言うとな、俺はさゆみといてもずっとオマエのことばかり考えていた。さゆみが翔子センセを好きだと言うたび、俺も好きだと言いそうになってやめたよ、何度も」

「そのうち、オマエが入院した。そうなって初めて、俺はハッキリとオマエのことを諦められないと悟った。入院したと聞いたとき、俺は自分でも信じられないほど動揺してしまった。さゆみもそれは知ってると思う」

「うん、さゆみちゃん、話してたよ」

「俺が悪い。ただ、彼女に気を配れるだけの余裕は俺にはなかった。それほど俺は、オマエを……本当に毎日案じていたんだよ。オマエがどうにかなってしまうことを考えるだけで、心配と恐怖で眠れなかった」

私は黙って聞くしかない。なんと言葉をかけたらいいのかがまったくわからない。

「それでも、俺はさゆみに対しては人として責任があると思っていた。さゆみを大事にするとオマエにも誓ったしな」

「そうよね、誓ってくれたよね」

「でもな、恋愛に『責任』なんて言葉を持ち出した時点でもうそれは恋愛なんかじゃないよ。そうだろ」

「でもあなたは、さゆみちゃんを大事にするって確かに私に誓ったよ」

私は強く言う。

「あのときは、自分でもそれができると思っていたし、そうすることですべてが丸く収まるなら、それがベストだと思ってたよ。あのときの気持ちは嘘じゃない」

「私はハッキリ言うけど、あなたを友人以上の気持ちで見られない。きっと、これからも」

「わかってるよ、そんなこと！」彼は吐き捨てるように言う。

そして俯く。唇を噛む。

「俺がどんな気持ちでオマエを好きでいたのか、一生わからないさ、オマエには！」彼は、これ以上悲しそうな顔ができないというくらい、悲しそうな瞳で私を見る。この瞳は、まるで飼い主を亡くした仔犬のようだ。私は初めて、彼の顔をマトモに見る。

「若林先生、ごめんなさい、私……」言葉が出ない。

「わかってるんだよ、俺は、オマエにとってはただの……」

そう言って彼は言葉を詰まらせる。こんなことを言わせてしまう自分を、私は責め始める。どうして好きになれなかったのか、私にもわからないからだ。

彼が何気なく歩く方向を変えた。私は何も考えずに彼の後を追う。

十五分くらい歩いただろうか。人気のない駐車場に彼の車が見える。

「寒いだろ、風邪引くから車で話そう」私は話が長引くことを予想して、おとなしく後部席に乗る。

「前に乗れよ」

「助手席はさゆみちゃんの場所だから、私は乗らない」左後部に深く座る。

彼の車の中は柑橘系の薄いにおいがする。この香水は、おそらく諒一くんも使っていたはず。懐かしい香りに包まれて、ひどく場違いな感傷に囚われる。

少し経つと密室で二人きりになったことを意識してしまう。その途端、息苦しい。この息苦しさは、良心の呵責だ。

おそらく、私は今、彼を初めて異性として意識している。

「俺は、またオマエを失うのはイヤだ。婚約者のことは諦められた。でも、またオマエが知らない男と付き合うのを俺は黙って見ていられないよ」

「紹介してもらった人は、とてもいい人なの」

「どうして俺じゃダメなんだ」

「若林先生、落ち着いて。さゆみちゃんのこと、忘れないで」

「……さゆみとは、別れてきた」

「……え」動悸が私を打つ。

「俺は、本当は、もうさゆみのところには戻らないって言って今日ここに来たんだ。さゆみに、別れてくれと言ってきた。俺は、決めたんだ」

「嘘でしょう」

「嘘じゃない。これ以上、彼女を待たせられない」

「私の気持ちを無視して、どうしてそんなことをするの」

「翔子センセの気持ちがどうでも、俺はもうさゆみとは付き合えないよ。同情とか、使命感とか、責任感とかが先に立ったら、もう恋愛じゃない」

「若林先生、落ち着いてよ」私は慌てて制する。

「俺は、オマエが好きなんだよ。俺が好きなのはオマエなんだ」

さゆみちゃんの泣き顔が目に浮かぶ。車のフロントガラスに、雨粒が落ち始める。

私は大きな、大きな、深呼吸をする。

落ち着け。落ち着くんだ。

「さゆみちゃんは、なんて言ったの」

「泣いてた。すごく泣いてた。必ず戻ってきて、信じてるからって何度も言われたよ。俺は、抱きしめてやることもできなくて、ただ謝るだけだった。でも、土下座した俺を抱きしめてくれたのはさゆみのほうだった」

私はそのときのさゆみちゃんの気持ちを思って胸が抉《えぐ》られる。

「最後には俺のこと、ちゃんと送り出してくれた。でも、ずっと、ずっと泣いていた。かわいそうで、申し訳なくて、戻ってしまいそうになったよ。でも、俺は振り切ってきた。俺が好きなのは、さゆみじゃないんだ」

彼が、泣いている。涙を拭こうともせず、鼻水も垂らしながら若林先生は手放しで泣いている。

「俺はさゆみときちんと別れて、もう一度翔子センセと向き合いたかった。それでダメなら、今度こそ俺は諦める」

「私は、さゆみちゃんの気持ちをよく知ってる。私、あなたとは付き合えない」

「時間を置いてくれてもいいんだ。俺はずっと待っている。俺は、オマエを二度と誰にもやりたくない。離したくないんだよ」

彼が、泣いている。私は、切なくて、切なくて、混乱する。運転席にいる彼が後ろを振り向く。私に手を伸ばす。私は咄嗟に避《よ》ける。

「翔子センセ、俺は絶対オマエを寂しくさせない。ずっと大事にするよ。だから、行かないでくれ」

号泣する彼。私は思わずもらい泣きする。

「私は、さゆみちゃんを置き去りにはできないの、わかって、ね」

彼は私の手を引き寄せる。私は彼の頭を抱く。ゆっくりと、背中を撫でる。

どうか、どうか、もう泣きやんで、お願い。


無言で車を走らせる彼。私は何か話さなければと焦るが、頭が真っ白で何も言葉が出てこない。ホテルの看板が目に入る。唐突に、私は由香を思い出す。助けて。

由香、助けて。私は、今の彼を拒否できない。助けて、助けて、由香。由香。由香。

遠くから母の声が聞こえる。

「ねえ、翔子、どうして若林先生じゃダメなのかしら」

どうしてだろう。

喬さんの優しい顔が浮かぶ。もう、会えなくなるのか。

若林先生は「ずっとそばにいてくれ、大事にするから」と繰り返している。

ソファーの上、私はゆっくりと彼を抱きしめる。それは、乳飲み子に乳をやる母の感情だ。性的にはあまり興奮しない。ただ、私は抱きしめてあげたかった。彼の、その、深い深い深い切なさを。

彼が入ってきたとき、私も、彼も、声を上げて泣いた。泣きながらするセックスは、初めてだ。ただただ切ない。彼はずっと私の心を見つめ続ける。私の名前を何度も呼ぶ。翔子、と彼は初めて私を呼び捨てにする。その声で、私は号泣する。深い昏い闇が見える。私は戦慄し、自分を苛む。この温かい肌。若林先生の肌の細胞ひとつひとつが、私を求めている。私は、彼の細胞ひとつひとつから愛されている。この気持ちは、生まれて初めての気持ちだ。

誰彼構わず、ケモノのようにセックスしていたあの頃、知らない男と寝ることで得る深くて強い刺激と、陥穽《かんせい》の底の冷たさは、私の精神をほんの少し高めた。そのほの昏い甘い誘惑は、確かに私の不安を少しだけ搔き消した。それが、私の糧だった。

私は、若林先生とセックスして号泣している。この感情。初めての、知らない感情。罪悪感？　違う。私は何に泣いているのか、わからない。

彼は私を、最後まで限りなく優しく扱った。

「こんなつもりはなかったんだ」と彼が帰りに言う。それは、本当だろう。まさか、私もこうなるとは思ってもいなかった。

さゆみちゃんに合わせる顔がない。でも、傷ついた彼女を放っておくことはできない。でも、私がフォローするのか？　それこそ傲岸不遜というものだ。話してはいけない。絶対にこうなったことを言ってはいけない。

彼は、ひたすら謝罪している。謝らないで、お願い。

「今日のことは、これから先、誰と寝ることになったとしても俺はずっと忘れない、ありがとう」そう言って、また泣く彼。

彼の気持ちが、とてもとても痛い。彼もまた、こうなって改めてさゆみちゃんを思い出しているに違いない。

「俺は、翔子センセが俺を選んでくれるのをずっと待ってるから。苦しい思いをさせてすまん。それでも、もし俺じゃダメなら、もう本当に俺はオマエを追わない。約束する」彼は、私の手を握る。

「愛しているんだ。きっと、こんなに愛せる人はこの先現れない」

「私は、心の病気で、そして、婚約破棄したのも、元はといえば私が悪く……」

彼は言葉を遮る。

「いいんだ。何も言わなくていい。俺は、そのままのオマエを愛してるんだ。何も心配しないでいいんだよ」強く抱きしめられる。愛情だけの言葉の束。深くて、深くて、深い、その言葉。こんな私に、もったいない。申し訳ない言葉だ。でも、今の私の頭の中にはさゆみちゃんのことしかない。

確かに彼は私を愛してくれているのだろう。それは認めないといけない。認めないと、彼に失礼だと思う。

「さゆみちゃんには、このことは絶対に話さない」ということを二人で約束して、私は帰途につく。

私しか、さゆみちゃんに会える人はいない。でも、こうなってしまってから何を話せばいいんだろう。ただの自己満足でしかない気がする。ただ、彼女は今、一人で泣いている。膝を抱えてひとりぼっちで泣いている。ごめん、ごめんなさい、さゆみちゃん。

帰宅する。パソコンに向かう。

ブログの日記にこのことを書く必要はないと、一瞬思う。私の行く末を案じてくださっている方々に心配させるのは心苦しい。責める人は責めるだろう。黙っていれば読者には永遠にわからない。それがブログの利点でもあるだろう。でも、それは絶対にやってはいけない。私のポリシーとして、それはできない。私は、正直に書く。なんと非難されようと、書かなければならない。

喬さんのブログを開いてみる。私への想いが、とてもとても柔らかい表現で綴られている。

「この出会いを大切にしたい、僕は久しぶりに人に対して心を開きたいという感情を持ち始めた」

そう、私も同じだ。私は喬さんの、あの優しい空気に惹かれている。

後悔しても仕方がない。自分でしたことだ。

ただ、若林先生はさゆみちゃんと別れてしまった。それは、私のせいだ。

今はまだ、どうしたらいいのかわからない。だけど、さゆみちゃんを一人にはできない。

竦《すく》む溜息

十月十九日

さゆみちゃんに電話をする。拍子抜けするほど軽い声。

「あ、翔子さん。おはようございます」

若林先生から聞いた話がすべて嘘なんじゃないかと一瞬疑うほどの、曇りのない声。

「あ、さゆみちゃん、朝早くにごめんなさい。あの……」

「はい、翔子さんからお電話あると思ってました」

「私が若林先生に会って話したのは知ってますよね」

「ええ、信夫くん、ちゃんと翔子さんに気持ち伝えました?」

なんて軽い口調。私は絶句する。

「さゆみちゃん……あの……」

「信夫くんから聞きましたよね？　私、フラれました」

「さゆみちゃん、私はね……」

「翔子さん、まさか謝るために私に電話したんじゃないですよね？　できたら彼の気持ち、受け容れてあげてください。お願いします」

不自然なほど大きい声。相変わらずの、心に響く声。何度も何度も暗記した台本を読んでいるような印象を受ける。

「さゆみちゃん……」私はなんと言ったらいいのかわからなくて、黙る。

しばし沈黙。この沈黙は拷問のようだ。辛い。

「私は、あなたの大好きな人と寝てしまった、ごめんなさい」

心の中で何度も謝る。己の罪の大きさに苛まれる。

さゆみちゃんが沈黙を破る。

「私、翔子さんと初めて会ったときから、この人には敵わないと思ってた気がします」

「そんな……そんなことはないわ、さゆみちゃん」

「彼はすごい人ですよ。……普通、自分の気持ちが定まってなかったとしても、自分に惚れてる女性からアプローチされたら気軽に寝ますよね。私だって彼に求められたら拒まなかったと思いますし」

私はますます言葉を失う。

「なのに、信夫くんは私にキスさえしなかった。それ彼の、翔子さんへの純粋な想いと、深い誠意です。こんな人、他にいませんよ。ね、翔子さんもそう思うでしょ」

胸が痛くなる。私は今、心の奥深くに礫《つぶて》を受けている。

「翔子さん、私は大丈夫ですから」

大丈夫なはずがない。現に彼女は啜り泣いている。

「翔子さんみたいに、彼に愛されたかったんです、私」

私は言葉を探すが、何も言えない。

「私は、信夫くんがずっとあなたを忘れられないのは、最初からわかってました。でも、そんな彼だからこそ、とても強く惹かれたんだと思うんです」

彼女の慟哭は、私の心の真ん中を抉り取る。

「こんなに一心にひとりの女性を愛せる男性に、私も同じように愛されたいと思っていたのかもしれません。でも、私には彼を振り向かせる力がなかった、それだけです」彼女はまだ泣き続けている。

「私は、若林先生とは付き合わないよ、さゆみちゃん」私は決める。さゆみちゃんが大きく息を吸うのがわかる。

「なぜですか。私に気を遣わないで。そんなことをされたら私はもっと惨めです」

「私は、友達に紹介されて、付き合いたい人がいるから……」

「紹介されて、ちょっと話しただけの人を選ぶのですか？　それは私、とてもイヤです。信夫くんの気持ちを受けてください、翔子さんお願い」

「私は、付き合わないわ」

「彼の気持ちを無視しないでください。どうして受け容れようとしないの翔子さん」

私は不自然に感じる。どうしてこんなにしっかりとさゆみちゃんは自分を客観視して、私と若林先生のことを案じることができるんだろう。理解しがたい感情に襲われて、私は思わず尋ねる。

「さゆみちゃん、私が憎くないの」

「翔子さんを憎むような人間だと思わないでください」毅然とした声。

「さゆみちゃん、会って話したいよ」

「いえ、今は誰にも会いたくありません、ごめんなさい翔子さん、私はもう、彼にフラれたんです。この先、翔子さんが彼を選んでくれないと、私が別れた意味がないです」

「でも、私は、彼とは付き合う意思がないの」

「それじゃ、今までの私の存在理由と価値は、どこにあったのかわからないです。私はいてもいなくても同じだったってことになるじゃないですか。そんなのは絶対、絶対にイヤなんです！」

　さゆみちゃんが声を上げて泣く。私はどうすることもできない。ひたすら彼女が泣きやむのを待つしかない。

　やがて、静かに彼女の声が届く。

「わかってるの、人の気持ちって、本当に仕方がないってことくらい」

「さゆみちゃん……」

「でも……。もう少し、夢を見ていたかったの。私だって翔子さんみたいに彼に愛されるんじゃないかって夢見ていたかった」

「さゆみちゃん……」私は言葉を失う。

「私は、彼と知り合う前にも、すごく年上の人と付き合ってました。でも、やはり昔から彼には好きな人がいて、私は二番目でした。彼は私ではなくて別の人と寝ました。私には、すぐわかりました」

私は動揺を隠せない。動悸が始まる。さゆみちゃんは、すべてわかっているのだろうか。

「とにかく私は、もう二度と信夫くんとは会いません」

大きく叫ぶさゆみちゃん。申し訳なさで一杯になり、私は深く自分を責める。

「翔子さん、どうか、信夫くんと幸せになってください」

どうしてこんなセリフが言えるのか。彼女の心理状態が信じられない。彼女は、本当に成熟した大人なんだろうか。わからない。一方的に切られたケイタイを私は見つめる。


すぐ若林先生に電話する。

「さゆみちゃんと少し電話でさっき話せました」

「そう。大丈夫?」大丈夫って、私を案じているのか、彼女を案じているのか。

「あとは、あなたがフォローしてあげて……」

「できるわけないよ。俺はさゆみとは別れたんだよ」彼の、低い声。

「私、これから彼女に会いに行きたい」

「もう、そっとしておこう。さゆみは、一人で乗り越えられる。それに、翔子センセが今さゆみに会いに行くってのは、俺が言うのもナンだけど、やめたほうがいいと思うよ」

冷たいヤツだと一瞬思うが、でも、考えたら彼の言うことは何ひとつ間違ってはいない。

「俺は、もうさゆみには会わない。これは男として、人としてのケジメ。オマエのことも待つと決めた。時間かかってもいいから、考えてくれ。何も不安になることはないよ、翔子センセ。俺のところに来てくれ、待ってるから」

熱い声に反して、私の心は深く深く沈んでいく。

喬さんの醸す柔らかな空気が恋しくなる。

逃げているのだろうか。たぶん、そうだろうな、と思う。

私は、喬さんのケイタイに電話する。会いたいと向こうから先に言われる。私は、走る。走る。

私は、小さな頃から人に愛されることだけが望みだった。人から愛されること、愛されるために、どんなことでもしようと思っていた。まさに、切望していた。飢えていた。その私に、今、私のキャパを遥かに超えた愛情を注ぎ続けてくれるであろう若林先生がいる。彼を受け容れたら、私は幸せになれるのか。正直、どうしてもその実感がない。怖いのだろうか。恐れているのだろうか。

何を？　私はいったい、今、何がそんなに怖いの？

私は、保身に徹しているのだろうか。

いや、私は「愛情を渇望している状態」に安定し、それに安住しすぎてしまったのかもしれない。

でも、その安定と安住は、寂しくて暗くて決して抜け道がない。

それでも私は、膝を抱えた自分の姿をいつでも忘れることができないでいるのだ。

私は、喬さんに会いに走っている。

自分の気持ちを確かめに。正直な気持ちを摑むために。私を迎える。

待ち合わせ場所で、彼が穏やかに笑っている。

「こんばんは」私は、喬さんの瞳に映る、自分を見ている。彼の瞳には、ひたすら穏やかな色だけが佇んでいる。

喬さんが言う。

「翔子さん、僕はあなたといると気持ちがシャンとまっすぐになる気がします。それなのに、落ち着くんです。こんなふうになれた女性はあなただけです」

私はぼんやりと彼の言葉を受ける。落ち着く、か。そうね、私も同じ気持ちです、と返す。私は彼に何を求めているんだろう。そして、彼は私に何を求めているのだろうか。

十月二十日
母に、かいつまんで今の状況を話した。
が、若林先生と寝たことは言えない。さゆみちゃんをずっと心配していた母は、さゆみちゃんの気持ちを慮《おもんぱか》って何度も辛そうな顔をした。

「今はさゆみちゃんにあまり会わないほうがいい」と母はいつになくキッパリと私に言った。

母は、初めて私に父と結婚した経緯を詳しく教えてくれた。美しい母はいつでも誰かに求愛されていて、そのせいか男性に対してはかえって不信感が募っていたそうだ。私の父も涙を流して、母と結婚するためなら何もかも擲《なげう》って構わない、キミを絶対不幸にしない、と言ってプロポーズした。

でも、母は父の愛情を信じていながらもどこかいつも、受身でいたという。それが女の幸せだという周囲の言葉を信じようとしていたと言う。

「でもね、あんなに私を大事にすると言ってたお父さんがね、本当にどこにでもいるような女の人と簡単に浮気をしたのよ。私は、自分を責めて、お父さんを責めて、相手の女性も責めて、どうにもならなかった。翔子に辛く当たってしまった言い訳にはならないけどね……」

そうだった。私は父の浮気をうすうす知りながら、子供心に知らないフリを通していたのだった。母は今までにない真摯さと、温かさで私を見た。そして、なんと、母が、私の、手を、握っている。狼狽する。私の右手を包んで、母が言う。

「女は愛されて幸せだなんて昔からいうけれど、それはどうかなあ。自分の人生をまっとうしようとするならね、自分が自分の意志で選んだ人を愛しぬこうって思ったほうが……うーん、うまく言えないけど、少なくとも自分の人生を振り返ったときに、悔やむことは少ないかもしれないよ」母が考えながら一つ一つ言葉を送る。

私は包まれた右手のぬくもりを何度も何度も心で確認している。

「でも、若林さんは本当に誠実そうな方だから、信頼できるかもしれない。けど……人の気持ちが絶対動かないなんてことはないよ。相手の愛情を頼りに選ぼうと思っているなら、考えたほうがいいよ、翔子」

「うん……そうかもね……」

「本当に不幸なのはね、人に愛されないことじゃない。愛せない人だよね。お母さんはこの歳になって初めてわかったんだよ」母は、遠くを見ている。何を見ているのか、静かに思いを飛ばしている。

「俺は、オマエのためならなんでもする」と若林先生が言った。

なんでもしてくれる相手と結婚することが幸せだろうか。わからない。そんな経験は私には皆無だ。私は、揺れている。喬さんに惹かれ始めている自分と、若林先生の真摯な想いをありがたいと思っている自分とに、引き裂かれそうだ。時間をもらって「選んでいる」という状態が、なんともおこがましい。

私は由香と諒一くんを想う。彼らが幸せでいてくれますように、と願う気持ちを、母に包まれた右手の上でひっそりと確認する。


杏子姉さんが同窓会で出かけるので、沙希を預かることになった。一緒に公園に行く。

子供と遊ぶ時間は、あっという間に過ぎる。いろいろなことを考えて、いろいろなことを整理しようと心を動かしてみるが、何ひとつハッキリとしたことが見えていない。でも、焦ることはないと自分に言い聞かせている。いや、もう見えているものがあることに、私は気付いている。前に進めばいいだけ。それはわかっている。それは、自分が決めることだ。

十月二十四日
最初に切り出したとき、意外にも一樹の反応は冷静だった。

「実は俺、若林さんの気持ちはとっくに気が付いていたからな」珍しくしんみりする一樹の顔は、いつになく複雑だ。

「なぜ。なぜわかってたの」

「前に一緒に飲みに行ったときもさ、若林さん、ほとんどねえちゃんのことしか話題にしないしさ。弟の俺にねえちゃんのことをあれだけいろいろ聞いて目を輝かせてれば、いくら鈍い俺でも気付くわ。さゆみちゃんの話題には全然ノってこないしさ」

「じゃ、アンタ、なぜ私に黙ってたの」

「だってよ、そんなこと口にできねーじゃん。さゆみちゃんのこと考えたら」そうか、一樹は一樹でみんなに気遣っていたのか。

「で、ねえちゃん、どうすんだよ。さゆみちゃん、今はどうしてんだよ」

「誰にも会いたくないって言われたから、そのままなのよ……」

一樹は間を置く。気持ちを整理しているのがわかる。

「……ったく、薄情だよなあ」大きく溜息をつく一樹。

私をどこか憐れんでいる目つきをしている。そんな顔して見るなよ、と言いたくても言えない。

「私はどうすることもできないよ」

「じゃあ、ねえちゃんはさゆみちゃん泣かせて、平気で若林さんと付き合うわけだ」

「付き合わないよ」

「嘘つけ、若林さんは付き合っていくって言ってたぞ」

「……私、他に気になる人がいるのよ」

「はあ？　なんでそうなるんだよ」

「だから、若林先生を選んだわけではないし、付き合っていない」

一樹の眉間に皺が寄る。彼は怒っている。

「……じゃあ、さゆみちゃんに若林さんを還せよ」

「一樹……人の気持ちを人が簡単に動かせるものじゃないってことは、アンタもわかるでしょ。わかってて言ってるのよね？」

「だって、かわいそうじゃないか。あんなにいい子が一途にさあ……ねえちゃんこそフラフラしてんじゃねえよっ！　由香ちゃんに婚約者取られたからって、おんなじことしてストレス解消してんじゃねぇだろうな」

「一樹……それ、本気で言ってんの？」私はどっぷりと沈み込む。

「人の男、たぶらかしておいて、何が『ワタシ付き合わないの』だよっ！」

「たぶらかすって……アンタ、自分の姉をそんなふうに思うわけ？」

一樹が俯く。時間だけが過ぎる。私は涙を抑えきれない。

「ごめん、言いすぎた」一樹が口を開く。

「二人してさゆみちゃんのこと忘れて平気でいるような気がして、俺、そういうの我慢できないタチだからさ。若林さんも当分はさゆみちゃんと会わないって平然と言うし。それに……」

「何？」

「まさか、ねえちゃん、若林さんと寝てねーよな？」

私は固まる。嘘はつけない。何も言えない。涙が溢れる。

「……寝たのかよ……」一樹が頭を抱える。私は、何も言えない。俯くしかない。

数分間、一樹は頭を抱えている。私はじっと彼の声を待つ。

「とにかく、さゆみちゃんをこのままにしておくなよ」諦めたように呟く。

なんと返していいのかわからない。下を向いて押し黙る。

「黙ってちゃわかんねんだよっ！」怒鳴る一樹。

私は家中に響き渡る声に萎縮する。母の耳に届きませんようにと祈る。

「ねえちゃんは、若林さんのこと好きなのか」一樹が睨む。

「……うん、とてもいい人だと思うよ」

「俺は好きなのかって訊いてんだよっ！」

「……わからないのよ……」

「あ？　それじゃねえちゃんはわかんないまま、さゆみちゃんを裏切って寝たのか」

どうでもいい気持ちになる。そう、ここから逃げたくなって思考が止まっているのだ。一樹が若林先生にどこまで聞いたのかわからないけれど、若林先生は一樹に私への想いが強固であることを伝えたのだろうか。でも、一樹は細かい心の綾を紡ぐことはしない。彼にとって私は、軽い気持ちでさゆみちゃんの恋人を寝取った悪い女でしかない。

もし、喬さんが若林先生とのことを知ったら、どう言うだろう。私は所詮、一人でいるのが一番いいのだという想いが充満する。

「俺がさゆみちゃんに会って慰めても、なんの足しにもならないってのが、どうにもやりきれないよ」一樹はそう言って、私を睨む。そして、深い深い溜息を私に投げる。私は、どうすることもできずに、何も言えずにただひたすら竦んでいる。

十月二十五日
夜半から具合が悪くなる。細かく震える掌。その手も冷たい。
深夜、猛烈なパニックアタックの予兆の後、案の定久しぶりに大過換気発作。体中が震えてしまう。薬をいつもより多量に服用するが、気が付いたら母が枕元にいる。私は無意識に母の部屋まで歩いていって、部屋の前にいたらしいが、まったく記憶がない。何もかも、自分のしてきたことが拒絶され、否定され、徒労に終わっているのではないかという焦燥が私を追いつめ、怖くて不安で仕方がない。

母が「名木先生のところに行きましょう」と言いながら、一旦杏子姉さんに電話する。「一人で行けるから」と言うが、もうなんだかこのまま朽ちてもいいや、という気持ちになる。

一樹は自分の言葉が追いつめたのではないかと気にしているが、そんなことはない。私は何かを失うのが怖いのではなくて、ひょっとしたら最初からなんにも手にしていなかったのではないかと思い続けている。負の感情を払拭するには、楽しいことを考えたい。喬さんにも若林先生にも頼らず、私は自分の両足で立ちたいと思う。

明日になったら名木先生に会えるんだと何度も言い聞かせながら、薬の力を借りてなんとか眠った。

十月二十八日

私は名木先生に話すことを箇条書きにする。文ならいくらでも書くことができる。でもニュアンスを大切にしながら伝えられるだろうかと不安を感じる。私は書くことと話すことに大きな乖離があることを自覚している。

受付を済ませ、名木先生が待つ部屋に行く。なぜかプレイルームに、前に代診してもらった藤伊医師がいる。顔を合わせたくないと思って足早に通る。チラリと見ると、プレイルームのパソコンで彼女はなにやら、悪事がうまくいったというような、本当に品のない、ニヤけた笑いを湛えている。ゾッとして見ると、書き込みしているのは黒い画面のどこかの闇掲示板のようだ。赤いドクロのイラストが見える。

勤務中にこっそりと誰かの誹謗中傷を書いている精神科医という構図に、震えるほどの寒気を感じて、私は見なかったことにして足早に診察室を目指す。

気を取り直さなくてはいけない。私は名木先生に導かれ、今まで入ったことのない部屋に通される。

「七井さん、今までにあったことと、今のお気持ちを全部話してください。時間は気にしなくて結構ですから」名木先生は私の目を捉えて、優しく笑う。私は、あらかじめ用意した箇条書きのメモを開く。さゆみちゃんのこと、一樹のこと、若林先生と寝てしまったこと、新しく出会った彼への薄い感情、父への感情、由香と、諒一くんへの想い、そして母への今の気持ち。

今、私にとってブログを書くことが大きな精神安定に貢献してくれていること。大勢の人が読んでくれて、励ましてくれていること。今の気持ちをできるだけ丁寧に伝えた。名木先生は相槌を打ちながら、カルテにそのまま書きつける。長い沈黙がある。名木先生は美しい瞳を伏せて、私に言う。

「若林先生という方を愛せない理由がわかれば、あなたのその良心の呵責は取れますか」

「……わかりません」

「そうね……あなたのことをずっと知っていて、すべて受容した上で愛していると言ってくれる人を好きになれないのは、あなた自身が納得いかないでしょうね。でも、私にはなんとなく理由がわかりますよ」

「どう思われますか」名木先生は珍しくコーヒーを淹《い》れる。私にも勧める。が、手が伸びない。

「あなたはね、本当に自分が彼に愛されているとは思っていないんじゃないかしら、最初から」

「……え、そうでしょうか」

「『本当の自分をすべて知っている人が私なんかを受け容れてくれるはずがない』という強烈な刷り込みが、まだあなたを支配しているんです」

「そうでしょうか。私は何も信じていないってことでしょうか」そうかもしれない、と思いながら尋ねてみる。

「じゃあ、お訊きしますけど、七井さんは若林さんに心底愛されているんだと胸を張って言えますか」

「……いいえ、そういうことは、傲慢な気がして……あ、いいえ、でも愛されているんだと私が信じないと申し訳ないという気持ちは強く持っています」

「あなたには、男性とはある程度距離を置き、見せない部分がないと続かないという思い込みがあるのかもしれないですね。決定的に自分に対する自信を喪失しているんです。自分は愛されるに足りない、まったく価値のない人間だという、とても卑下した気持ちが、いまだ心のどこかに巣食っているのかもしれません」

カルテを捲る音がする。ひと呼吸入れた後、再び名木先生が私に向かう。

「喬さんという方のどこに魅力を感じていますか」

「穏やかで、柔らかくて、そして、えっと、雰囲気が好きです」

「そうなの……彼と会っていて楽しいですか」

「はい、なんとなく、彼の醸し出す空気は、安定剤を飲んだときのような気持ちに似ているんです。落ち着くんです」

「そうですか。それはよかったわね」名木先生が微笑む。包むような笑い顔だ。

「若林さんとセックスしたとき、快感を強く感じましたか」名木先生は少し声を落とす。

「いえ、そういうセックスではありませんでした」

「後悔していますか」

「はい」

「それはどうして」

「気持ちが伴っていなかったからです。さゆみちゃんを裏切ったからです」

「若林先生のことはあまり好きじゃないってことですか」

「いえ……それは……」

「自分を責めてはいけません。あなたはセックスする方法で彼に詫び、彼を労い、彼に応えたにすぎません。おそらく、彼もそれはわかっていますよ。今まで誰でもいいと、不特定多数の人とセックスしていたときのあなたとは、明らかに違うのですよ」

「はい。……でも……」

「私は、何も悩むことはないと思いますよ。若林さんの彼女さんについては、あなたがすべての責任を負わなければならないと考えないことです」

「そう割り切るにはとても難しい心境です」

「あなたの弟さんの考えは、精神が健康な方の正直な正論です。でも、人間、そうそう竹を割ったようには生きてはいけないですよね。七井さんの弟さんは、いまどき珍しい一本気な方のようですね。私は好きですけどね、こういう方は」

好意的に一樹を評してくれる。

「私には、むしろ、さゆみさんという方の精神風景に興味があります」

「……どういうことですか」

「慎重で、人に対する見方が単純ではない七井さんが、さゆみさんには最初から好印象を持って、すべて受け容れてしまってもいいと思えた。見方を換えればその方は人の気持ちを先回りして読む能力に長けているとも言えるんですよね」

「はい、でも、本当に根っからいい子です。曇りがありません」

「一点も曇りがない人間が、いるわけないですよ、七井さん」

「……はい？」

「彼女は二十歳《はたち》くらいで人の気持ちをここまで摑んでいる。決して悪く言うわけではありませんが、そのことが私には痛々しい感じがします。彼女の家庭環境はどんな感じなのかはご存知ですか？」

「はい、ご両親には愛されていたと言ってました。ただ、お父様が早くに亡くなったということですが」

「うーん、そうか……」名木先生は俯いて暫く何かを考えている。

「じゃあ、小さい頃から家庭内で父親の役割を背負わされてきたのかもしれませんね」

「どういうことですか？」私は遠慮がちに尋ねる。

「さゆみさんがずいぶん年上の男性とばかり付き合ってきたとおっしゃってましたが、その辺のところに理由があるのかもしれません。実際に診察もしていないので即断はできませんが」名木先生は言葉を選ぶ。

「さゆみさんが、本当に心から若林さんを愛していたかどうかも、私にはよくわからないところがあります」

どういうことだろう。よくわからない。

「今日はここまでにしましょうか。頓服薬はまだ手元にありますか？」

「はい。まだ大丈夫です」

「じゃ、今日は処方箋は無しね。またいらっしゃい」

帰り道、私は心が軽くなっているのを実感する。そうだ、いいじゃないか、ゆっくりで。私は、私の心のペースに戻していこう。

マエのお墓に立ち寄って、花を手向ける。マエに話しかける。きっと幸せになってね、という声がする。そうね、マエ。私は私だものね、と手を合わせて、無理やり笑う。

夕方、帰って日記をつける。どれだけ自分の想いを文章に託すことができたか心許ないが、でも私は、私のために日記を書いてアップする。送信ボタンで送るのは、文字の束と、感謝の気持ちだ。

十一月二日
「もし私がいなかったら」という想いが体全体を占有し始める。そして、また私は引き裂かれている。

喬さんには、若林先生の存在について話した。

どういう経緯で、彼が私に求愛してくれているのかを説明するのに、かなりの力を使った。彼は誤解と曲解を繰り返した。

「僕と知り合ってからもその人と会っていたのが残念だ」と繰り返し言う彼には、若林先生ともう寝てしまったことだけは言えない。言ったらもちろん、私を赦さないだろう。

一樹が昼ごはんを食べに来る。十一時の時点でもう「腹減って死にそう！」と喚くヤツの胃袋はいったいどんな構造をしているのだろう。私は残り物の野菜を刻んでチャーハンを作る。

「ねえちゃん、今日はめいっぱい塩きかせて」

珍しく一樹が味にリクエストをしてくる。思い立ってちょっとだけ七味を入れてみたら好評。一樹の機嫌がいいので、私も一緒にテーブルについて食べる。

「なあ、さゆみちゃんに会ったんだろ」

「会って話すのはもう少し先にしようと想う」

「そっか……なあ、俺がさゆみちゃんに会ったりしたらダメかな」

「なんのために？　今、下心ってのは止めたほうがいいと思う」

「いや、そんなんじゃねーよ。俺でも少しは気が紛《まぎ》れるかもしれないじゃん」

一樹はスープを三口で飲み干してしまう。

「私がアンタにいいとか悪いとか言える立場ではないわ」

「……ま、そうだよな」あっさりと言う一樹。別に相談したかったわけではないらしい。

「さゆみちゃんは、試験勉強に打ち込むって前に話してたわ」

「まあ、ねえちゃんにはそんなふうに言うしかないだろうな。でも俺がさゆみちゃんを慰めてもなんの足しにもならないんだよな、きっと」

人の心の機微にはあまり頓着しない一樹がここまで考えているんだから、きっと彼は本当に彼女を心配しているんだろう。

「会ってみたら。私もアンタがさゆみちゃんの気持ちを癒してくれるなら、ありがたいよ。きっと彼女は拒絶はしないよ」

「失恋したばかりの女性につけ込んでるようで、なんだかなあ」

「さゆみちゃんはアンタのことそんなふうには考えてないよ」最初から眼中にないんだから、という言葉は呑み込む。

「若林さんと付き合わないのか？　俺、若林さんは好きだし、いいヤツだと思うぞ。でもな、さゆみちゃんを裏切ってねえちゃんと寝たのは納得できねーな、その点に関しては、一発俺はぶん殴りてえ」

「やめてよ、一樹」

「……ま、俺がぶん殴る資格も義理もねーんだよな。考えてみたら」

一樹はすごく寂しそうだ。思いきって尋ねる。

「アンタ、さゆみちゃんのこと本気で好きなの」

「本気で人を好きになるって、よくわかんねんだよ。俺なんか何もできないからな、誰に対してもさ」

一樹は言葉を探している。彼は、自分の細かい心の襞を表現することが苦手だ。いつも猪突猛進、黒か白かのどちらかだ。だから、こういう曖昧な自分の気持ちを的確に表現できない。

「心配かけてごめん、一樹」

私は心から謝罪する。なんだか涙が出る。一樹はチャーハンをかき込んで噎《む》せながら言う。

「俺はよぉ、諒一と由香のことも、正直言ってまだ赦してはいないんだぜ」

「でも、もう、私は……」私は言葉を探す。

「わかってるって」すぐに私の言葉を遮る。私をまっすぐに見る。

「ねえちゃんは、幸せになりたいんだろ」

「え？」

「俺みたいな単純な人間から見るとさ、ねえちゃんは自分みたいな人間は幸せになる資格がないからっつって、わざわざ幸せを遠ざけてるようにも見えなくもないな」

幸せになりたい？ 私はこの問いに初めて襟を正す。

「幸せになりたい」

と心底望んだことが、私にこれまで一度でもあっただろうか。いまだ大手を振って歩き出せていないけれど、不幸になりたいなどと思うわけがない。人並みでいいから、自分を愛したい。自分を心から愛したい。そうなって初めて人を愛せるんだから。

「俺は難しいことはわかんねーけど、俺がいちばん心配してんのは、さゆみちゃんじゃなくって姉貴だよ」姉貴という言葉を久しぶりに聞く。いつもは杏子姉さんに対する彼の呼び名だ。私は唐突に杏子姉さんを思い出す。姉ならなんと言うだろうか。急に会いたくなる。そして、思わぬ弟の温かさに触れて私は驚く。少し照れくさいけれど嬉しい。彼から見たら私は一人では何もできない未熟な姉のはずなのに。

お新香を齧る音がキッチンに鳴り響く。私はお茶を淹れるために一樹に背中を向けて、ひっそり泣く。一樹は容赦ない。

「ねえちゃんよー、泣いてるヒマがあったら自分のことちゃんとしたらあ？」

「そ、そうだよね。わかってるよ」と言って、私は急いで涙を拭く。

「俺は若林さんのことは何も口出さねえから、自分でよく考えろよ。名木センセはなんて言ってるんだ」

「こうしろああしろって言い方はなさらないよ」

「じゃあ、自分で決めたら。一度紹介されて付き合ってる男、ウチに連れてこいよ」

「まだそこまでの仲じゃないわ」

「わかんねーこと言うなよ。いいじゃんか、連れてこいよ」

私は、答えられずに黙っている。喬さんと一樹が会ったらどんな会話になるんだろうか。想像もつかない。杏子姉さんのことを思い出したので、電話をしてみる。でも、姉はひどい風邪を引いていて、電話に出られないという。近々お見舞いと称して姉のところに行ってみようと思う。

十一月四日

朝、恵津子から電話がある。「今日、時間作れる？」なんだか朝からすこぶる元気そうな声だ。

彼女の力の漲る張りのある声は、自然に私のところにも元気を連れてきてくれる。

「今日は仕事休みなの？」私がのほほんと訊く。

「休めるわけないじゃん、でも今日は私、外廻りの仕事なのよ」

恵津子は某ＩＴ企業で女性管理職として一線で働いている。会社は一流企業で、誰でも知っているところだ。彼女は去年まで海外で活躍していたスーパーウーマンだ。

「恵津子は営業もやってるの」何も知らない私が尋ねる。

「アンタ、外で歩いている仕事人は全部営業してるって思ってるんでしょ。あははは。翔子らしいわねえ」

「恵津子ったらバカにしないでよお」少し拗ねてみせる。

「悪いけど翔子、私の会社の近くまで来られる？　呼び出しておいて近くまで来いってのもナンだけど」

「どうせ私のこと、休職中だからヒマしてると思ってるんでしょ」笑いながら言うと、

「当たりっ！」とはしゃぐ。ああ、この快活さは私にはないものだ、と思う。

「ああ、もう出かけなくちゃ。とりあえず、三時にお茶しない？　奢るからさ」

「いいわよ、自分の分は自分で払うわ」

「休職中の人には無駄なお金を遣わせられないわよ。細かいことはいいから三時にM駅の東口の『AND』で待ってて」私は姉の家に行くのを夕方にして、約束を交わす。

恵津子が仕事中に会いたいと言ってきたのは初めてのことだ。きっと私と喬さんのことを話すんだろうと思う。いっそのこと彼女には若林先生のことをすべて話してしまおうかと考える。

恵津子は私の病気のことも婚約解消のことも、どこまで知っているのかわからない。でも、豪快な喋り方をする彼女は、案外人の気持ちを濃《こま》やかに読んでくれるところがある。敢えて知らないフリで通してくれていることも、きっとたくさんあるに違いない。

久しぶりに大きな街に行くので、オシャレしてみようかと思うが、この秋、服を一枚も新調していなかったことに改めて気付く。悩んでいるうちに面倒になって、またジーンズを選びそうになるが、恵津子がカッチリとしたスーツを着てくるのに私があんまりカジュアルな服だと申し訳ないだろう。それから四十分もかかって選ぶ、淡いベージュの、襟元がシャープなシャツと、膝丈のスカート。アクセサリーも合わせて髪を結う。

「出かけるね」と母に声をかける。

「今日は職場に行くのかい」と嬉しそうに問う母。申し訳なくなって苦笑いする。

「友達に会ってから、今日は夕方、杏子姉さんのところに行ってくるよ。風邪引いてたから、お見舞いに」

「じゃ、これ持っていって」母が壺から梅干を取り出し小さなパックに入れて渡す。

梅干をバッグに入れて街を歩くのも素敵だなと考えながら、私は笑って受け取る。

「杏子に、風邪が治ったら沙希を連れて遊びに来るようにって言っておいて」

母が心配そうな声で言う。


恵津子は見事に美しく完璧にメイクアップしている。スポーティな装いだが、決して色気を失ってはいない。バリバリ仕事をしている人の顔だなーと思って、私は鏡に映った緊張感の欠落した自分の瞳を思う。

「ごめん、呼び出して」

「いいの、私は恵津子と違ってヒマだし」二人で笑い合う。

苺のショートケーキと小さなピザを注文する。

「ああ、小腹空いたあ」彼女は注文した後もメニューを見ている。

「忙しくて自炊してる暇がなくてねえ。たまには大根の煮物とか食べたいんだけどねえ」恵津子が溜息交じりにしみじみと言う。

「じゃあ、一度私の家に遊びにこない？　母の大根の煮物は絶品だよ」

「わー、じゃあ、今度遊びに行こうかな。新しい彼氏も連れてっていい？」

「は？」

「へへ、今度もまた年下くんだよ」

「恵津子、篠崎さんはどうしたのよ」

「ヤメヤメ。医者だから金あると思ったら借金だらけだよ、アイツ。オマケにセックスはねちっこくてしつこいし、ヘタクソだし。それに、アイツさあ、セックスのとき、ヘンな趣味があるのよ」

「ねちっこいのが好きなんじゃなかったの」私が笑ってからかう。

「アイツさあ……」声を潜めて、とてもここでは書けないことを話す。私は大爆笑。

「今の人はどうやって見つけたの」

「篠崎くんの部下というか、篠崎くんが仕事を教えてる医者の卵。研修医くん。一目惚れってやつね」

……絶句。

「一目惚れって、どっちが」

「あら、お互いに、よ」

私はコメントが出ない。

「好きになったもんは仕方ないじゃない、今の彼のほうがずっといい男だし。巧いし」

「すごいなあ、恵津子は」

「褒めてるの？」

「うん、すごい」私は心から感嘆している。

「ところでアンタはどうなったのよ、喬くんと。彼、また来年アメリカに戻るでしょ」

「え」寝耳に水。

「え、知らないの」恵津子が本当に意外だという顔をする。

「聞いてない、知らない」私は愕然とする。

「今度は別の州の大学みたいだけどね。アンタ、このままボケッとしてるともう会えなくなるわよ。それでいいの？」

「あのね、恵津子。私、他の人にもアプローチされているの」

「詳しく話して」恵津子が私にまっすぐに向き合う。

経緯をすべて話す。若林先生と寝てしまったこと、若林先生には若くて可愛い彼女がいたこと。すべて。

恵津子はいつになく真剣な面持ちで私の話を黙って聞いている。すべて聞き終わった彼女が、ゆっくりと口を開く。

「結婚するのにどっちが自分にとって得かって考えるのよ。アンタももうこの歳なんだし、心の病気があるんでしょ？　結婚して安定するのが一番だと私は思う」

「うん……でも、仕事もしたいの」

「ハッキリ言うよ」大きな溜息をひとつ吐《つ》いて、恵津子が厳しい目を向ける。

「仕事の復帰にこれほど時間を置いても医者がダメだって言うってことはさ、アンタの病気はアンタが思っているほど軽くはないってことよ。私はそっち方面のことには疎いんだけどさ、人前でパニック発作で倒れるとかって、要は生活環境が安定してないからでしょ。結婚したら病気も落ち着くんじゃないの？」

「……うん、まあ、それも一因だけど……」説明するのに力が要るな、と思いながら言葉を探す私。

「喬くんはさ、いまどき珍しいくらいまっすぐないいヤツだよ。きっと翔子のことずっと大事にしてくれるよ。私はその塾の先生のほうはよく知らないけどさ、一回寝たくらいで翔子が結婚まで短絡することはないわ。別にどうってことないって。よくある話よ。来年、アメリカに行くって話をアンタにしなかったのは、時期を見てるんだと思うけどね、でも、すごくアンタのことはちゃんと好きみたいだよ。向き合ってあげなよ。私なんかに相談するほど悩んでるんだよ。喬くん、アンタのこと真剣かも」

私は、喬さんのことをたくさん考えながら、姉の家に向かう。

姉は拍子抜けするほど元気だった。沙希がちょうど学校から帰ってきたばかりで、宿題を見てくれと頼まれる。国語の教科書の読みをチェックする。ふと、バッグの中の母の梅干を思い出す。

「これ、お母さんから。いつもの梅干」

「あ、ありがとね。お母さんにもよろしく言っておいて」とそっけない。

姉は、母の愛情を受けることに慣れきっているんだな、となんだかまた複雑な気持ちになる。

沙希の国語の音読が続く。

「くものくじらは、また、げんきよく、あおい空のなかへかえっていきました」

私は、ふと、アメリカの青い空を想像してみる。

十一月十日

姉が沙希を連れて家に来る。母が選んだ沙希の七五三の着物を合わせるためだ。奮発して、帯も小物もおおよそ子供らしくない大人っぽい華やかな紫色を選んだ。沙希は着物を着るのをとても嫌がっていたが、着てみるとやはり嬉しいらしく、鏡の前でクルクルと回りながらはしゃぐ。

「慶彦さんは目に入れても痛くないだろうねえ」母が義兄の話題をふる。

姉は「そうね、あの人は子供にだけは優しいから」と少し棘を残す。

母は気付かないフリをしたのか、何も頓着せずに沙希を見て微笑んでいる。もうすっかり「おばあちゃん」の表情だ。

姉は珍しく電車で来たので、帰りは私が車で送ることに。

途中、沙希が「あのね、わたしね、キティちゃんのおさいふがほしいのよ」と言い出す。私たちは苦笑いしながらショッピングモールに行くことに急遽決める。サンリオのショップに真っ先に駆けていく沙希。沙希がシナモンやキティちゃんと戯れている間、私たちは外のベンチに座る。

ときどき沙希がこっちに手を振ってみせる。私に買わせようという魂胆なのか、やたら私に媚を売るのが可愛い。

結局、サンリオで六千円以上使わされてしまった。休職中の私には痛い金額だ。でも、七五三のお祝いだと思えば安いものだ。本当につくづく、私は身内には甘々だ。

ショッピングモールを出ようと出入り口に向かう。視線を動かす。私は固まる。

喬さんが、いる。

隣には、目を見張るほど美しい白人女性。彼は私に気付かない。流暢な英語が遠くで聞こえる。声をかけられない。おそらく彼女は仕事仲間だろう。

でも入り込めない雰囲気だ。姉が様子を察する。私の目線の先を捉えた姉が言う。

「どうしたの、翔子。あれ？　あの外国人の女性連れの人、知り合い？」

「う、うん、実は……この前紹介された人なのよ」固まりながら小さく返す。

「諒一かと思った。ソックリじゃない？」

姉は何を言っているんだろう。顔立ちは全然違うのに。

「似てないよ。まるで違うじゃん」私が反射的に言う。

「雰囲気がなんか似てるよね、ほら、あの手の仕草とか。声までソックリ。え、何、翔子、あの彼と付き合うことになったの？　声かけないの？」

姉は私がこんなに動揺しているとは気付いていない。

彼がこちらに気付く。私を見る。彼は、笑っているような、拒んでいるような、よくわからない、なんとも言えない表情を浮かべる。私は、咄嗟に踵《きびす》を返す。姉と沙希が私を追いかける。運転できるようになるまで息を整え、私は姉の家まで車を走らせる。何も見えず、何も聞こえず、ただ、私の脳裏に姉の言葉だけが残っていた。

拒む花

十一月十四日

早いもので今年もあと二カ月を切っている。もうすぐまた一つ齢《とし》をとってしまうな、と思いながら鏡を見る。ふと、鏡の中の顔が別の人物に見える。軽い離人感が襲い、夢を見るように思考を巡らす。

今日は喬さんと会う約束をしている。喬さんの大学の近くに、とても美味しいイタリアンがあるらしい。

「僕の仲間にキミを紹介してもいいかな」と言われ、なんとなく精神的に疲れそうでやんわりと断ってしまった。

道に迷ってしまい、約束した店に四十分も遅れてしまった。喬さんの大学の、本当にすぐ裏手のこぢんまりとした店だ。ここはまさしく穴場だろう、もうランチタイムサービスの時間は過ぎているのに店内は満席だ。

「遅れてごめんなさい」私が息を切らす。

「いや、僕が途中まで迎えに行けたらよかったんだけどね。慌てさせて悪かったね」

「いいの、まだ仕事中だものね」椅子に座り、店内に充満するニンニクとスパイスのにおいを肺胞に取り込む。なんとも蠱惑《こわく》的な香りだ。

「今日の服、似合うね」彼が小さな声でボソッと呟く。

不意打ちで褒め言葉を聞いて、私は思いっきり狼狽する。

「え、でもこれ安物だし」そう言いながら赤面する。うう、カッコ悪い。

ラザニアが美味しいと聞いていたので、それを注文する。彼はミートソースがいいと言う。

「仕事が残ってなかったらワインでも一緒に飲みたかったけど」

彼が残念そうに言う。喬さんは大学の研究室で、私にはわからない難しい学問を研究し、学生に指導したりしている。毎日毎日、本当にフルに頭を使って働いている人だ。彼が数カ月後にアメリカに行く予定があるということを、私は恵津子から聞いている。でも、なぜ私に話さないのか、それがよくわからない。

お料理は、私には少し脂がキツく、味が濃い。でも素材はいいものを使っているのがよくわかる。彼は器用にミートソースパゲティをフォークに絡め取りながら、私に笑顔を向ける。ふと、諒一くんがミートソースを私に作ってくれたことを思い出す。

諒一くんの得意料理。まざまざと浮かんでくる、彼の面影。彼の声。彼の笑顔。いけない、いけない。思い出してはいけない。目の前にいるのは諒一くんじゃない。

「あの、恵津子から聞いたんですが」とおずおずと口にする。

「うん、今日はそのことをちゃんと話そうと思って、会ってもらったんだ」

「できたら、私は喬さんから最初に聞きたかったです。恵津子経由ではなくて」

「ごめん、そんなつもりはなくて、翔子さんの気持ちを考えて時期を見ていたんだ。この前、偶然見かけたとき、なんか翔子さん、なんだか僕のこと避けてたように感じたから、少し考えてしまったよ。あの時はすごい急いでいて」

「あ、す、すみません、あの時はすごい急いでいて」

とても慌ててしまう私。こういうとき、上手に取り繕えない自分が忌々しい。

「恵津子に、いろいろ相談したんですか？」

「相談するというより、うーーん、彼女にうまく聞き出され、引き出されたって感じかな。恵津子さんには答えざるを得なかったんだ。嘘をつく必要もないし」

まあ、それはわかるような気がする。

「僕は来年またアメリカの大学に戻らなければならないんだ」

「それは、いつ決まったの」

「最初から予定としては決まっていたことなんだけど、もっと先だと聞いていたんだ」

「来年のいつごろなのでしょうか」

「年が明けて一月中に」私は驚く。会えなくなるという現実感が迫り、急にドキドキする。そして、しょっぱいラザニアをずっと持て余している。

「僕は、キミといると落ち着くんだ。キミと話すと、とてもやすらかだ。一生懸命で、いつもまっすぐな視点でモノを見られるところにとても好感を持っています。キミとなら同じ歩調で歩いていける気がする。僕はキミの病気のことはわからないこともある。けど、わからないからこそ支えられる部分もあると思う。甘いかな」

「ありがとうございます……」御礼を言いながら、黙り込む。

私は、先日の姉の言葉にひどく囚われている。

「諒一かと思った。ソックリじゃない？」

目の前の喬さんの声をじっくりと噛みしめながら、諒一くんの声を思い起こす。ふと、ものすごい勢いで諒一くんの気配が忍び寄っているのを感じて、戦慄する。思い切り振り払う。私は身震いをする。違う、違う。この人は喬さんだ。

「僕と一緒にアメリカに行ってくれませんか」

驚愕する。なんて唐突な。

「あ、あの、それは、つまり……」私が驚いてどもる。

「僕と結婚してくれないですか。入籍するのは、一緒に向こうで生活してからでもいいので」

唐突すぎて、雲を摑むような現実感がないプロポーズ。

「あ、あの、あまりに急だと思うんですけど……」

「ごめん。僕、キミと若林って人のこと聞いて、毎日ずっとキミのこと考えてて」

「ごめんなさい。イヤな気持ちにさせてしまって」謝るしかない。

「僕はキミと幸せになれたらいいなと思っています」

彼の瞳の奥の自分が、小さく縮んでいるのが見える。

アメリカで生活するというビジョンを一度も持ったことのない私には、まったく別世界の話のように現実味がない。このプロポーズに、舞い上がるほど嬉しいという感情が湧かない自分。どうして私はこんななんだろう。

十一月十八日

こんなにアメリカの閲覧者が多いとは知らなかった。アクセス解析で調べてみると、確かにコンスタントに三十人くらいの方がアクセスしてくださっている。アメリカで長年海外生活をしている方、留学している方など立場はいろいろだが、今回の私の顚末に自分のことのように親身にご意見をくださる。とてもありがたいことだ。コメント欄を読みながら、海外生活がそんなに甘いものではないこと、それとは逆に想像するほど大変でもないというご意見を受け、結局は自分がどうしたいかなんだと再認識する。

もうすぐ三十五歳。

子供が早く欲しい。たくさん欲しい。

子供のことを考えると、やはり早く結婚したほうがいいとも思う。ただ、今まで一度も考えたことのなかった海外での生活で、果たして生活を安定させて生きていけるのか、不安がないとは決して言えない。

明日、私は若林先生と勤務先の塾に行く。塾長と今後のことを交渉しに行くのだ。名木先生から許諾が得られないまま、いまでも仕事もせず在籍しているのは迷惑だ。ずっと若林先生が塾長に掛け合ってくれていたことは知っていたが、私自身が放っておくのはあまりに無責任だ。

若林先生は一樹と頻繁にメールしたり、電話してくれていたと聞く。仕事をしたい。この気持ちが大きく膨らむ。アメリカに行くなら、仕事を辞めることになる。今が決断の時なのだ。

十一月十九日

正式に長年勤めた塾を辞めることとなった。

十月から入った新しい先生の仕事ぶりがすこぶるよく、生徒の実績に貢献していることと。数学科の江口先生の評判がうなぎ上りで、彼女のおかげで生徒数が伸びていることなどを聞かされ、もはや私の居場所はもう確保されてはいなかったというのが実情だ。社会はそんなに甘くはない。塾長と先輩の講師の方々の好意に甘えきっていた自分が、何もかも悪いのだ。事あるごとに私をプッシュし続けていてくれた若林先生はかなり落胆している。

「役に立てずに終わってしまったな」と肩を落とす彼を見て、私は仕事に復帰するために今まで何を努力してきたんだろうと振り返り、恥ずかしくなる。恵津子が言ったように、主治医に「まだ仕事するのは早い」と言われているわけで、自分が思うほど心の病気が回復していないのかもしれない。

私は仕事をすることで、自分を高めていきたかった。私でも社会の役に立てるという自信を持ちたかった。

でも、これではどう考えても本末転倒だ。社会は決して更生施設ではない。私は社会人として不必要で、世の中の不適合者なんだと烙印を押されたような気がして、つい後ろ向きになる自分を持て余し、俯いている。

「オマエほどの実力があれば、どこでだって仕事できるさ。自分で家庭教師の仕事を探してきてもいいじゃないか」と、しきりに慰める若林先生。

馴染んだ生徒たちの顔を思い出すにつけ、感傷が生まれ、悲しくなる。が、実際塾の生徒たちは、講師が誰であろうとさして気にしていないのが実情だ。

学校の担任ならいざ知らず、生徒たちにとって「塾の先生」という存在は、ただ自分たちの成績を確実に上げてくれ、ヤル気を引き出してくれればそれでいい。それが仕事なのだ。そう、それは在籍中から明白にわかっていたことだ。

今までは、こんな私でも「社会と繋がっている」という認識があり、そのことが唯一の存在証明だった。でも、今日からその支柱を失ったのだ。

私は若林先生に、あるいは喬さんに寄りかかって生きていくのか。結婚して家庭を持ち、安住して、ぬくぬくと暮らし、心は安定していくのか。病気は治るのか。自分を好きになれるのか。相手に愛情を注いでいけるのか。違う。そうじゃないはずだ。私は誰かに寄りかかり、依存し、寄生し、巣を作り、まるで有袋類の動物のように誰かのポケットに入って暮らすというのか。

「もういいじゃないか」という声が聞こえる。確かに、もう傷を増やしたり、誰かに傷を負わせたりするのはイヤだ。

でも、このまま逃げるように結婚してしまって、私は幸せになれるだろうか。

若林先生に、考えたことすべてを話す。彼は黙って静かに私の話を聞く。

「俺は、オマエが仕事をしたいというならずっと応援するし、どんな協力も惜しまない。俺と結婚するとかしないとかそういうことは置いといて、俺はオマエの実力は認めているよ」

私は心から彼に感謝する。意を決して話す。

「私は、喬さんにプロポーズされていて、アメリカに行こうと言われました」

声が震えて、顔が強張る。でも、彼は意外にも静かな反応を見せる。

「俺がオマエのそばにいたい、と思っているのは伝わっているよな」

「……はい」

「どっちかを選べって言うのはなんだかヘンだよな。俺が言うことじゃないよな。だけどな、海外で生活するというのは、オマエには無理だよ。俺、追いかけていきそうだよ心配で」半分冗談のように笑って言う彼。

「俺じゃ、ダメなんかなあ……」

ボソッと呟く彼を見て、このままっすぐに胸に飛び込んでいけない自分に腹を立てる。彼は、黙りこみ目を逸らして遠くを見ている。静かな空気が醸し出される。こんな表情は初めて見るかもしれない。

「仕事、したかったんだろ。ごめんな、役に立てなかった。俺、正直言うとなあ、オマエが仕事をクビになれば俺と結婚してくれるだろうかって思ってたことがあったんだ。だから、仕事辞めさせられたほうがいいって考えてたところもあったんだ。身勝手だよな、俺」

笑いながら話すので不思議に思って彼の顔を凝視すると、涙が滲んでいる。

「俺の存在が、オマエの負担になってるのか」

「違うのよ。負担じゃない。いてくれてとても助かっている」

「でも、俺がいなければ、その男と結婚したいんだろ」

答えられない。こんな自分が心底情けない。

「今、そばにいてほしいのは、ソイツなのか」私は黙る。彼は雑踏の中、滲む涙を隠そうともしない。私は混乱している。

急に動悸がして、息苦しい。彼はハッとして私に駆け寄る。

「ごめん、今、こんな話するべきじゃなかった、ごめん」しきりに私の背中を撫でる。涙が出る。情けない。いつまでこんなことを繰り返すのだろう。

薬を飲む。少し落ち着く。彼はずっと私の背中を撫で続けてくれている。

唐突に、このぬくもりを私はこの先ずっと失いたくない、とハッキリと自覚する。

「翔子」彼が私を名前で呼ぶ。

「はい」私は顔を上げる。

「オマエの生徒集めるから、送別会やろうぜ、盛大に」

私は号泣する。そうだ、私はあの子たちにもう会えないんだ。なんだかとても悲しくなる。ともあれ、喬さんのことも、若林先生のことも、少し遠くから見つめようと思う。あまりに急なことが立て続けに起きてしまい、現実を受け容れられないのだ。モノをハッキリ見るためには、近づきすぎてはいけない。どうしたら自分を生きられるのか、ただ、今は静かに想い、考えたい。

十一月二十日
仕事を正式に辞めたことを伝えてから、父と母は逆にとても安堵したような表情を見せている。

「しばらくのんびりしたほうがいい」と父が言うが、そう言われるのは恥ずかしい。今まで私はこれ以上ないほど「のんびり」させてもらってきたからだ。もうじゅうぶんすぎる。この家でぬくぬくと安寧の日々を送らせてもらっていたからこそ、私は生き永らえてきたのだから。

思えば、両親は、娘の結納まで交わし、結婚の準備を万端整え、今か今かと嫁ぐ日を想像していたわけであり、その夢があんなカタチで潰え、その上、精神疾患を理由に娘が職まで失ったわけだ。

そしていまだに私は、三十四歳にもなって一人では何も決断できず足踏みばかりしている。デキの悪い娘をこうして庇護し、容認してくれている両親に、私はどうやったら報いることができるのだろうと考える。

母が、一度だけ私を褒めたことがある。結納のとき、母の大事にしていた着物を私が身に着けたときだ。

「翔子、その着物は私よりも翔子のほうがずっと似合うね」

あの結納の日、母は穏やかに笑っていた。あまり感情を表に出さない母だが、私の婚約を喜んでくれているのが伝わった。私は母の着物を身に着け、母の前でにこやかに笑えている自分を、どこか信じられない気持ちで見つめていた。

今思うと、そのとき、諒一くんはどんな気持ちで私の隣にいたのだろうか。

私はそのとき、母のこの穏やかな笑顔を絶対に生涯忘れないと誓った。

私は、幸せにならなければならない。誰のために？　母のため？

いいえ。他ならぬ、自分自身のためだ。

十一月二十一日
恵津子から電話がある。今日は休みなのに仕事をしているという。だらだらと時をやり過ごしている自分がひどく矮小《わいしょう》に感じる。電話の向こうでタバコを喫う気配がする。タバコが苦手な私の前では喫煙することはないが、彼女はヘビースモーカーだ。
「あー、疲れた。こき使われたわよ、喬くんに」

「え、何、喬さんの仕事手伝ってたの」

「うん、前から仕事の手伝いはよく頼まれていたの。昨日はドサクサ紛れに、大学に来たお客の通訳と接待頼まれて、家に帰ったのが午前零時よ」

「ビジネスで英語がちゃんと使えるなんてすごいわ」私は心から感嘆して言う。

「ダメダメ、私の語学力はまだまだだよ。そんなことより、アンタどうなってんの喬くんと」恵津子の声にはどことなく棘がある。彼女も、煮えきらない私にいい加減イライラしているのだろう。

「アメリカに行こうって言われたわ」恵津子はなんて言うだろうか、反応が怖い。

「何、アンタ、まさかプロポーズされたの？」

「うん、たぶんそうだと思う」

「たぶんって、アンタ何よ、まるでヒトゴトじゃないの」

ごめんなさい、と謝りそうになる自分を抑える。

「で、どうすんの、まさか断るなんてことしないんでしょ」

「……でも、私、アメリカで生活できるかどうか……」自分の言葉が宙に浮くのを感じながら、恵津子の反応に怯《おび》えている。

「ふん、じゃあ、やめたらっ」恵津子の声がピシッと返ってくる。

「そういうどっちつかずの態度はいつまでも通用しないからね。アンタ、歳考えなさいよ。喬くんみたいないい条件の男なんてもう出てこないわよ。わかってんでしょうね。

塾の先生のほうはちゃんと切りなさいよ。一度寝たくらいで何よ」

一気にまくしたてる恵津子。

「喬くんは翔子を選んだんだよ。アンタも少しは誠意を見せなさいよ」

「少し、待って。ちゃんとするから。私、仕事クビになってしまって、いろいろ考えなければならなくて、時間が必要なの。私の場合、心のコントロールを欠くと、どこに行くかわからないところがあるの。だから、あまり急《せ》かさないで、恵津子」

「……あのさぁ……、アンタ私に気を遣ってない？」

「……」

「もう答えは出てるんじゃないの？　どう断ればいいかって考えてるんじゃないの？」

「あ、あのね、怒らないで聞いて恵津子。あのね、喬さん、諒一くんに似てるところがあるって姉に言われて、もしかしたら私、元婚約者に彼を重ねて見ていたのかもしれなくて。それでね、私」

「はあ？　アンタどうしたの？　自分が何言ってるかわかってんの？」

「顔が似てるとかじゃなくて、手の表情とか、ふとした仕草とかが似てるって気が付いてしまったの。私が喬さんと会ってるときは、無意識に元の婚約者のことを呼び寄せていたのかもしれないの……」

恵津子が電話の向こうでもう一本タバコに火をつけるのがわかる。恵津子は無言だ。ものすごく重い。重たい沈黙。私は居心地が悪く、ものすごく不安になる。薬を飲みたくなる。

「翔子、あのさ」恵津子がようやく重い口調で話す。

私は思わず身構える。

「うん、何」私の声は沈んでいる。

「アンタ、もう忘れなさいよ、昔の男のことは。それさ、ちょっと聞くとめっちゃロマンティックに聞こえるけどさ、どう言い繕ったとしても結局ただの未練なのよ」

「……」

「私はアンタの心の病気のことはわからないことが多いけどさ、こうやって自分を後ろ向きに追い込むのって、病気のせいだけじゃないと思うよ。翔子自身にも責任があると思う。あ、傷つけたらゴメン。私はアンタに良かれと思って喬くん紹介したけど、昔の男に似てるとか言っていつまでも引き伸ばしてるのって、いくらなんでもあんまりじゃない。子供っぽいにも程があるってもんよ……」

私は何も言い返せない。恵津子の言うことは悉く当たっている。

「あ、あとね、喬くんはアンタが心の病気だって知って、いろいろ調べたらしいけど、結局どうしたらいいのかわからなくなっちゃったところがあるみたい。でも、なんとかしてみせるって私には言ってたのよ。けど、私達が思うよりずっとアンタの病気、複雑みたいね。気軽に男紹介しようとして、私も浅はかだったわ」

いたたまれない。恵津子は好意で喬さんを紹介してくれたのに。

「恵津子、ごめんなさい。私からきちんと喬さんには謝るわ」

「うーん、それはやめたほうがいいな。何言ってもすごく失礼だし。私からうまく言っておくから、その点は安心していいよ」

「ごめんなさい、恵津子の気持ち、すごく蔑ろにしてしまった」

「いいよいいよ、それより、大根の煮物ごちそうしてくれるって言ってたよね。仕事が落ち着いたら遊びに行かせてもらう。それでチャラでいいわ。とにかく、今は頭を休めなよ」

恵津子は本当はものすごく憤慨しているはずだ。なのに私の体調を気遣わせている。本当に申し訳なくて、不甲斐なくて、自己嫌悪の波に溺れそうである。

十一月二十三日
一樹が慌てふためいている。

「ねえちゃん、さゆみちゃんのこと聞いてるか?」

「どうしたのよ。何があったの?」

「さゆみちゃんさ、前にバイトしてたTスーパーの店長と付き合ってるみたいだぜ。しかも婚約したとかしないとか。でもあそこのスーパー、暴力団と繋がってるってもっぱらの噂なんだ」

「え、それはどこからの情報?」

「俺の得意先のパートさんたちが、Tスーパーにいた可愛いバイトの子が店長に騙されてどうのこうのって噂してたのを小耳に挟んだんだ。店長はさゆみちゃんより二十歳は年上だって言ってたぞ」


Tスーパーは、よく行く地元のスーパーだ。店長の顔も知っている。正直、母も私もその人に対する印象はすこぶる悪い。いつも難しい表情で接客しているので、顔を見るとイヤな気分になる。最近ではほとんど足を運ばなくなってしまっていた。

「聡明な彼女が選んだんだから、きっといいところがあるのよ。もし婚約したなら、ちゃんと祝ってあげましょう」と話を聞いていた母は言うが、私は母のようにはなれない。

若林先生と別れてそんなに時間が経っていないのに、結婚を考えるまでの相手ができたことに、正直、疑念と不安しかない。

さゆみちゃんに会って確かめたい。もちろん、そんなことができる立場でないのはわかっているけれど。

「若林先生はこのこと知ってるの？」一樹に尋ねる。

「うん、でも若林さんは何も言わない。不自然なほど、なんにも言わないんだ。大丈夫なのかな。さゆみちゃん、若林先生と別れてヤケになってんじゃねぇのか？　ねえちゃん、俺、さゆみちゃんに会って話聞いてもいいかな」

「おやめなさい」母が窘める。

「だって、ヤクザかもしれないんだぞ。放っておけるかよっ。若林さんはなんで平気でいられるんだ？」

一樹の心配はもっともだ。

チャイムが鳴る。杏子姉さんが葉付きの大根を抱えて家にやってきた。

「なんなの一樹は。声、外まで丸聞こえ。何騒いでるのよ」

よっこらしょ、と大きな溜息をつきながら大根をキッチンに置き、姉は一樹を窘める。

一樹がさらにどうしてみんな平気なんだと一層まくしたてる。杏子姉さんは、冷静に話を聞いている。

「何をそんなに騒ぎ立てることがあるのよ。さゆみちゃんとはこの際、距離を置いてきっぱり縁を切ったほうがいいよ。薄情なようだけどさ、こういう子は、年上の男だったら誰でもいいのよ。アンタたちがこんなに気にかけるレベルのことじゃないと思う。最初から若林さんに対してもワリと気軽だったのよ」

いや、それは違う。私は信じている。杏子姉さんはさらに続ける。

「若林さんがなにもしないって言うけど、彼の態度はむしろ誠意があるじゃない。ずっと一貫してるわよ。翔子を選んで、別れた女に一切情けをかけないって普通はできないわよ。でも、翔子がここで口出すのは本当にどの方面にも無礼にもほどがあるからね。その辺のところのケジメはしっかりしなさいよ」

母が大根の葉を切り落として濡らした新聞に包《くる》みながら、みんなの顔を見渡して大きく溜息をつく。
一樹はまだなにか喚いている。私は、どうするべきなんだろうか。

十一月二十五日
若林先生はさゆみちゃんの動向について何ひとつ口にしない。
「心配じゃないの？」と言うと「俺たちが心配なんかするのは失礼だろう」と言ったきり、私にそれ以上のことを言わせようとしない。確かに余計なことだとわかっている。でも心のどこかで私は、彼にさゆみちゃんと会ってほしいと切望している。これは責任逃れなのか。違う。さゆみちゃんが今一番会いたいのは、他でもない彼だと確信している。本当に彼女が「好きな人」と結婚しようとしているとは、私には到底思えない。
杏子姉さんは「そうやって人のこと、なんだかんだ心配してるのは、自分のことから目を逸らしたいだけじゃん」と鼻先で嗤《わら》う。いや、違う、そうじゃないと否定するそばから、ひょっとして偽善なのかという気持ちも湧いてくる。でも、彼女が心配で仕方がない。

十一月二十七日
朝食後、一樹が唐突に私に言う。
「な、ねえちゃん、さゆみちゃんのこと本当に放っておくつもりかよ」

「え、なんなの、朝から」

「なんなの、じゃねえよ。大丈夫なのかよ、何もしないで平気なのかよ」

　一樹はひどく怒っている。

「一樹はさゆみちゃんと連絡とってるの」

「ずっと連絡してるけど、無視されてる。若林さんは絶対会わないの一点張りだし。ねえちゃんと若林さん二人で勝手なことして傷つけたままにして平気なのか。信じられねえ。俺は何もしてやれねんだよ。ねえちゃん、会って謝れよ」

「そんなことできるわけないでしょう。かえって傷つけるってこと、わからないのアンタは」そう言いながらも気になって仕方がない。一度会ったほうがいいのではないか。でも、今の私が何を言えるというのか。

「さゆみちゃん、今はU町の介護施設で働いてるらしいよ。ねえちゃん、ちょっと様子見てこいよ」

　一樹はそのまま出勤。私はさんざん考えた末に、U町まで出かけることにした。その介護施設はこの界隈では大きく、誰もが知っている施設だ。今の私に彼女と会う資格はない。わかっているけれど、彼女を放っておくことはできない。

　施設の庭で、彼女は車椅子の老人と語り合っていた。彼女は少し太ったように見え、柔和でむしろ幾分健康的にさえ見えた。その笑顔に安堵しながら、私は彼女を遠くから見た。が、一見健康そうに見えた彼女の顔は、太ったのではなくむくんでいることに気付いた。よく見ると手もすごく荒れているようだ。目の下の薄い隈。見てはいけないものを見てしまった気がして慌てて視線を外す。が、遅かった。さゆみちゃんが私に気付いてしまった。彼女はゆっくりと私に近づいてきた。

「あら、翔子さん、こんにちは。お元気そうですね。今日は何か御用ですか」

なんて言えばいいのだろう。私は焦燥と緊張で口が利けない。

「あそこで少し待っててください」さゆみちゃんは芝生の緑色のベンチを指差す。

施設は思いのほか静かだ。私は発作的にここまで来てしまった自分の浅はかさを自覚し始める。

やがて彼女がエプロンを着けたままやってきた。

「ごめんなさい、お仕事中に」私は詫びる。

「大丈夫です、私も翔子さんのこと考えていたところだったから、びっくりしました」

「さゆみちゃん、スーパー辞めてここで働いていたのね」彼女は答えずに私を見る。私は途端に緊張する。足元の芝生に小さな虫が飛ぶのが見える。

「さゆみちゃん、この虫、なんだろうね」と息苦しくなった私は思わず口にしてしまう。久しぶりに会っていきなり虫の話をされたらさぞかし不審だろう。さゆみちゃんは少し戸惑っている。いけない、私はとても緊張している。困った。こんなことでどうするんだ。間近で見る彼女は相変わらず可愛い。でも、彼女のどこからも恋する女性の発する温かなオーラが感じられない。

「翔子さん、寒くないですか」かじかんだ手を擦り合わせる。

いや、今日はとても日差しが暖かい。緊張している私には暑いくらいだ。小刻みに震えている彼女の様子は明らかにヘンだ。

「さゆみちゃん、熱でもあるんじゃないの」私は、咄嗟に彼女の額に手を伸ばす。すると、彼女はその手を振り払う。

その動作に強い拒絶を感じる。私は落ち込む。

「あ、すみません。大丈夫ですから、私」

彼女の声は、相変わらず透明で限りなく美しい。でも、貼り付いたような笑顔と硬い口調は私の知っているものではない。気まずい沈黙が流れ始める。さゆみちゃんは何を考えているのか、じっと自分の手を見つめている。私は意を決する。こんなに臆していてはいけない。ちゃんと話をしなくちゃと思って口を開こうすると、さゆみちゃんが先に発する。

「一樹さんがずっと私のことを心配してくれてたみたいで、何度も着信が入ってました。御礼を言っておいてください」

「あぁ、アイツねー、さゆみちゃんのこと、ずーっと気にかけてて、心配してる」話題を提供してくれたことに心から安堵しながら、私は少し上ずった声を出す。

「いろいろご心配ご迷惑をかけてしまってたようで……」

「いいのよ、一樹は迷惑だなんて思ってないわよ」少し会話が波に乗る。私は続ける。

「あの、さゆみちゃん、あの、いろいろ私、ごめんなさい」何を謝ってるんだ私は。でも、ここで言わなくては。私は意を決する。

「あ、あの、さゆみちゃん、一樹にちょっと聞いたんだけど婚約したって本当なの」

彼女は少し苦い笑いを私に返す。

「はい、ちゃんと結納したわけではないですけど、指輪はいただきました」

「金沢のお母様にも紹介したの」

「はい、紹介しました。といっても金沢に連れていってはいないですが、母と彼が電話で話しました」

さゆみちゃんの表情からは何も読むことができない。試験会場の面接官にでもなったような気持ちだ。

「結納したわけではないってことは、正式に婚約したわけではないのね」

さゆみちゃんがまっすぐに私を見る。

「……翔子さん」

「はい」背筋が緊張する。

「正式に婚約したかどうかなんて、どうして私が翔子さんに答えなければならないんでしょうか。私の問題ですよね」

「わかっているわ。わかっているけど、いろいろ心配していたの」

「何を心配するんですか。失礼ですよ、それって」彼女の声はいつになくとても低い。

こんな声は初めて聞いた。あの天使のような声は、どこにいったんだ。でも言わなくては。私は若干震えながら続ける。

「本当に失礼なことを言うけれど、さゆみちゃん、今付き合っている人のことは本当に好きで婚約したのよね。あの、あまりよくない噂も耳にしてて」やっとの思いで問いかける。彼女は俯く。そしてハッキリと言う。

「翔子さん……。やめてください。吉原《よしはら》店長は私が信夫くんと付き合っている頃からずっとアプローチしてくれていた人で、ずっと私のことだけを見ていてくれた人です。翔子さんが心配してくださるお気持ちはわかります。確かにいろんな噂のある人ですもんね。でもね、吉原店長は私の前では優しいし、頼もしいんです」

「酒癖が悪いとも聞いたけれど……」

「私と付き合いたいからと言って断酒会に入ってます。とにかく一生懸命に私のことを気遣ってくれます」

「……そう、じゃあ杞憂だったのね。いい人なのね」

さゆみちゃんが、憐憫をも含んだような、侮蔑の表情で私を射る。

「翔子さんは何が心配なんですか。いったい私に何が言いたくて私を訪ねたんですか」

「さゆみちゃんが、幸せならそれでいいの。私はただ……」

「私はただ、自分が寝取った男にフラれた女がその後不幸になるのは忍びないから会いに来ました、ですか?」

絶句する。若林先生とのことをわざわざ一樹が話したんだろうか。動悸が始まる。いやな汗が脇を伝う。瞳孔が開くようなイヤな感覚。心臓が張り裂けそうだ。

「あら、翔子さんたらどうしたんですか、顔色が悪いですよ」

「……あ、ごめんなさい、私、あの……」

「翔子さんは嘘は絶対つけませんからねえ。だから今、思い切ってカマかけてみたんですよ」

さゆみちゃんの顔が曇って見える。私はどうしていいのかわからなくなって、ただ黙り込む。さゆみちゃんがこんな厳しい口調で話すことを初めて知った。

そして私は何をしにここへ来たというのだろうか。

「やっぱりそういう関係になってたんですね、信夫くんと。いつですか。私を裏切っていたんでしょ。二人で笑っていたんでしょ」

違う、と何度も言おうとするが、言葉にならない。

「翔子さんは今、すごく残酷なことを私にしているんです。わかっていらっしゃいますよね」彼女の眉間の皺が深くなる。

「わかってるけど、このままやり過ごしたくなかったの。自己満足とは違う。さゆみちゃんを放っておけなかったの」

彼女が、声を出さずに泣いている。噎《むせ》び泣きしながら私を睨む。彼女の目は、決してお前を受容しないという意思を湛えている。

「誤解しないでほしいのは、若林先生はあなたと付き合っていた時期は確かに私と距離を置こうとしてくれていたの」私の声は、なぜか自分の声とは違って聞こえる。こんなことを言って何になるのか、という声が聞こえる。

「でも、信夫くんはずっと翔子さんのことが好きだったわ。それはしょうがないことだと思うんです。私に魅力がなかったんですから。でも、翔子さんはどうなんですか？彼の気持ちを弄んで寝るだけ寝たってだけじゃないんですか？　どうせ信夫くんに毎日のようにそばにいてもらってるんでしょう？　どうして思わせぶりを続けているんですか。こうして私に会いに来たのは、私が心配なんじゃなくて自分の気持ちが収まらないからでしょう。そうじゃないですか」

こんなに厳しい口調なのに、そんなときでも彼女の声が美しいことに、かえって私は戦慄する。私は動顛して呟く。

「さゆみちゃん、あの、私、さゆみちゃんには幸せでいてほしいの」

「それを、翔子さんが言うの？　私がなんて答えたら翔子さんは安心するのですか？」

鋭い目。射られた視線を投げ返すこともできずに、ごめんなさいと口にする。情けない。ここで謝罪の言葉を口にするなど、最低の行為だ。

「翔子さんがそんなにデリカシーのない人だとは思いたくないです。でも私はもう忘れるって決めたんです。子供じゃありません。もう放っておいてくださいませんか。私が誰と結婚しようが、もう関係ないでしょう。それとも、私が今は吹っきれて幸せですって言ったらあなたは満足ですか。もう私に会いに来るなんて気持ち悪いこと、やめてくださいませんか。自意識過剰なんですよ」

泣いている彼女の脇でケイタイの着信音が鳴る。彼女はチラッとバッグを見る。

「一樹さんからだ。心配してくれているんですよね、ずっと」私は言葉が出ない。

「一樹さんの気持ちはありがたいけど、翔子さんの弟さんと付き合える自信は私にはないと伝えてください」

「そんなこと、私からは、言えないよ」

「いえ、言ってください。翔子さんから言ってほしいです」彼女の意図がわからない。一樹の気持ちは私とは別だと言いたかったが、言える立場ではない。

「翔子さん、こんなことしてるヒマがあったら早く信夫くんと会ってあげてください。ちゃんと彼のこと幸せにしてください。お願いします」泣いている彼女の目は、真剣だ。

一つだけわかったことは、彼女はまだ狂おしいほど若林先生だけが好きなんだということだった。彼女は忘れたくてもがいている。あの憔悴しきってむくんだ顔は彼女も毎日闘っていることの証左だ。これ以上、彼女の人生に私が介入してはいけない。ぐるぐるとおんなじところを徘徊している自分の愚かさ。

「自意識過剰だ」というさゆみちゃんの言葉が繰り返し繰り返し私の脳裏に谺する。彼女が立ち上がる。

「私は、必ず翔子さんより幸せになりますから、安心してください。もう、会えません。どうか元気でいらしてください。信夫くんにはガンバレって、それだけ伝えてくださ
い」彼女が手を差し伸べる。

　別れの握手のつもりだろう。私はそれがわかっているから手を握り返せない。

「さゆみちゃん、何度も言うわ。私ね、さゆみちゃんには幸せになってほしいのよ。偽善だって思うなら思ってもいい」

　彼女は小さく頷いて、少しだけ笑う。一瞬だけ私の知っているさゆみちゃんの顔に戻って、彼女は背を向けて去っていった。

「さゆみちゃん、待って」私は無意識に引き留める。彼女は振り返らない。

追いかけたくなる衝動にじっと耐えながら私はひたすら震えていた。

十一月二十九日
　一樹は慌ただしくいつものようにバクバクと朝食を平らげて出勤していく。なぜかさゆみちゃんのことは、ひと言も口にしない。私は昨日受けたショックと頭痛で眠れなかった。
「自意識過剰なのよ自意識過剰なのよ自意識過剰なのよ自意識過剰なのよ自意識過剰なのよ自意識過剰なのよ……」まるで壊れたＣＤのように渦を巻く脳の中のさゆみちゃん

の言葉が私を湮滅《いんめつ》させる。でも、今回はバカなことをしてしまったという後悔が比較的少ない。それだけは救いだ。私は彼女に会ったからこそ彼女の本心が見えたのだ。

彼女にしてみれば憎たらしい女に呼び出されてイヤな時間を過ごしたにすぎないかもしれないが、彼女も私に会って再認識したことがあると思っている。でも、本当の問題はこれから私自身がどうするかだ。

午後、庭の落ち葉を掃いていた母と一緒に落ち葉を拾う。

「お母さん、さゆみちゃんに会ったよ、昨日」

私は枯葉を掻き集めながら何気なさを装って話しかける。

「あら、そうなの」母も何気ないように受ける。

「うん、会ったの。私、嫌われたよ」

母は箒を持つ手を止める。

「翔子、お茶飲もうか」そう言って縁側に座る。私はお茶の支度をし始める。

「あー、いいよ、冷蔵庫のウーロン茶持ってきてくれれば」

母の言葉を受けて冷蔵庫からウーロン茶を取り出してコップに注ぎ手渡す。二人で並んで座る。母が私を促す。なんでも聞くよ、という気持ちが口に出さずに伝わる。この温かさに涙が出そうになる。私は母に言う。

「スーパーの店長とは、まだ正式に婚約したわけではないみたい。それでね、さゆみちゃんは、まだ若林先生がとっても好きみたい」

「そうか、じゃあ、このままじゃだめだね。一生後悔するよ。若いからなんとかなるって思ってしまっているのかもしれないけど。ただ、これは先方の、店長の気持ちもあるからね」

「でも、私が言ってもダメみたい」

「そう？　そうかしら」

「さゆみちゃんは私を憎んでいると思うわ」

「そんなに憎まれるようなことを翔子がしたかしら」

そう、母は私が彼と寝たことを知らない。発作的に口が動く。

「……お母さん、あのね、私、若林先生と関係を持ってしまったの。さゆみちゃんと彼が別れてからだけど。でも、二人が別れてそんなに間が空いていたわけではないの。一度だけだけど、寝てしまった……。私、彼のことを好きだって自覚していたわけではなかったのに、寝てしまったの」

母は黙って私の顔を見ている。でも、その顔は私を拒絶していない。

「翔子、すごいじゃない」唐突に母が言う。

私は驚く。あまりに意外な言葉だったからだ。

「この状況で、ちゃんと一人でさゆみちゃんに自分から会おうとしたんでしょう。前の翔子だったら、そんなことは絶対にできなかったでしょう」

確かにそうかもしれない。母はウーロン茶をおいしそうに飲む。庭掃除をするだけなのに、ちゃんと薄化粧をして身綺麗にしている母を眩しく思う。

「若林さんは一本気な方だからねえ。翔子は呑み込まれちゃうよね」

母は苦笑している。

「でもね、お母さん、私は誰にも言い訳したくない」

「そうね……ただ、どっちつかずはいけないよ。どうしてもさゆみちゃんへの申し訳無さが消せないなら、一旦若林さんから離れる時間を持つのもいいかもしれないね」母は優しい。どうしてこんなに優しく諭してくれるんだろう。何も責めない。何も問わない。私は涙を堪えている。

「翔子がこうやって自分の意思で、自分だけで何かを行動することができるようになったってことは、病気は回復しているんだろうとお母さんは思うんだよ。それはね、翔子、」

「はい」私は神妙に返事する。

「お母さんにとって、何よりも嬉しいことなの。お母さんはね、あなたが結婚することよりも何よりも、翔子の病気がよくなっていくのが一番嬉しいんだよ。ほら、最近職も失ったからさ、毎日毎日いつ翔子が倒れるかって、ずーーっと思ってたんだ」

私は母の愛情の深さを目の当たりにして号泣する。

「お母さんもお父さんも翔子のことは信じているし、ずっと味方だけど、幸せを掴むのは翔子自身だよ。それだけは誰にも肩代わりできないんだよ」

「そうね、お母さん、私……」言葉にならない声で返事する。

「もうすぐ由香ちゃんも『おかあさん』だよ、翔子。あなたも幸せになって会うって約束してあるんでしょ。病気治して元気出そうね。人のことばかり考えなくていいんだよ、翔子」私の肩に手を置き、ポンポン、と叩いて、母はもう一度箒を持って庭に出る。

母からすべてを肯定され、それによってもたらされた安堵は、私に本当のやすらぎと本当の叱咤を連れてきた。泣いている場合ではない。

そう、誰も私の人生を決めてはくれないのだ。立ち上がろう。ちゃんとしよう。焦らずにゆっくりでいいんだ。私は静かに心を決めて、母の背中をずっと見ていた。

十一月三十日
恵津子が母の手料理を食べたいと前から言っていて、有休を取って初めて遊びに来た。健康的な活気百パーセントのオーラを放つ彼女の明るさは、わが家にはない新鮮さだ。恵津子が玄関に入った途端、まるで家のほうが合わせて生気を放ったような錯覚に陥る。

ハキハキした語調で挨拶する彼女に、母は少し面食らっているように見える。

「わー、翔子ったらこんな家に住んでたんだねえ。大きくていいなあ。なんだか懐かしい感じだわねえ」

恵津子がキョロキョロしながら言う。そう、自慢じゃないが私の家はけっこう大きい。敷地面積も広い。……が、築三十年の木造家屋は、もはや「古い」という形容さえも遥かに超越し、たちの悪い懐古趣味を満足させるだけの代物となりつつある。ずっと住んでいた私には「懐かしい」も何もない。ただ、この家は古くてもキレイ好きの母のおかげでほとんど傷みがない。幼い頃は嫌いだったこの家のにおいが、今はなんだか一番体に馴染む気がするから不思議である。

「ちわっす」一樹が出てきて挨拶する。

「なによ、高校生みたいな挨拶して。ちゃんと顔出しなさいよ」

私が言うと一樹は「うっせーな」と言って恵津子をチラッと見る。年下キラーの恵津子は前から一樹を見たがっていた。といっても歳は一つしか違わないので彼女の食指は動かないと思っていたのだが、案の定「アンタより年上みたいじゃん。オトート。やけに落ち着いてる？」と小声で言う。一樹は物怖じしないので、初対面の恵津子に気軽に世間話をしている。彼なりに客を接待しているつもりなんだろう。私はボーッとして聞き役でいたら、なんだかいつの間にか二人が口論している。思わぬ展開に狼狽する。どうやら「男は金がないと価値がないわよねえ」と恵津子がフッた話題に、一樹は本気で反論しているようだ。まったく初対面で喧嘩するなんて……青いヤツめ……。恵津子は半ばからかい半分で一樹が怒っているのを煽《あお》ったり詰《なじ》ったりしている。

「ねえ、もう止めてよ、アイツ本気で沸騰するよ。からかいとか冗談とか通じるヤツじゃないんだよ」と小声で言うと、「ふふふ、一樹くん、案外可愛いじゃん」と言って、ますます煽る恵津子。人の弟で遊ぶなよ、と小声で言うと、彼女はわざわざ喬さんの話題を出す。彼が若林先生よりもいかに優れた人物で私に合うかを、よりによって若林先生を気に入っている一樹に言ったもんだから、もう大変だ。

「翔子には同業者は絶対合わないと思うのよねえ」のひと言で、一樹が爆発してしまった。

「アンタみたいな女、初めて会ったよっ！」

ひーーー。やめてくれええぇ。一樹が怒りながら部屋を出ていこうとすると、恵津子がひと言。

「一樹くん、ごめんね。言いすぎたわ。今度お詫びに奢るわ。なんだかハッキリモノをいう男の子って素敵よね」と、さっきとは打って変わった声で言う。

ああ、こうやってアメムチ戦法で年下男を陥落させてきたんだな、と感心して見てしまう。

が、一樹はアメムチなど通用する男ではない。彼はアメしか食べない。もしくはムチしか受けない。駆け引きは一切通用しない。

「俺は『男の子』じゃないからっ！　馬鹿にすんなっ！」にべもなく頭から湯気を立てる一樹。あーあ。それでも恵津子はまったく動じず、悪びれた様子もなく今年流行の靴の話題を夢中でしている。

あっという間に夕方が来る。夕食は恵津子のために腕を揮《ふる》うと言っていた母だが、少しは私も手伝わなくてはならない。恵津子が雑誌に夢中になっている間に下拵えだけ手伝いに台所に入る。母は本格的に釜飯を作るつもりらしい。豚汁はもうできている。彩り豊かな和え物や香の物がすでにテーブルに所狭しと並んでいる。厚揚げと大根の煮物ももう完成している。赤カブの酢の物を担当する。田舎料理ばかりだが、母の作ったものは絶品だ。夕食のときには一樹と仲直りしてほしいと思っていたが、恵津子はといえば最初から仲直りも何もない。何も気にかけてはいない。が、一樹はまだ沸騰し続けていたらしく「若林さんと会ってくるわ」と言って出かけてしまった。

そんな一樹のことはまったく意に介さず、恵津子は一人で母の作った夕食を小気味いいほど平らげていった。

「こんな美味しいお料理は本当に久しぶりです。本当に美味しいわ、お母様」

片時も口を休めることなく、よく食べてよく喋り、明るさと陽気さをふりまく彼女。母は料理を褒められて嬉しいらしく、上機嫌だ。父も楽しく笑っている。

真っ赤なセーターと艶やかな口紅で快活に喋る恵津子は、本当に自信に満ちている。自分の人生を謳歌することだけにただひたすら貪欲に生きている彼女の逞しさに、私は眩暈さえ覚える。食後、私の部屋で二人でお茶を飲む。やっと私から話ができそうな雰囲気だ。彼女の饒舌は緊張から来るものなんだろうかと、ふと感じる。

「喬さんには、話してくれたの？」

「ああ、もうそのことは大丈夫。翔子、本当に断ってよかったのね？」

「うん、しばらく私、頭冷やそうかと思って」

「そう。そのほうがいいのかもしれないわね。私には力になれないことも多いだろうけど、男紹介してもらいたくなったらいつでも言って」

「ありがとう、なんか、いろいろごめんなさい」

「いやあ、それにしても本当に美味しかった。また栄養が足りなくなったらいただきに来るわね。私も料理、覚えよっかなあ」

恵津子は、カップについた赤い口紅をスッと指先で拭いて、艶やかに笑った。

十二月三日
さゆみちゃんが、いなくなってしまった。さゆみちゃんのお母様から直接私に電話があったのである。

「もうずっと連絡が取れませんが、何かご存知ないですか」と。

一樹は血眼だ。さゆみちゃんのアパートはもぬけの殻。家財道具もない。引っ越したのは明らかだが、お母さんにも引っ越したことを伝えていないのだ。一樹は何度も彼女のケイタイに連絡する。呼び出し音は鳴るが、出ない。

「俺じゃダメなんだろうな」とポツリと呟く弟が急に不憫になる。

あんな可愛い子に相手にされっこないじゃないかとハナからバカにしてきた私自身を反省する。一樹は、なんだかんだ言っても彼女のことを今までずっと心配し続けていたのだから。一樹は自分の「愛」という感情に自覚的になれない。でも、彼の愛情は真摯だ。そして、とても深いものだろうと思う。

でも、彼女が待っているのは残念ながら一樹ではない。あのスーパーの店長のところに行くしかない。きっとさゆみちゃんの行方は彼が知っているはずだ。さゆみちゃんが彼のところで一緒に住み始めていたら、いろいろな意味で危険だ。一方で、こんな懸念はまったくのおせっかいなのだという葛藤が、私の中に根強くある。でも、一樹はまったく躊躇していない。


若林先生を呼び出す。

私は急いだ。若林先生と待ち合わせている店まで車で十五分。彼は笑顔で私を迎える。

「どうした？」

「先生、さゆみちゃんがいなくなったの」

「え、何、いないってどういうこと？」

「アパートがカラッポで、連絡も取れなくて。金沢のお母さんが今探しているの」

「……連絡を絶ったのは彼女の意思だろ」冷たい言葉。彼の態度は冷酷に見えるほど毅然としている。

「あっちからオマエと縁を切りたいと思ってしたことなんだから、こっちが騒ぎ立てるのはおかしい。俺はもうちゃんとケジメはつけたつもりだし、彼女に同情も恩も返してはいけないと思ってるんだよ。俺はオマエを選んだんだし」

ああ、なんだかすれ違っている。言いたいことが伝わらない。もどかしい。

「私、喬さんと別れました」若林先生は真面目な顔をして私を見る。

「そうか」彼の言葉は期待に満ちる。それを遮って言う。深呼吸、ひとつ。

「でも私、あなたとも別れたいの」呼吸が乱れる。苦しい。彼は何も言わずにキョトンとしている。

「ごめんなさい。どうしても私、あなたを同僚として見ることしかできないの。ごめんなさい。あなたと結婚することが考えられないの」

「おい、どうしたんだよ、急に」

「急じゃないの。ずっと思っていたことなの」彼は黙り込む。頭を抱える。

「さゆみちゃんの相手、けっこうヤバい人かもしれないの。彼女は騙されているのかもしれない。きっと、若林先生に迎えに来てほしいと思っているはず。早く、見つけてあげてほしい。さゆみちゃん、あなたのこと待っているよ」

「……おい、オマエ、ちょっと待て」彼が顔を上げる。

「オマエ、自分の言ってることがわかってんのかよ」静かな口調。

「さゆみちゃん、婚約なんてしたくないのよ、ホントは」

「だからなんだってんだよ、オマエは俺の気持ちを無視して、さゆみのために自分のことは諦めてくれって勝手なこと言うのか」

「違う」

「どう違うんだよ。じゃあ、訊くが、さゆみのことがなくてもオマエは俺を選ばないのか？」

「……うん、そうね、選ばないと思うの」言ってしまってから、私はうろたえる。彼はとても悲しそうな顔をする。

いや、その顔は悲しさではなく、私に対する憐憫の表情のようにも見て取れる。彼は、俯きながらゆっくり喋る。

「結局、今、いちばんオマエが望むのはなんだ。俺にしてほしいことはなんだ」

「私と別れてほしい。さゆみちゃんを救い出してほしい」

「……あのなあ、さゆみは、今、案外幸せなのかもしれないぞ」

「違う。私にはわかる。彼女はあなたのことだけを待ってるんだよ。早く行ってあげて。探してあげて。若林先生、お願い」

施設で会った時の、あのさゆみちゃんの心を削り込んだような表情が蘇る。どうしてあの時、私は彼女に会いに行くなどという、残酷なことをしてしまったんだろう。このまま絶対放ってはおけない。彼女を壊したのは、私だ。

「俺の気持ちはどうなるんだ」彼が私を睨む。私は固まる。何も言い返せない。

「俺は、ずっとオマエが好きだったたし、今も好きだし、これからもずっとオマエが好きだぞ。この気持ちはどうしろっていうんだよ」

「ありがとう、もったいないわ。でも、私は今どうしても、あなたとは付き合えない。

さゆみちゃんに遠慮しているんじゃなくて」

彼は握り拳を震わせる。お願い、こんなところで怒らないで。

「早く、彼女を見つけてあげて。おそらく一緒にいる人、暴力団と繋がってる人なのは知ってるわよね？　どうなってしまうか、怖いのよ」

「暴力団？」彼の顔色が変わる。

「え、若林先生、知らなかったの？」

「知らない。普通の人だと思ってた」

「一樹から相手のこと聞いてないの」

「ああ、詳しいことは聞いてないよ」

「あまりいい噂のある人ではないわ。酒癖悪いって評判だし。断酒会に入ったってさゆみちゃんは言ってたけど、よくわからない人だと思う。とにかく、危ない感じがある人なの」彼が立ち上がる。

「話だけしてくる。でも、俺は彼女の自尊心を大事にしてやりたいと思っているから、翔子センセの期待どおりにはならないかもしれないぞ。俺は何があってもオマエのことが好きだから。その気持ちは変わらないからな。でも、それが迷惑なのか」

「迷惑じゃないけど、今は応えられないと思う」

「そっか、じゃあまだまだ俺の努力が足らないんだな」

「違う、そうじゃなくて……」

「わかってるよ。オマエ、自分のせいでさゆみが転落するのが怖いんだろ。大丈夫、そんなバカな子じゃないよ、あいつは」

「でも……」

「俺はな、さゆみのところに行って話してくるけど、それはさゆみのためじゃなくて、苦しんでるオマエのためだからな」

「そんなこと言わないで。彼女がどれほどあなたのことを好きなのか、あなたも知ってるでしょ」

「仕方ないだろ、人の気持ちを自分がそんなに簡単にどうこうできるとオマエは本気で思ってるのか。ナメるなっ」彼は強い口調で言う。

「ナメてなんかいない。あなただって、本当はとても心配なはずよ。嘘つかないで」

若林先生は震えている。

「オマエさ、俺が嫌いか」声が突然小さくなる。彼の顔を見ると、涙が光っている。

私は動揺する。思わず、嫌いなわけはない、私も好きなの、と言いそうになる。

「嫌いなわけがない。嫌いな人とは寝ない」

こう言ってから、私は平気で出会い系で遊んでいた頃の醜い姿を思い出す。嫌いな人とは寝ない？　なのに見ず知らずの人とは簡単に寝ていたじゃないか。いや、嫌いでも好きでもない人なら寝られるのか。若林先生とはなぜ寝たのか。結局私は、ただの淫乱か。誰でもいいのか。私はなぜ、私はなぜ、私はなぜ、とぐるぐると思考が錯乱し始める。ひとつ、大きく深呼吸をして大きな声で言う。

「早く行ってあげて」

彼は駆けていく。戻ってきませんようにと祈る自分がいる。私は、彼の気持ちを受け止められるだけの器がない。独りになりたい。

一樹も、葛藤しているんだろう。できれば、さゆみちゃんは自分が護りたい、救ってあげたい。だけど、それが叶わない。彼女はまったく相手にしてくれない。それを一番よくわかっているのは本人だ。若林先生とさゆみちゃんの間に立って、どんなに屈折した気持ちでいたのだろうと、いまさらながら弟の辛さと健気さを思い、なんだかとても辛くなる。バカにしていた自分をとても恥じる。一樹、ごめんね。

どうか、さゆみちゃんが若林先生の前で素直になってくれますように。

どうか、彼女がまた前のような笑顔を取り戻してくれますように。

十二月五日
さゆみちゃんを見つけるのに非常に難儀した。店長も行方不明だったからである。
金沢のお母様は、最初は気丈にも私たちの体調まで気遣ってくださっていたが、暴力団が絡んでいるという言葉を聞いてからは心労で塞ぎ込みがちになっていた。捜索願いを出そうという話にまでなり、警察に連絡しようとしていた矢先、ずっと仕事を休んでいた店長が出勤してきたと情報が入る。私達は、やっと話を聞くことができた。店長と話をしてみると、意外にも頭のいい人で、人の話をきちんと聞ける人だということがわかった。ただ、いつも何かに怯えているような表情を後ろに湛えていて、話しているとこちらまで不安な気持ちを呼び起こしそうになることがあった。それでも悪のにおいからは遠いような印象があった。詳しく書くのは控えるが、彼は多額の借金を抱え、それゆえ暴力団との付き合いも余儀なくされている状況であった。話を聞けば聞くほどトホホな人だった。さゆみちゃんのことを尋ねると、

「正直、今は恋愛沙汰でどうこうする気力も余裕もない」という答えが返ってきた。

あまりに意外な反応に納得できず何度も問いただすが、さゆみちゃんが話していた内容との食い違いが多く、私たちは混乱した。婚約したという話も嘘だった。嘘をつかれていたことがショックで、口が利けなくなった。ただ、店長は話に聞いたとおり、一時期彼女にアプローチし、付き合っていたことは確かで、彼女にまで危害が及ぶのを懸念し、さゆみちゃんに引っ越すことを勧めたという。

連絡先は教えられないの一点張りだったが、なんとか粘ってケイタイの番号を聞き出し、私たちはようやくさゆみちゃんと連絡が取れた。何が本当で何を信じればいいのか、まったくわからなくなっていた私は、ここに至って初めて自分がしていることはまったくの徒労で、まったくのおせっかいにすぎなかったのでは、と否定的な気持ちが湧いていた。ただ、私が動かなければ彼女も混迷するだけだと思い直して自分を鼓舞していた。

私の精神状態は緊張で限界だった。

ピンと張りつめた糸はもはや緩みようがなく、ただ切れていくのを待つだけの状態だった。その「切れるしかない」という絶望的観測が、さらに私を追い込んでいった。若林先生は、そんな私の気持ちとさゆみちゃんの気持ちをすべて受け止めた。さゆみちゃんは自分の気持ちをすべて彼にぶつけたという。

「あなたを忘れられない、他の人と付き合えば忘れられると思ったけどできない。翔子さんはあなたの気持ちを弄んでいる、赦せない、私はどうしたらいいのかわからない」

若林先生は、彼女を宥めた。そして、彼女の心を受け容れることに決めた。彼は、私から離れた。

私は心の底から安堵した。勝手な女だと思われるだろう。だけど、これが私の今の偽らざる気持ちだ。

若林先生の熱情に応えられないことへの呵責に耐えきれなくなっていた私は、ある意味、解放感さえ覚えてしまっていた。なんと失礼なことだろう。独りになりたい。心から今、そう思っている自分を、私はどうすることもできない。

若林先生は私を愛してくれている。このことだけは私にしっかりわかる。これは混迷する中でたった一つ見えている真実だと思う。それなのに、たった一つ見えている真実に当の私が応えられない。この事実に一番傷ついているのは、若林先生であり、彼を愛しているさゆみちゃんだろう。

いっそのこと私が彼に嫌われてしまえばいいんだと思うが、そんなこともひどく滑稽だ。今はただ、さゆみちゃんの心が安定してくれることだけを願いたい。

十二月九日

さゆみちゃんのお母様から何度も御礼を言われる。私がただひたすら恐縮するしかない。もともとは私が悪いのだから。でも、さゆみちゃんのお母様は、接すれば接するほど好きになる。本当に人間的に温かみのある方で、さゆみちゃんの優しさは本来ならこのお母様の性質をそのままそっくり受け継いだ、純粋なものだったはずだ。

一樹にも嘘をついてしまうほど、彼女は追い込まれてしまっていた。それは、すべて私が原因だ。若林先生とは、こういう結論が出るまで長い時間を費やして話し合った。だから、私は後悔はしていない。彼も納得してくれたと思っている。

彼はさゆみちゃんの心が安定するまで彼女のそばにいると約束してくれた。

そして、私はさゆみちゃんには二度と会わない。それが彼女にとって一番いいことだから。ただ、ずいぶん年下ではあったけれど相通ずるものがたくさんある子だったので、縁が切れるのは正直寂しい。友達でいたかった。できれば、ずっと。でも、私の由香に対する気持ちと、さゆみちゃんの私に対する気持ちはまったく違う。さゆみちゃんは私を憎んでいる。それがとてつもなく悲しい。自分の力ではどうすることもできないことだ。

私は、独りで、自分の足で立たなければならない。だから、母からの愛情を終始求めている飢餓状態からも、卒業したい。仕事を見つけて、独りで暮らそう。名木先生は実家を出ることに反対している。でも、精神的に母からちゃんと巣立たなくてはいけないと思っている。のうのうと、母の作ったごはんを食べ、無職のまま両親に甘えていてはいけない。

十二月十一日

さゆみちゃんが、手首を切ってしまった。

若林先生のおかげで、なんとか命は取り留めました。彼女は私に屈辱を受けたと嘆いています。もう、どうしたらいいのかわかりません。私が間違っていたのでしょうか。若林先生は一生彼女のそばにいたいと言いました。彼女の心の傷が早く癒えてほしい、今はただそれだけです。私はただ、独りになりたかった。さゆみちゃんに笑顔でいてほしかった。今も、その気持ちは変わらないです。でも私は、結局普通に生きていても人に迷惑をかけるだけなんですね。

しばらくこの日記の更新を休みます。今までありがとうございました。

辛いです。でも生きていかなくては。由香のお腹の赤ちゃんに会いたい。少しの間、さよなら。

パラレル・ロード

十二月三十一日
たくさんお休みをいただいて、心も体も少しずつ現実を見られるようにまで回復してきました。

名木先生と母と姉と四人で話し合ったりもしました。私は今、ひとつの答えを見出《みいだ》そうとしています。

年越し。本当に激動の一年だった。一つ一つ振り返ると気が遠くなりそうだ。除夜の鐘を聞きながら、私は一年間の出来事を反芻する。胸が苦しくなる。涙が唐突に零れる。泣き納めだ、と開き直っておいおいと泣く。もう、来年からは泣かない。絶対泣かない。何が悲しい？　感傷にすぎないならこの涙は馬鹿げている。私が傷つけた人たちに失礼だ。わかっている。わかっているけれど、なんだかどうしようもなく泣けた。

年が明ける時刻、若林先生から電話がある。泣き声で話すと彼は私の甘えを察したのか、わざとぞんざいに話す。

「来年は仕事できるようにしような。ま、これからもよろしくってことだ。頑張ろうやな。いい年にしような」

受話器を握り締めて、また泣く。もう、二度と泣かないから、だから、今日だけ、と自分に言いながら、泣きながら若林先生の声と一緒に年を越した。

一月一日
新年明けましておめでとうございます、とブログの読者さんに挨拶メールを送って、一息つく。アクセスカウンターを見て仰天。いつの間にか、こんなに読者の数が増えているとは。年間三百万ヒット？　なんだそれは。現実感がない。

元日だというのに、まだ大掃除の続きをやっている私。

無職の身には姪や甥のお年玉攻撃はけっこう辛いものがある……。思わず「お年玉は私が欲しいっ！」と唸っていたら母がこっそり五千円を包んでくれていた。ひええ、やめてくれええ。……でも、ちょっと嬉しい。一旦受け取って、私から母にお年玉を一万円手渡した。母は「あらまあ、翔子ったら」と言ったきり、笑って私を見ている。

お正月といっても私の毎日のルーティンは、たいして変わらない。が、一樹は庭に残っていた雪で派手に転んで、朝から大騒ぎ。

「雪に怒っても仕方ないでしょ、一樹ちゃん」と優作に言われて、ますます仏頂面。

今年も相変わらずの弟である。今年は絶対彼女を作ると息巻く彼だが、まださゆみちゃんを忘れていないことを、私は知っている。今日は普段会わない親戚の人がたくさん来訪したので、ずっと貼りついてしまった笑顔にいささか疲れた。貼りついた作り笑顔の皮は、戻すのにかなり時間がかかる。まあ、それでも親戚の人たちはみんな薄々私の心の病気は知っているので、その分少しは余計な気を遣わずに済む。

昨日に続いて、コメント欄には大量の年賀の挨拶。

読者の皆様は、どうしてこんなに見ず知らずの私に親身なんだろう。不思議で仕方がない。こんなにもたくさんの方が私の心情を案じてくださっていることに改めて心を引き締める。とてもありがたい。でも、これをプレッシャーに感じてはいけないんだと改めて言い聞かせる。

杏子姉さん一家が午後、年始の挨拶に来る。そのまま夜までいて、親戚にふるまう料理を作るのを手伝ってくれた姉は、なんだかウキウキしている。姉は私と違って自分をとても大切にして生きてきた人だった。私もそんな姉の潔さを少しでも見習いたいと今は心から思っている。ただ、姉は母と私が親密にすることを、いまだにとても嫌う。母の愛情を一番に受けるのは自分なんだ、という大前提をとても大切にしている。でも、それが姉だ。それはそれで私も認めなくてはいけないと少しずつ考えられるようになった気がする。

遠い遠い昔、家族で地元の小さい遊園地に出かけたときのことを反芻する。あれは新緑の頃だったろうか。私は小学三年だった。一樹は父を振り回し、あれもこれもと乗り物に乗りたがっていた。もう大人びていた杏子姉さんはそんな一樹を窘めながら、それでも楽しそうに笑っていた。なのに私は遊園地が嫌いだった。乗り物はすべて怖かった。当時から人ごみが苦手だった。だけど遊園地に咲いている花や緑や、池を眺めているのは好きだった。

そして何より「家族と出かける雰囲気」みたいなものが好きだった。ふわふわと優しくてどこか浮き足立った家族の幸せな空気が、乗り物よりもずっと好きだった。

そう、私はとても変わった子供だったのだ。その遊園地の片隅で、見たことのない黄色い花を見つけた。とても可愛らしい花だった。すぐに母を呼んだ。母は黄色い花が好きだったからだ。喜んでくれると信じた。が、母は眉間に皺を寄せて言った。

「どうしてせっかくみんなで楽しんでいるのに、さっきからずっと翔子は一人で下ばかり見ているの。お花なんてどこにでも咲いているじゃないの。あなたはこうやって遊園地に家族みんなで来ても、全然楽しそうじゃないのね。おうちで一人でお留守番してくればよかったのに」

キツい、冷たい母の声。私が見つけた黄色い花を、陽一兄さんが水に濡らしたティッシュに包んでくれたが、しかし最後まで母には見てもらえず、私は目を伏せて押し黙った。

そんな私は母にとっては不可解で、まるで可愛げのない子供だっただろうと思う。今ならその気持ちは、私にもわかる。私は、母に私を愛するキッカケを与えられない子供だったのかもしれない。

しかし、今の母なら、一人で留守番していろとは言わず、私の指差す花に目を留めてくれるはずだ。「綺麗だね、ありがとうね」って、言ってくれるはずだ。

そう信じられる自分になったことが、今、私にはとても嬉しい。

一月五日

とても寒い。

朝起きると庭にたくさんの霜柱。盛り上がった土をざくざくと踏みしめながら、朝刊を取りに行く。一樹はちょっと遅めの仕事始めだ。

年末年始に食べまくった彼は、若干頬がふっくらしている。それをからかうと本気で怒るので、太ってしまったことは本人もかなり気にしているのだろう。それに比して私といえば年末年始は掃除と料理に明け暮れ、ほとんど「食べた」記憶がない。

また痩せてしまった。ガリガリの体軀は、今日のような寒い朝は心身ともに骨身に沁みる。

今日は、新年初の名木先生の外来診察。

「あけましておめでとうございます！」と元気に挨拶してくれるのは受付の禊さんだ。

彼女を見ると、髪の色を赤く染めている。驚いて咄嗟に尋ねる。

「えっ、どうしたのその髪」

「年末のライヴに行くのに染めたんだけど、染め直すのすっかり忘れちゃって。でも、名木先生こういうのウルサイ人じゃないから、しばらくこのままでいることにした」

「うん、そのほうが禊さんに似合ってる！　今年もよろしくお願いしますね、禊さん」

彼女は、珍しく照れ笑いをしている。

診察室に入り、名木先生に新年の挨拶をする。相変わらず綺麗な黒髪。

先生はバナナが大好きだと聞いていたので、御年始代わりにバナナのお菓子を差し上げる。案の定、目を輝かせて手を叩いて喜んでくださる。嬉しい。しばし、バナナの美容効果についての談義をする。

「七井さん、ご自身でも甘いものでも食べて、もっとお肉をつけないといけませんね。それだけ痩せてると寒いでしょ？」名木先生はすべて私の事情をご存知だ。

名木先生は私の体力の低下を心配して、新しい漢方薬を処方してくれた。食欲が出て、体力を付けるのに効果的らしいが、漢方のような冗長な効き方の薬はどうも性に合いそうもないなあ、と思っていると「あら、これ栄養ドリンクよりはずっと効果的なのよ」と言われる。

私は思春期の一時期、食べ物を受け付けなくなった。摂食障害の典型で、痩せていることが美しいと思いこんで、食べることを拒否していた。

あの頃の「太りたくない」という気持ちがどこかにまだ巣食っているのだろうかと、おそるおそる自分の心を覗いてみる。いや、もう大丈夫なはずだ。とっくに治っているはずだ。

「さゆみさんのことは、あなたの責任ではないのよ」

繰り返し繰り返し呪文のように言われ続けている言葉。今はその言葉の意味すら擦り切れてしまっているほど、名木先生をはじめ、いろいろな人に何度もこの言葉を言われた。でも「責任を感じる」と気軽に言うことすらできなくなってしまうほど、私は己の罪の大きさと深さに恐れをなしている。どこか麻痺したままのような、この枯渇した心を私はどうすることもできない。

私は彼女の明るさが戻ることだけを、ひたすら祈っている。いつか心から彼女が笑ってくれる日が来るんだろうか。いろんなものを失ったような気がするけれど、実は私は何も失ってはいない。そう思っていなければ立っていられない。前を向いていられない。私は、きちんと心の病気を克服できている。そのことを自分の糧《かて》にしたい。自信に繋げたいと痛切に思う。

由香の出産はもうすぐだ。結局年賀状も書けずにいたけれど、今年の初詣は由香の安産のことだけしか祈らなかった。

どうか、由香の赤ちゃんが健やかに生まれますように。諒一くんがちゃんとお父さんになれますように。

遠い空の、凍える月。その色は限りなく清澄で。

由香と、由香のお腹の赤ちゃんも、夜空を眺めているのかな。あの月は、今の私に、とても優しい色をしている。

一月六日
朝、ウトウトしていると、ケイタイに電話がある。なんと、さゆみちゃんからだった。

「翔子さん、お誕生日ですよね」とぶっきらぼうな口調。

一気に目が覚める。思わず正座する。


「あの私、翔子さんに誕生日のプレゼントがあるんです。夕食ご一緒しませんか?」さゆみちゃんの声は相変わらずとても美しいが、どこか硬い。突然の出来事にびっくりするが、でも、さゆみちゃんから誘ってきてくれた気持ちを無下にはできない。夕方、慌てて支度する。他人と外で会うのは久しぶりだ。さゆみちゃんは私の誕生日を覚えていてくれたんだ。緊張する。何を話せばいいのだろう。


待ち合わせ場所には、なぜか若林先生だけがいた。

「あ、あれっ?」私は久しぶりに会う彼を見て戸惑う。

「さゆみが、行けって」

「え、何、どういうこと?」

「これ、手紙。預かった。すぐに読めってさ」

水色の、キラキラした可愛らしい便箋は封を破るのも惜しいほどだ。

手渡されて呆然と立ち尽くす。

「おい、早く読んでやれよ」

「わかった」意を決する。

私は待ち合わせた公園のベンチに座り、黙読する。


心配かけてごめんなさい。手首の傷はもう痛くないです。

子供じみたことをしてしまいましたが、あのときは信夫くんの気持ちをもう一度確かめたかったんです。

そのずるい気持ちは、後からずいぶん私自身を苦しめました。

信夫くんは私に対してまったくフォローしなかったことを、思いやりがなかったと謝罪してくれました。ただ彼は翔子さんへの気持ちを貫きたかっただけなのに、土下座までして私に頭を下げてくれました。

戻ってきてくれた信夫くんは、とても優しくしてくれました。三月の試験が終わるまでは、私のそばにいて見守ると言ってくれていました。

前よりずっとずっと穏やかで優しくなった信夫くんだけど、ちっとも元気がありません。ちっとも楽しそうではありません。

私の目を盗んで翔子さんに会いに行けばいいのに、そうしないことに、改めて感動しました。

信夫くんは、私がそばにいてほしいといえば、ずっとそばで包んでくれると確信しました。でも、私はもう、だからこそ、それだけでじゅうぶんだと思いました。信夫くんは翔子さんのこと、信じられないくらい想っています。

これが、私からの誕生日のプレゼントです。

信夫くんは最後まで行かないと言っていましたが、私はもう大丈夫です。強がりではありません。本当にもう、私は大丈夫。

でも、もう、信夫くんのこと、絶対離さないでください。翔子さん、彼を私の許に返さないでください。今度の試験で私は絶対合格を勝ち取ります。信夫くんの励ましはずっと忘れません。

信夫くんの愛情をどうかまっすぐに受け止めてあげてください。彼は、私ではなく、あなたを愛しているのです。


翔子さん、心から、ハッピーバースデイ。大好きです。


読み終わって、彼の顔を見る。息ができない。

「俺、封をする前にその手紙、読ませてもらったんだ。さゆみは泣いてはいなかった。俺、こんなに早く翔子に会えるとは考えていなかったんだ。だから、なんていうか、すごく、感謝した。さゆみの気持ちに」

私はさゆみちゃんの気持ちを想うと、今すぐにでも駆けつけたい気持ちになる。若林先生が私を引き寄せる。久しぶりの、男の人の体温。温かい。抱きしめられているうちに、涙が出てくる。そうだ、私は誰かに、いいえ、私は彼に、ずっとこうしてほしかったんだ。私は強く抱き返す。

「あの、先生」ようやく言葉が出る。彼が腕を解く。私の顔を見る。

「私、ずっと、あなたに会いたかった」

そう、私は、彼にずっと会いたかったのだ。やっと素直に自分の気持ちが言えた。彼はもう一度抱き寄せる。何も言わずに、ただ、抱きしめる。彼が小さく嗚咽する。「誕生日おめでとう」彼はそう言って、唇を寄せた。冷たい唇。なのに、熱い。久しぶりのキスに、私は戸惑う。すっかりやり方を忘れている。

彼と一緒にいたのは一時間足らずだった。だけど、この一時間で、私は本当に大切なものを心に宿すことができた。幸せな時間だった。

さゆみちゃん、さゆみちゃん、本当にありがとう。そして、ごめんなさい。

一月十五日

若林先生が私の外出中に家に来たらしい。ケイタイに連絡してから来ればいいものを、気を遣ってかけなかったらしい。外出先から帰ると、大量のミカン。母は苦笑している。そして、箱の中には「ビタミン摂れ。風邪予防にはミカン」という謎のメモ。

だけど、一行だけのこの文字が、私の気持ちをとても柔らかくする。

ミカンをダンボールで持ってくる武骨なヤツ。だけど、とても温かい気持ちになった。


ミカンの香りに包まれて、私は夢を見た。白いワンピースを着た母が私の手を引いて歩いている。子供の私。母の着ている服の白さを眩しく思いながら、私は母の手を強く握る。立ち止まり、母と二人で空を見上げる。その空の色はあまりにも深い青。空の青色に吸い込まれそうで、私は母の手をもう一度強く握る。母が私を見る。

「翔子、ほら、お空がとってもキレイね。お母さん、あのお空の色がとても好きよ」母の美しい瞳は、空の青を映し出し、母をいっそう美しく彩る。

私は手を伸ばす。お母さんにあの空を届けたい。

そんな、馬鹿げた大それたことを考えている私は、ふと後ろから声をかけられる。もう、すっかり聞き慣れた声。大きくて少し太い声。

「翔子センセ、ほら。ビタミン。元気出せよ」私の掌にミカンが二つ載せられる。若林先生だ。彼は母に笑いかける。そして、空に向かって大きく手を伸ばす。

「あの空、お母さんと翔子に取ってやるよ」彼はまっすぐに空を見続ける。彼は両手を精一杯高く伸ばしながら、空を摑もうとしている。

私は笑いながら、いつものように彼のことをからかおうと言葉を選ぶが、嘲笑もからかいも出てこない。

いつの間にか夢の中で、私は母と一緒に深い青色を手にして笑っていた。そう、それはとてもとても幸せで、痛いほど切ない夢だった。

一月十六日

一樹にさゆみちゃんの手紙のことを話すのは、もう少し時間を経てからにしようと思っていた。でも、若林先生と一樹はずっと付き合いを続けているらしく、彼から直接一樹に話が行っていた。

「さゆみちゃんって、スゲーよな」と感嘆するように言う一樹の口調はどことなく寂しげだ。

「アンタ、さゆみちゃんのこと、ずっと好きなんでしょ。苦しいよね」

「ねえちゃんがソレを言うか」

「……じゃなくて、好きな気持ちは誤魔化せないんじゃないかと思って。苦しいでしょ、一樹」

「あのなあ、ねえちゃんよー」一樹は私に向き合う。

「あの聡明な子が俺の気持ちに気付かないわけないじゃん。ねえちゃんもそう思うだろ」

……知ってた。彼女がずっと一樹をなんとも思っていないことを。

「俺の気持ちに気付いていながらさ、さゆみちゃんはずーっと俺とは一定の距離を置き続けてるワケだよ。ってことは、まったく脈がないってことだろ」

「うーーん、まあ、そ、そうかなあ」私は言葉を濁す。

「ダメだってわかってて撃沈しに行けってのか。俺はそんなことはしないわ。無駄だよ。時間の無駄」

「違うなあ」私は声を大きくする。

「一樹は傷つきたくないんだよ、その気持ちが強すぎるんだよね。いい加減で鷹揚そうに見えるけど、案外繊細なところあんのよ」私が一気に言う。

一樹は少し不機嫌な顔をする。

「そうやって勝手に分析すんなよ。俺のこと」

「そんなつもりはないよ。分析なんてできないよ私に。ただ、わかってるからね、アンタのことは」

そう、弟の繊細さと自尊心の強さはよく知っている。一樹は目を逸らして言う。

「ねえちゃんは逞しいとこあるからな。つええんだよな。俺はねえちゃんみたいにはなれねえ」

「あらら、逞しいとか強いとか言われたの、生まれて初めてかもしれないわ」

「いやー、強い。なんで体当たりばっかしてんだ。信じられねえよ。ねえちゃんよー、こう言っちゃなんだけど、だから心が壊れるんじゃねーのか？」

「うーん、心の病気はまた別のことだよ」

「俺はねえちゃんみてーに生きられないよ。ま、逃げたいんだな、イヤなことは。そもそも見たくない」

「うん、それは悪いことではないと思う。普通はそうだと思う」

「ねえちゃんもさ、もっとずるく生きてけばいいのに。なんつーか、子供みてーなんだよな」

あらら、一樹も私をこんなふうに見ていたとは知らなかった。私は言う。それでも言う。

「でもね、さゆみちゃんのこと、本気だったらさ、逃げてないで当たって砕ける気持ちでいてもいいと思うけど。後悔しない？　少なくとも一樹は嫌われてはいないんだよ」

「さゆみちゃんみたいな、なんつーか……歳のワリに精神的に成熟してる子ってさ、やっぱ若造じゃ物足りないんだよ、きっと。だから年上ばっかと付き合うんだろ。さゆみちゃんは、自分でもそれはよくわかってるんだよ」そうかもしれない、と思いながら「そうとも限らないわよ」と言う私。

「それに、アンタさ」

「あ？　なんだよ」

「『若造』って歳でもないじゃん。若年寄さん♪」

蹴りが入った。いてー。さゆみちゃんは一樹のことは眼中にはない。彼女が言ったように、私の弟だからという理由も大きいのかもしれない。

夕方、一樹が珍しく外食しようと私を誘う。また何か企んでいるのかと思ったら、単に私の食事の量を気にかけているだけだった。弟と二人で外食するのなんて、何年ぶりだろう。いや、ひょっとしたら初めてかもしれない。でもたまにはいいかな、と承諾する。

連れていかれた店は若い人向けの、装飾だけがやたら派手な店。落ち着かない。

「ねえちゃん、ここな、店の雰囲気はイマイチだけど、パスタ類が旨《うま》いんだよ。特にねえちゃんの好きな明太子スパが」

「なんでアンタがこんな店知ってんのよ」

「ウチの社員の女の子が噂してたんだよ。彼氏とよく行くとか言っててよお。脂っこくないとか聞いたから、ねえちゃん食えるかと思ってさ」

脂抜きの明太子スパゲティなんてわざわざ外食しなくたって自分で簡単に作れるわよ、と口にしそうになったが、まあ、一樹の気遣いはよくわかったので一応楽しみにしているフリをした。が、出てきた料理は予想以上に美味しかった。明太子も新鮮だし、クリームソースが本当にコクがあってしつこくない。パスタの茹で加減も絶妙だ。あまりに美味しいので思わず笑みが満ちる。一樹は嬉しそうに「もっと食えよ」を連発する。サラダも美味しいし、スープもいい塩加減。これは当たりだ。

だが、まるで一つ年下の弟に手取り足取りごはんを食べさせてもらっている幼児のようだと、一瞬自分を侮蔑しそうになる。ここで負の感情を出してはいけない。せっかくの一樹の好意だ。しっかり応えなければ。

「ねえちゃん、薬、減らしてるのか」

「ううん、まだ名木先生からちゃんと指示されてない」

「まあ、焦ることないよ。前より顔色いいしな」

なんだか別人のように優しい一樹。こんなに優しいのは、一樹も誰かから優しくされたいのではないか、と思いを馳《は》せる。

「なあ、さゆみちゃんから手紙もらったんだって？　なんて書いてあった？」

そうか、それを聞き出したかったたか。

「もう私は大丈夫ですからって。若林先生と幸せになってくださいって書いてくれてた。試験に合格して夢を追いかけるって書いてあったよ」

「ふーん。で、ねえちゃんの気持ちは決まったの」

「今は若林先生と一緒にいたいなって思ってる。一樹、いろいろ心配かけてごめん」

「あー、いいよ、俺に謝らなくても。若林さん、ずーっとねえちゃんのこと好きだったもんな。さゆみちゃんには気の毒だけど、もうどうしようもないよな」

「でも、一樹、怒ってるよね。ごめん」

「いいや、もう怒ってないよ。それより、さゆみちゃんの気持ちを大事にしてやれよ」

「うん……」

「なんだよその冴えない顔。まさかねえちゃん、まだ諒一のこと忘れられない、とか言うんじゃないだろうな」

私は曖昧に笑う。違う。忘れることなんてできない。そう、それでいい。

私はちゃんと彼を赦し、彼を放し、そして彼を遠くしたんだから。

忘れたいだなんて躍起になっているうちは絶対に忘れることなんかできない。忘れたいと思うこと自体も忘れきるには、もう少し時薬《ときぐすり》が必要だろう。

「一樹、私、もう大丈夫よ。今までありがとうね」

私がそう言うと、弟は子供の頃のような無邪気な顔になって笑った。

一月十八日
若林先生が家にやってきた。

「年始のご挨拶がこんなに遅れてすみません」と言いながら、玄関先で深く頭を下げる彼。母は「まあ、こんなにご丁寧に」と言いながら相好を崩す。

父が上がっていけとしきりに勧めたが、今日は突然お邪魔してしまいましたので、と言って玄関先で帰ってしまった。なんだか私は彼と目を合わせられなくて、ロクな話もできず、戸惑っていた。帰っていく彼の後姿を見ていたら、なんだか急に引き留めたくなって、思わず駆け出した。

「先生、あの、ちょっと待って」息を切らして走る私の声は、彼に届かない。私は焦る。

ねえ、帰らないで。もう少しここにいて。私は渾身の声を出す。

「若林先生！　待ってくださいっ！」自分の声の大きさに驚く。思わず赤面する。彼が振り向く。ゆっくりと、私を見る。

「あの、先生、私……」声が掠れる。

彼は私の肩に両手を置いて、目を覗き込む。私は慌てる。

「どうした」

「あの、お茶でも飲んでいってよ。せっかく来てくれたんだもの」

肩に置かれた両手の温かさが私の全身に浸透していく。

「明けましておめでとう」彼が両手で私の肩をポンポンと軽く叩く。

私はとてもやすらかな気持ちになって、思わず笑みが溢れる。

「明けまして、おめでとうございます。昨年はいろいろありがとう」

私は深くお辞儀をして、ありったけの笑顔を返す。彼は嬉しそうに、また連絡するよ、と言って大きく手を振る。私は笑顔のまま、彼をその場で見送った。彼の一年が素敵な一年であってほしいと、初めて彼のためだけに何かに祈った。

一月十九日
久しぶりに凍てつくような雨が降っている。私は朝の寒さに芯から震えながら起床する。骨身に沁みるとはまさにこのことだ。杏子姉さんから電話があり、風邪を引いて寝込んでいると聞かされる。

「熱が下がるまではあまり出歩かないほうがいいよ」と母はまるで幼児に語りかけるような口調で姉に話している。

それを聞いて単純に〈姉さんはお母さんにこんなに心配してもらっていいなー〉と、また私の中の小学生が顔を出す。まるで「病気になりたいなー、具合悪くなればお母さんが優しくしてくれるんだもーん」という、とってもどこかズレた甘え方をしている子供のようだ。〈私が風邪を引いたとして、お母さんはお姉ちゃんに対するみたいに心配してくれるかな〉とさえ、いまだに考えている自分に心底嫌気が差す。

でも、いつもならここで落ち込んで鬱に入るところだが、今はそれはない。アダルトチルドレンだということをきちんと認め、受け容れようと決めたからだ。こんな自分でもいいんだ、と最後には思えるようにしたい。

そして、私はさゆみちゃんに対して、どう感謝の気持ちを伝えればいいのかずっと考えあぐねている。

わざわざまた彼女と会って御礼を言うのも、違う気がする。〈若林先生をもう離さないでと言いながら、本当は彼を待っているのではないだろうか〉という考えも、私はすべて棄てた。なぜなら、それは彼女に対して究極の「失礼」だと思うからだ。私がちゃんとさゆみちゃんの決意と好意を、丸ごと正面から受けなければいけないんだ。ただ、それにはとてつもない「力」が要る。

私は、どれだけ恵まれてきたか、それに気付こうともせず、誰をも信じられず、ずっと作り笑顔の壁で他人を拒絶しつつ、孤独だ孤独だと喚いてきたんだ。

「幸せを得よう」という、その膨大で気高いエネルギーを身に充填させるには、一切の欺瞞があってはならない。

「自分勝手」でいいんだ。そう、「自分」のために「勝手」をするなんて、こんな大変なことはない。

こんなに贅沢なことはない。こんなに力を必要とする行為はない。

私は、もう、振り向かない。迷わない。燻《くす》ぶらずに、歩くんだ。

そして、今度こそ絶対、彼を離さない。ずっと、彼とバカを言いながら、ブスだアホだって言われつつ、楽しく暮らすんだ。

ねえ、こんな豊かさってあったんだね。知らなかったよ。

彼には依存もしない。しようがない。彼は私を愛してくれてはいるけれど、決して間違ったベクトルでの精神的依存を許さない人だ。自分の人生は、自分で切り拓かなければならない。そう、彼も、私も、二人で共に人生を拓いていく。

彼はずっと私を見ていてくれた。それだけではなく、傷ついたさゆみちゃんのフォローも精一杯尽くした。彼の心の深さを見ようともしていなかった私だけれど、これからは彼をしっかり支えたい。

絶対幸せになるぞ、と声に出してみる。

私の声は、真冬の冷気に溶け込んで、白い息になって流れていく。

この満ちた想いを、今、届けてあげたい。

……幼い頃の膝を抱えていた私に。

……母を追いかけて泣いていたあのときの私に。

……オーバードーズして意識をなくした私の耳に。

……由香に。由香のお腹の中の子に。諒一くんに。

……遊園地にひっそりと咲いていた、あの黄色い花に。

そして、その声は、まさに今、立ち上がろうとしている自分自身に、しっかりと届けるんだ。

一月二十三日
杏子姉さんが家に来たので、彼のことと、今までの顚末をかいつまんで話す。

「さゆみちゃんが一人になりたいって言うなら、そうさせたら。若林センセもホントはアンタともっと会いたいんじゃないの。想いが通じ合ったんでしょ」杏子姉さんが言う。

「まあ、そ、そうだけど」少し照れる。

「アンタたち、なのになんでなんかまだよそよそしいの。ヘンなの。アンタたち、揃ってなんだか偽善者くさいわ」と冷たい。

「翔子、そういえば紹介してもらったって言ってた大学のセンセはどうしたのよ。あんなに好きだって騒いでたじゃん」

「別に騒いだ覚えはないよ。そんな言い方しないでよ」

「諒一に似てたもんなあ、あの男。アンタはホッントにさぁ……振られた男に似てる男見つけて、ひとり舞い上がるって……小学生ですか？」

シニカルな笑いが姉の口に浮かんでいる。

「言っちゃ悪いけどさあ、結局アンタを最後まで相手にしてくれたの、若林センセしか残らなかったってことでしょ。そんな残り物選んで嬉しい？　大学のセンセのほうがラクに生活できたんじゃないの？　塾のセンセの年収ってさ、一生ラクに食べていけるの」姉の口元には、なんだかとても意地悪な笑いが滲んだままだ。

私は悔しくて唇を噛む。

「どーしても負け犬になりたくないんだよね、翔子ちゃんは」……ひどい言い方。なんでこんな言い方されなくちゃいけないんだ、と思うがここでキレてはいけない。

「あのさ、いろいろ考えて、ちゃんと若林先生を選んだつもりなの。いちいちヘンに勘繰らないでね」私は低い声で言う。

「アンタは『考えて』結婚するの。別に彼のことは好きでもなんでもないんじゃなかったの？」

「違う。好きだし、尊敬してる。私は彼が必要なの」

「……三十五歳になったからって、アンタちょっと焦ってない?」笑いが出る。

「とにかく、翔子、アンタね、」姉がこっちを見る。

「何よ」私は軽く姉を睨む。

「翔子、もう男で泣かずに済むようにしな。まあ、若林先生なら私も安心だけどさ、もうフラフラしないで、ガンバレ。さゆみちゃんのことはいいじゃん、もう。あの子ももう、大丈夫だよきっと」姉はいつの間にか柔和に笑っている。

「あの子はまだ二十一だか二十二でしょ。それに、あれだけ美人ならもっといい男と知り合えるって。若林さんともっとたくさん会ってあげなよ。気の毒だよ、私は、彼が」

……最初からこういうふうに優しく言ってくれればいいのに。

姉さんは心配すると怒るクセがあるんだった。だが、姉に言われて初めて気が付いた。

私は、彼に、会いたい。毎日毎日、手を繋いでいたい。

それでも、私は「会えない」時間をも大切にしたい。おそらく、今の、この会えない時間で何をどう考え、どう過ごすかのほうが今の私たちには大事なんだと思っている。こんなふうに考えられるのは、相手が若林先生だからだ。

一月二十五日
今日はなんだか少し気分が晴れている。
久しぶりに私が作ったブログの会員専用チャットに入ってみる。気楽に話せる空間が嬉しい。チャット中に家の電話が鳴る。私はその旨を告げてチャットルームを抜ける。

電話を取り次いだのは父だ。父は黙っている。一瞬、不吉な予感がする。誰だろう。

緊張して受話器を取る。

「もしもし」

「しょうこ」小さな声。聞き取れない。耳を澄ます。

「しょうこ、わたし」……由香の声だ。まちがいない。

「由香、大丈夫なの」……あーあ、何言ってんだ。私はあまりに驚いて混乱している。

それでも由香は「ありがとう」と返す。落ち着け、落ち着け。由香が電話してきたんだ。

「翔子、生まれたよ。女の子よ」

受話器を落としそうになる。何てバカなんだろう、電話の意味を咄嗟に理解できずにいた。

それほど、彼女と直接話すことができるなんて、考えてもみなかったのだ。

由香が母親になったんだ。ちゃんと直接私に電話をしてくれたんだ。現実を認識するのにひどく時間がかかる。でも、徐々に喜びが湧き上がってくる。

「安産だったの」ようやく気を取り直して訊く。

「うん、そうでもなかったけど……でも頑張ったよ」

「いつ生まれたの」

「十五日。すぐに連絡したかったけど、私の体が落ち着くまでと思っていたの。それに、名前も決めてからのほうがいいと思って」

「名前、なんていうの」

「たえ」

「たえ、どんな字？」

「なんと、女が少ないって書くのよ。うふふ」そう言って笑う。由香が笑った、と思ったら心が躍っていくのがわかる。

「『妙』かあ。すごい。素敵。いいっ！」私は感激する。

「翔子なら、この漢字の美しさはわかってくれると思った。みんな、オバチャンみたいな名前でヘンだとか言うのよ」

「絶対そんなことない。すごく素敵。……ね、どっちに似てるの」

「それが、諒一さんのお母様によく似てるの」

「……そう。よかったね、由香。おめでとう。電話するの勇気がいったでしょ」

「うん。でも、絶対にこれだけは自分で翔子に話すんだって決めてたから」私は涙が出てくる。

「お祝い、行くよ」

「ありがとう。私、翔子に妙を会わせたいわ」

心が満ちて、涙が止まらない。よかった。何事もなく無事出産できたことに、感謝。たえちゃん、と手を握って名前を呼んでみたい。名前を呼びたい。呼びたい。きっと可愛いんだろうな。由香の子。いろんな人のたくさんの想いと、愛情を受けてこの世に生を享《う》けた子。この子はまさしく、いろんな人の思いを乗せて、妙なる調べを捧げ奏でる嬰児《みどりご》だ。

どうか、健やかに、穏やかに、すくすくと大きくなりますように。

由香、本当におめでとう。

一月二十九日

今日の診察はいつもより人が多い。今日は普段あまり会わないような顔を見る。今日は藤伊先生の診察もある日なので、患者さんが多い。藤伊先生は薬物依存が得意分野だというが、待合室にいる人たちは何かに依存して焦燥している感じがあまりない。

このクリニックは空調がいつも爽やかで、空気に適度な軽さがある。カモミールの芳香がどこかから漂ってきて心地いい。

藤伊先生の診察の回転は早い。次々と名前が呼ばれていく。

受付の禊さんと軽口を叩いていたら、名木先生が珍しく受付に顔を出す。

「花恵《はなえ》ちゃん、この書類、コピー二十部お願い」名木先生が禊さんを名前で呼ぶ。禊さんは藤伊先生は苦手らしいが、名木先生とはいつも楽しく接している。それを見て軽く嫉妬してしまうのが、私の子供っぽいところだ。でも、これも私なんだ、と今なら受容できる。

診察室に呼ばれる。名木先生は膨大な量の私のカルテをパラパラと捲る。横顔が美しい人だと改めて思う。

「その後どうですか。状態は落ち着いていますか。血色いいですね。ちょっと太ったでしょ」先生が嬉しそうに言う。

私はさゆみちゃんのこと、そして母のこと、弟のこと、喬さんと若林先生のこと、恵津子のこと、そして由香のことをゆっくりと語った。

書いてきたメモを自分なりに補足しながら語る。ひととおり聞いた先生は「今、誰かに怒っていることはないですか？」と尋ねる。

「いいえ、ありません」

「七井さんね、今とてもいい顔してますよ。今までにないくらい」

「え、そ、そうでしょうか」私は赤面する。面と向かって褒められるのがとても苦手だ。

「どんな方なのかは大体今までのお話で摑めましたけど、おそらく七井さんは、若林さんに対しては誰にも見せられない負の感情を見せられるんでしょうね。七井さんには必要な人かもしれない。きっと喧嘩も気軽にできるでしょう、その方なら。ちゃんと感情を表出できることが、あなたには一番大切なことです」

「はい、あ、ありがとうございます」思わず御礼が出る。

「七井さんね、」名木先生が私の肩に手を置く。

「きっとよくなってますよ、いろんなことが。本当によかったわね」

私はその声で震える。

名木先生の髪からは、さっき待合室に漂っていたカモミールの香りが漂う。なんて心やすらぐ香りだろう。薬を減らしてもいいだろうと言われ、減薬を本格的に始めることになる。抗鬱剤は止め方も大切で、難しい。名木先生がやり方を紙に書きながら説明してくださる。私はもう、薬の存在に頼らない。自分の力で前を向けると信じていたい。


帰宅すると台所から母の声が聞こえる。

「おかえり。もうすぐごはんできるよ。少し手伝ってくれない？」

「はーい。今行くね」

手を洗い、エプロンを取りに行く。

唐突に、彼に会いたくなる。

「会いたいよ」と、ただひと言だけメールを打ってみる。

返事を待つ時間、私は満たされる。こちらからのアクションに「きっと返ってくる」と確信できる幸せは、今まで皆無だったものだ。ほどなく返事がある。

「おいっ、熱でもあんのかっ？　オマエから会いたいだなんて、天変地異の前触れかと思ったぞ」

なに言ってんの、としばし笑う。こんな、なんてことはない、穏やかな時間、今までの私にはなかったことだ。明日若林先生に会おう、そう決めて、母と並んで台所に立った。

一月三十一日

「オマエなあ、なんでそんなちっちゃいことでクヨクヨしてんの？」

若林先生が呆れ顔で笑いながら言う。私は今朝、回覧板を届けに来た隣のおじさんに、ちゃんと挨拶できなかったことを悩んでいた。たいしたことではないのだが、ずっと気にかけていた。それを彼に話したのだ。

「だって、気を悪くしたかもしれないじゃない」

「……いいじゃねーか、次にちゃんと挨拶すりゃ済む話だろうが」

「だって……」

「バカめ。そんなによく思われたいのかよ。翔子センセ、本当はそのおじさんが気を悪くしたということを気にしてるんじゃなく、自分が挨拶もできない女だって思われるのがイヤなんだろうが」そうかもしれない、と思ったら本当にバカらしくなった。

「人にどう思われるかってことが一番じゃないよな」

「うん、そうね、確かに」

「だけど、俺はさ、翔子がたとえ誰に嫌われたとしても、ずっと好きなんだろうな」私は照れながら内心とても喜んでいる。

「世界中の人が翔子を罵っても、俺だけはずっと味方でいるからよ。だから、あんまり人の顔色見て生きるのは止めろよ。な」

「うん、ありがとう」私は涙を隠す。

「でも、勘違いするなよ。俺はオマエの父親じゃねえ。保護者じゃねえ。翔子センセはちゃんと自分の足で自分の人生を歩いていけ。俺はいつもそばにいる。一緒に歩く。だけど、歩いている道は別々なんだ。方向が同じなだけさ。な、わかるだろ」

「うん、わかるよ」

「心の病気がいくつあっても、ちゃんと治せるさ。治すんだよ。俺はずっとオマエのそばにいる。お母さんとのことも、きっとこれからは一個一個取り戻せるよ」

彼が私の手を握る。私は涙を抑えきれない。

「俺はさ、翔子がデブなオバハンになっても、事故かなんかで顔がヘンになっても、どうなったとしても気持ちは変わらない。翔子、自信持てよ。オマエ、俺のことをこんなに夢中にさせてるんだぜ、ずっと前から俺はオマエしか見てないんだぜ。な、自分を信じろよ。自分のこと、もっともっと価値のある人間だって思ってくれよ。俺は、オマエが笑ってくれるなら、どんなことだってするさ。だから、自分の両足で立って、進んでいってくれ。俺は、一生オマエのこと、大事にするから」

私は彼の胸で泣く。

ぜんぶ受け止めて、こんなにも愛してくれて、だから、私なんかでいいのかと思う。だけど、きっとそんなことを言ったらまた叱られてしまう。彼は私をきつく抱きしめる。

私もしっかりと抱き返す。温かくて広くて、おおきな、このぬくもりを、ずっと離さないと、心に誓う。

「翔子、愛してる」

彼の言葉が私の涙を掬い取り、私は深くて強い温かさだけに満ちていく。

二月一日

一年以上続けてきたブログ日記を閉鎖することにいたしました。

今まで私は、言葉によって救われてきました。

こうして、他人が読むことを前提として書くことは、ときに血を流すことでもありました。

けれど、本当に信じられないほど多くの人たちに支えていただき、私はこの場があったことで生きてこられたのだと心から思っています。

でも、最近の安定した精神状態からは、迸《ほとばし》るような文章が生まれなくなっているなという自覚があります。

まあ、簡単に言えば、文を書きたいという「渇望」のようなものがぼやけてしまったと言ってもいいかもしれません。でも、よく考えたら、これは私にとって喜ばしい現象なのかもという気もしています。

「書く気がなくなった」というニュアンスともまた違うように思います。

文を書くことが大好きなことは変わらないです。

「書くこと」によって得られるこの快感は、この先きっとずっと忘れないに違いないし、ブログを書いて読んでいただいたことの感謝の気持ちは、計り知れません。

「七井翔子」として生きていた時間、絶えずエールを送り続けてきてくださった方々にはなんと御礼を申したらいいのかわかりません。

私は、日記を通して自分を客観視することができた。だからこそこうして結果的にはなんとか立ち上がれたのだと考えます。

私の心の病気は快方に向かっているとはいえ、まだまだ完治ではないです。でも、確実に日記を書き始めた一年前よりはずっとずっと前を向いて立っていられるのです。

「文」の力、言の葉の持つ魂の力の大きさと深さ、そして見えない人たちの「想い」の貴さに、今、私はひたすら戦慄し、敬虔な気持ちでおります。

そして……精神疾患で悩んでいる方、性依存や虐待の傷を抱えている方、満たされない愛に彷徨《さまよ》っている方……どうか、どうか、私の日記で少しでも何かを見出していてくれたら、と願わずにはいられません。

一年間ずっとずっとご愛読ありがとうございました。

若林先生とどうなるのか、まだ私にはわかりません。でも、私は彼と歩んでいくことに決めました。きっと、きっと、すべてのことがうまくいく、そう思って、背筋を伸ばして前に進みます。
今までいっぱい心配してくれてありがとう。
七井翔子は、すこーし日記から離れて、現実の生活の中で生き続けます。
また、会える日まで、さよなら。本当にありがとう。

ブログ管理人　七井翔子

単行本版あとがき

ようやく下巻の原稿をまとめあげたところで、これを書いています。去年書いていた私の日記がこうして一冊の本になるという現実が、まだどこか夢のような気持ちでいます。

この日記は二〇〇三年十二月から二〇〇五年二月までの一年強、ほぼ毎日書き綴ってきた私の心の変遷の記録です。今はまだ読み返してみると痛みを伴う箇所が多々あります。

この胸の奥の痛みは、あのさまざまな出来事からまだほんの一年ほどしか経っていないことを、改めて私に気付かせます。でも、この胸の痛みはむしろ一生忘れてはいけない痛み、一生私が覚えていなければならない、意味のある疼痛だと思っています。でも、この痛みは今は苦しみや辛さを伴いません。そして今、私がこうして前向きに生きていられるのは、私のこの日記が多くの人たちに読まれ、一人一人に吸収され、私の言葉ひとつひとつを真摯に掬い取って私に優しく返してくださった、顔も知らない多くの人たちがいたからにほかなりません。

私がネット日記を書き始めたキッカケは、インターネットで日記を公開するとどんな感じなのかな、という好奇心がすべてだった気がします。当時の私はパソコンの扱いにも疎く、ネットでのコミュニケーションというものがどういう位置づけで、どんな意味合いを持つのかも朧《おぼろ》にしかわからないでいました。そして、最初は秘密裡に自分のしている出会い系でのことを「書く」という行為自体にドキドキしていたところがありました。ネットで文章を書き、全世界に公開するということが、後々自分と読者にどのような影響を及ぼすのかということはまったく考えもせず、無料のレンタルサーバーのスペースを借りて気軽に書き始めた日記ではありました。でも、書くことに少しずつ慣れ、そして徐々に読者が増えるうちに、私は書いていると妙に精神がやすらぐことを覚え始めました。そして、このスペースが唯一の私の心の拠り所になるのにさほど時間はかからなかったように思います。

ただ、最初の頃は固い殻を脱ぎ捨てることができずに、遊び呆けている磊落《らいらく》そうな女、というイメージをひたすら植え付けようと必死でした。そのほうが書いていてラクだったからです。でも、時を経るうちに今度は逆に殻を身に纏うことのほうがラクではなくなってきました。そして、しだいに自分の昏い部分をも書いてみたいと思うようになりました。これは私自身も説明のつかない心境の変化だと思います。

もしかしたら私と同じようにアダルトチルドレンであり、多種多様の精神症状に悩んでいる人たちや、なんらかのトラウマを抱えて苦しんでいる方なら私の中の暗部に共感してくださるかも、という漠然とした期待があったのかもしれません。そして、心の殻をすべて晒け出し書き綴ることが、私にとってはどんな精神安定剤よりも即効性のある薬であることに気付きました。書いて表現して、それを受け止めてくれる人たちがいることがどれほどの力となるのか、身をもって実感することができたのです。

日記を閉じようと思った経緯は本文中に記してありますが、まさか、一旦日記の更新をやめた後に、出版社の方から書籍化のご提案をいただくことになろうとは夢にも思っていませんでした。それはまさに私がWeb上の日記やホームページの掲示板などのコンテンツをすべて削除すると予告する前、数社からオファーをいただきました。

出版化のご提案をいただいてから、私は一睡もせずにお受けするか否かを一心に考えました。正直、予想もしていなかったご提案を前に怖気づいた私は、最初は断ることしか考えていませんでした。でも、声をかけてくださった編集の方の中に、私の日記を開設当初より熟読してくださっていた方で、私の日記に対する理解がとても深い方がおられました。そして私自身、この日記が本になったら手渡したいと思う人がいたことが、この打診をお受けした大きな理由でした。

これまでにも私の日記を「本にしてほしい」という読者からの要望は少なからずいただいていましたが、それこそ雲を摑むようなお話で、素人の私には成す術もありませんでした。けれど、この出版化の実現で、私をずっと支えてくださった読者様へのせめての恩返しになれたらいいなと切に思いました。

お話をいただいてからは、いい本を作りたいと、日記をリライトする作業をいたしました。とても大変でしたが、とても楽しい仕事でもありました。何もかもが初めてのことで、とても新鮮でした。

現在、体調を崩していっとき病床にあった母は元気を取り戻し、ヨガと生け花に夢中です。相変わらず身綺麗で、背筋をピンと伸ばして闊歩しています。ほぼ毎日一緒に台所に立ち、いろんな料理を二人で編み出すことが楽しみな毎日です。

父は孫と遊ぶことと、盆栽と庭を造ることを愛しています。いつも優しく笑ってくれています。二人ともいつまでも元気でいてほしいと思っています。

弟の一樹はあれから新しい恋を見つけましたが、二カ月足らずで玉砕し、まだ独身です。でも相変わらずの食欲と活気は、私を毎日元気づけてくれています。若林先生とはほぼ毎週飲みに行くほど気が合うようです。といってもほとんどが私の家で飲んでいます。

姉の杏子は子供の習い事に燃えています。沙希はいろんなことを学ぼうと意欲的です。姉は相変わらず口は悪いですが、最近は自分の悩みを包み隠さず話してくれるようになりました。今、姉とはとてもいい関係を築けています。

兄の陽一は理代子さんと一緒にずっと穏やかなやさしい暮らしをしています。本当にいろんなことをいろんなふうに頑張っている人たちで、いつまでもお手本です。私の担当医の名木文世医師と加瀬徹也医師は、夫婦別姓というスタイルを取り、新生活を始めました。名木先生は相変わらず美しく、私の深い理解者です。名木先生と会わなくなることが私の完治を意味しますが、もしこの先、会わなくなる日が来たとしても、彼女はずっと私の誇りとする主治医です。そして、諒一くんと由香夫婦は、ギクシャクしていた親同士も仲良くなって、うまくやっていると聞きました。実は私は、あれからまだ彼らに一度も会っていません。「今はまだ会わない」と、私たち二人の間には暗黙の決意が横たわっています。それは私が拒否しているわけでも由香が避けているわけでもありません。いつか私がもっともっと心と体を元気にして、本当の意味ですべて幸せに満ちたときに会いたいのです。その日がいつか絶対に来ることを私は信じて毎日頑張っています。

妙ちゃんは、写真で顔を見ましたが、諒一くんによく似た、柔和な顔立ちの可愛い赤ちゃんです。いつか妙ちゃんと二人で動物園に行くのが、私のささやかな夢です。さゆみちゃんは介護施設で毎日一生懸命仕事をしています。相変わらず可愛らしくてシッカリものの彼女は、施設内でも超のつく人気者のようです。ときどきメールを投げてくれますが、介護の現実の厳しさと得るものの大きさを彼女からたくさん知りました。前のような親密なお付き合いこそしていませんが、適度な距離をもって交流しております。

そして、若林先生は塾での信頼を得て、現在多岐にわたる教育活動を積極的にしています。仕事は一気に増えて、会える時間は前よりもずっと減りました。でも、今年からはずっと一緒にいられます。私たちは今年結婚します。私は今、新生活の準備を少しずつ進めています。講師の仕事は臨時職というカタチで復帰する予定です。減薬は一朝一夕にはいきませんが、でも確実に減っています。薬に頼りすぎることは滅多になくなりましたし、発作的に昏倒することも皆無となりました。

今や私の婚約者となった若林先生ですが、彼は私の病気に関して必要以上に気遣いをしません。というか、あまり気にかけないように懸命に努力してくれています。それは私にとっては大いにプラスになることです。彼は私が落ち込んでも決して一緒に悩みません。下手に同情しません。もちろん、悩むべきことは真面目に一緒に考えますが、私の場合は本当につまらないことを増幅させて悩んでいるのがほとんどなので、半ば放っておかれます。でも、彼を冷たいと思ったことは一度もありません。むしろ、この「突き放し」こそが私の治療過程において大切な意味と意義を持つことを、彼は誰に教わらなくても知ってくれているのです。彼と過ごした時間があったからこそ、今の私はこんなふうに過去を述懐して書き綴ることができたのでしょう。私は今、とても満ちています。

最後に、私の日記に目を留めていただき、そして右も左もわからないことだらけの私をここまで導き、こうして一冊の本へと昇華してくださった（株）アスコムの高橋克佳氏と、私のワガママに根気強く付き合ってくださったアスコム社員の方々、繊細さと颯爽さを併せ持つ、独創的な装丁をしてくださった阿形竜平氏、そして、私の日記をずっと読んでくださっていた日記読者の皆様と、こうして本になった私の日記を手にとってくださった方々に、心からの敬意と感謝をたくさんたくさん申しあげます。

本当にどうもありがとうございました。どうか、精神疾患とトラウマに悩むすべての方が、ご自身を愛することができる日が来ますように。この本の出版を通じて心の底から祈りを捧げます。

七井翔子

文庫本版あとがき

「青天の霹靂」という故事がある。

辞書を引いてみると、

【青く晴れた空に、突然雷が鳴り出すこと。詩人の陸游が病床にあった時に突然に起きだして筆を走らせた、その勢いを稲妻に例えたことから、本来は筆勢の激しさを表わしたもの】

とある。

レンタルサーバーでブログを書いていたのが二〇〇三年、ブログ日記が出版化されたのが二〇〇六年である。実に十四年という歳月を経て、再びこの作品は、世に羽ばたくための羽を授けられました。

このことはまさしく私にとって「青天の霹靂」以外の何物でもありません。

まさか、この永い月日を経て、新しい羽を纏わせ、再び青空に飛び立てる日がやってくるとは。人生というものは、なんて計り知れない驚きを連れてくるのだろうか。

詩人の陸游という人のように、私が稲妻の如くの筆勢で文庫化のリライトができたかといったら、それはかなり心許ない。しかし、ありがたくもこのお話を届けてくださった河出書房新社のご担当者、辻純平氏はとても根気強く私を待っていてくださいました。文庫化するにあたり、何もわからない私に適切なアドバイスをしていただき心から感謝いたします。

文庫化の経緯は、読者の声がキッカケだとうかがっています。

この本を文庫化してほしいと長年願い続けていてくださった読者の方々の声が、十四年という月日を経てこうして形になったことに、改めて言葉の力というものに畏怖する想いです。本当に、感謝の言葉もみつからないほどです。

さて、ここでは十四年経過した私が今、どういう状況で、どういう人間関係を編み、どういう心理状態にあるのかを書かなければなりません。

でも、この月日の永さは、あとがきに許された僅かなスペースで書けるものでは到底ありません。十四年という月日には、またさらに新たな波乱があり、もう耐えきれないと思うほどの苦しみや悲しみもありました。

この間に起こった出来事をどんなに簡潔な文章で書いたとしても、十四年間に経験した数々の出来事は、本作の印象を大きく変え、凌駕さえしてしまう可能性があります。それは私の本意ではありません。

しかし、ひとつだけ胸を張って言えるのは、私は今、生涯で一番幸福な生活をしている、ということです。

文庫化を待っていてくださった読者の方々、この文庫化に携わってくださったすべての方々、私一人では到底叶わぬ夢を叶えようと奮起してくださった辻氏をはじめ、河出書房新社の皆様方、そしてこの文庫を手に取ってくださったあなたに、この紙面をお借りして心からの御礼を申しあげます。

二〇二一年一月

七井翔子

＊本書は、二〇〇三年十二月十五日から二〇〇五年二月一日までCGIBOY「日記のススメ」に掲載されたブログ「翔子の出会系日記」の書籍化『私を見て、ぎゅっと愛して』（上・下／アスコム、二〇〇六年刊）を、大幅に加筆修正した上で文庫化したものです。

＊本作品は著者の実体験を基に再構成したものですが、本書に登場する個人・団体・企業名等は全て仮名です。

私《わたし》を見《み》て、ぎゅっと愛《あい》して 下

二〇二一年二月一〇日　初版印刷
二〇二一年二月二〇日　初版発行

著　者　七井《なない》翔子《しょうこ》
発行者　小野寺優
発行所　株式会社河出書房新社
〒一五一―〇〇五一
東京都渋谷区千駄ヶ谷二―三二―二
電話〇三―三四〇四―八六一一（編集）
〇三―三四〇四―一二〇一（営業）
http://www.kawade.co.jp/

ロゴ・表紙デザイン　粟津潔
本文フォーマット　佐々木暁
印刷・製本　中央精版印刷株式会社

Printed in Japan　ISBN978-4-309-41793-6

泣かない女はいない

長嶋有　40865-1

ごめんねといってはいけないと思った。「ごめんね」でも、いってしまった。──恋人・四郎と暮らす睦美に訪れた不意の心変わりとは？　恋をめぐる心のふしぎを描く話題作、待望の文庫化。「センスなし」併録。

ふる

西加奈子　41412-6

池井戸花しす、二八歳。職業はＡＶのモザイクがけ。誰にも嫌われない「癒し」の存在であることに、こっそり全力をそそぐ毎日。だがそんな彼女に訪れる変化とは。日常の奇跡を祝福する「いのち」の物語。

ボディ・レンタル

佐藤亜有子　40576-6

女子大生マヤはリクエストに応じて身体をレンタルし、契約を結べば顧客まかせのモノになりきる。あらゆる妄想を呑み込む空っぽの容器になることを夢見る彼女の禁断のファイル。第三十三回文藝賞優秀作。

ドレス

藤野可織　41745-5

美しい骨格標本、コートの下の甲冑……ミステリアスなモチーフと不穏なムードで描かれる、女性にまといつく“決めつけ”や“締めつけ”との静かなるバトル。わかりあえなさの先を指し示す格別の８短編。

グッドバイ・ママ

柳美里　41188-0

夫は単身赴任中で、子どもと二人暮らしの母・ゆみ。幼稚園や自治会との確執、日々膨らむ夫への疑念……孤独と不安の中、溢れる子への思いに翻弄され、ある決断をする……。文庫化にあたり全面改稿！

あられもない祈り

島本理生　41228-3

〈あなた〉と〈私〉……名前すら必要としない二人の、密室のような恋──幼い頃から自分を大事にできなかった主人公が、恋を通して知った生きるための欲望。西加奈子さん絶賛他話題騒然、至上の恋愛小説。

火口のふたり

白石一文　41375-4

私、賢ちゃんの身体をしょっちゅう思い出してたよ——挙式を控えながら、どうしても忘れられない従兄賢治と一夜を過ごした直子。出口のない男女の行きつく先は？　不確実な世界の極限の愛を描く恋愛小説。

あなたを奪うの。

窪美澄／千早茜／彩瀬まる／花房観音／宮木あや子　41515-4

絶対にあの人がほしい。何をしても、何が起きても——。今もっとも注目される女性作家・窪美澄、千早茜、彩瀬まる、花房観音、宮木あや子の五人が「略奪愛」をテーマに紡いだ、書き下ろし恋愛小説集。

彼女の人生は間違いじゃない

廣木隆一　41544-4

震災後、恋人とうまく付き合えない市役所職員のみゆき。彼女は週末、上京してデリヘルを始める……福島−東京の往還がもたらす、哀しみから光への軌跡。廣木監督が自身の初小説を映画化！

フルタイムライフ

柴崎友香　40935-1

新人ＯＬ喜多川春子。なれない仕事に奮闘中の毎日。季節は移り、やがて周囲も変化し始める。昼休みに時々会う正吉が気になり出した春子の心にも、小さな変化が訪れて……新入社員の十ヶ月を描く傑作長篇。

寝ても覚めても　増補新版

柴崎友香　41618-2

消えた恋人に生き写しの男に出会い恋に落ちた朝子だが……運命の恋を描く野間文芸新人賞受賞作。芥川賞作家の代表長篇が濱口竜介監督・東出昌大主演で映画化。マンガとコラボした書き下ろし番外篇を増補。

青空感傷ツアー

柴崎友香　40766-1

超美人でゴーマンな女ともだちと、彼女に言いなりな私。大阪→トルコ→四国→石垣島。抱腹絶倒、やがてせつない女二人の感傷旅行の行方は？映画「きょうのできごと」原作者の話題作。

きょうのできごと　増補新版

柴崎友香　41624-3

京都で開かれた引っ越し飲み会。そこに集まり、出会いすれ違う、男女のせつない一夜。芥川賞作家の名作・増補新版。行定勲監督で映画化された本篇に、映画から生まれた番外篇を加えた魅惑の一冊！

ショートカット

柴崎友香　40836-1

人を思う気持ちはいつだって距離を越える。離れた場所や時間でも、会いたいと思えば会える。遠く離れた距離で“ショートカット”する恋人たちが体験する日常の“奇跡”を描いた傑作。

人のセックスを笑うな

山崎ナオコーラ　40814-9

十九歳のオレと三十九歳のユリ。恋とも愛ともつかぬいとしさが、オレを駆り立てた——「思わず嫉妬したくなる程の才能」と選考委員に絶賛された、せつなさ百パーセントの恋愛小説。第四十一回文藝賞受賞作。映画化。

カツラ美容室別室

山崎ナオコーラ　41044-9

こんな感じは、恋の始まりに似ている。しかし、きっと、実際は違う——カツラをかぶった店長・桂孝蔵の美容院で出会った、淳之介とエリの恋と友情、そして様々な人々の交流を描く、各紙誌絶賛の話題作。

ニキの屈辱

山崎ナオコーラ　41296-2

憧れの人気写真家ニキのアシスタントになったオレ。だが一歳下の傲慢な彼女に、公私ともに振り回されて……格差恋愛に揺れる二人を描く、『人のセックスを笑うな』以来の恋愛小説。西加奈子さん推薦！

さだめ

藤沢周　40779-1

ＡＶのスカウトマン・寺崎が出会った女性、佑子。正気と狂気の狭間で揺れ動く彼女に次第に惹かれていく寺崎を待ち受ける「さだめ」とは……。芥川賞作家が描いた切なくも一途な恋愛小説の傑作。

水曜の朝、午前三時

蓮見圭一　41574-1

「有り得たかもしれないもう一つの人生、そのことを考えない日はなかった……」叶わなかった恋を描く、究極の大人のラブストーリー。恋の痛みと人生の重み。涙を誘った大ベストセラー待望の復刊。

アカガミ

窪美澄　41638-0

二〇三〇年、若者は恋愛も結婚もせず、ひとりで生きていくことを望んだ──国が立ち上げた結婚・出産支援制度「アカガミ」に志願したミツキは、そこで恋愛や性の歓びを知り、新しい家族を得たのだが……。

僕はロボットごしの君に恋をする

山田悠介　41742-4

近未来、主人公は警備ロボットを遠隔で操作し、想いを寄せる彼女を守ろうとするのだが──本当のラストを描いたスピンオフ初収録！　ミリオンセラー作家が放つ感動の最高傑作が待望の文庫化！

エンキョリレンアイ

小手鞠るい　41668-7

今すぐ走って、会いに行きたい。あの日のように──。二十二歳の誕生日、花音が出会った運命の彼は、アメリカ留学を控えていた。遠く離れても、熱く思い続けるふたりの恋。純愛一二〇％小説。

ミューズ／コーリング

赤坂真理　41208-5

歯科医の手の匂いに魅かれ恋に落ちた女子高生を描く野間文芸新人賞受賞作「ミューズ」と、自傷に迫る「コーリング」──『東京プリズン』の著者の代表作二作をベスト・カップリング！

柔らかい土をふんで、

金井美恵子　40950-4

柔らかい土をふんで、あの人はやってきて、柔らかい肌に、ナイフが突き刺さる──逃げ去る女と裏切られた男の狂おしい愛の物語。さまざまな物語と記憶の引用が織りなす至福のエクリチュール！

暗い旅

倉橋由美子　40923-8

恋人であり婚約者である“かれ”の突然の謎の失踪。“あなた”は失われた愛を求めて、過去への暗い旅に出る――壮大なる恋愛叙事詩として文学史に残る、倉橋由美子の初長篇。

まっすぐ進め

石持浅海　41290-0

順調な交際を続ける直幸と秋。だが秋は過去に重大な秘密を抱えているようで……明らかになる衝撃の真実とは⁉　斯界のトリックスターによる異色の恋愛ミステリー。東川篤哉の解説掌編も収録。

不思議の国の男子

羽田圭介　41074-6

年上の彼女を追いかけて、おれは恋の穴に落っこちた……高一の遠藤と高三の彼女のゆがんだＳＳ関係の行方は？　恋もギターもＳＥＸも、ぜーんぶ“エアー”な男子の純愛を描く、各紙誌絶賛の青春小説！

33年後のなんとなく、クリスタル

田中康夫　大澤真幸／なかにし礼〔解説〕　41617-5

一九八〇年に大学生だった彼女たちは、いま五〇代になった。あの名作『なんクリ』の主人公のモデル女性に再会したヤスオは、恋に落ちる……四百三十八の“註”＋書き下ろし「ひとつの新たな長い註」。

感傷的な午後の珈琲

小池真理子　41715-8

恋のときめき、出逢いと別れ、書くことの神秘。流れゆく時間に身をゆだね、愛おしい人を思い、生きていく――。過ぎ去った記憶の情景が永遠の時を刻む。芳醇な香り漂う極上のエッセイ！文庫版書下し収録。

異性

角田光代／穂村弘　41326-6

好きだから許せる？　好きだけど許せない⁉　男と女は互いにひかれあいながら、どうしてわかりあえないのか。カクちゃん＆ほむほむが、男と女についてとことん考えた、恋愛考察エッセイ。

〈チョコレート語訳〉みだれ髪

俵万智　40655-8

短歌界の革命とまでいわれた与謝野晶子の『みだれ髪』刊行百年を記念して、俵万智によりチョコレート語訳として、乱倫という情熱的な恋をテーマに刊行され、大ベストセラーとなった同書の待望の文庫化。

現代語訳 竹取物語

川端康成〔訳〕　41261-0

光る竹から生まれた美しきかぐや姫をめぐり、五人のやんごとない貴公子たちが恋の駆け引きを繰り広げる。日本最古の物語をノーベル賞作家による美しい現代語訳で。川端自身による解説も併録。

風のかたみ

福永武彦　41388-4

叔母の忘れ形見の姫を恋い慕う若者。蔵人の少将に惹かれる姫。若者を好う笛師の娘。都を跋扈する盗賊。法術を操る陰陽師。綾なす恋の行方は……今昔物語に材を得た王朝ロマンの名作。

紫式部の恋 「源氏物語」誕生の謎を解く

近藤富枝　41072-2

「源氏物語」誕生の裏には、作者・紫式部の知られざる恋人の姿があった！　長年「源氏」を研究した著者が、推理小説のごとくスリリングに作品を読み解く。さらなる物語の深みへと読者を誘う。

キャロル

パトリシア・ハイスミス　柿沼瑛子〔訳〕　46416-9

クリスマス、デパートのおもちゃ売り場の店員テレーズは、人妻キャロルと出会い、運命が変わる……サスペンスの女王ハイスミスがおくる、二人の女性の恋の物語。映画化原作ベストセラー。

チューリップ・フィーバー

デボラ・モガー　立石光子〔訳〕　46482-4

未曾有のチューリップ・バブルに湧く十七世紀オランダ。豪商の若妻と貧乏な画家は道ならぬ恋に落ち、神をも怖れぬ謀略を思いつく。過熱するチューリップ熱と不倫の炎の行き着く先は――。

リンバロストの乙女　上

ジーン・ポーター　村岡花子〔訳〕　46399-5

美しいリンバロストの森の端に住む、少女エレノア。冷徹な母親に阻まれながらも進学を決めたエレノアは、蛾を採取して学費を稼ぐ。翻訳者・村岡花子が「アン」シリーズの次に最も愛していた永遠の名著。

リンバロストの乙女　下

ジーン・ポーター　村岡花子〔訳〕　46400-8

優秀な成績で高等学校を卒業し、美しく成長したエルノラは、ある日、リンバロストの森で出会った青年と恋に落ちる。だが、彼にはすでに許嫁がいた……。村岡花子の名訳復刊。解説＝梨木香歩。

ボヴァリー夫人

ギュスターヴ・フローベール　山田𣝣〔訳〕　46321-6

田舎町の医師と結婚した美しき女性エンマ。平凡な生活に失望し、美しい恋を夢見て愛人をつくった彼女が、やがて破産して死を選ぶまでを描く。世界文学に燦然と輝く不滅の名作。

いいなづけ　上

A・マンゾーニ　平川祐弘〔訳〕　46267-7

レンツォはルチーアと結婚式を挙げようとするが司祭が立会を拒む。ルチーアに横恋慕した領主に挙げれば命はないとおどされたのだ。二人は村を脱出。逃避行の末——読売文学賞・日本翻訳出版文化賞受賞作。

いいなづけ　中

A・マンゾーニ　平川祐弘〔訳〕　46270-7

いいなづけのルチーアと離ればなれになったレンツォは、警察に追われる身に。一方ルチーアにも更に過酷な試練が。卓抜な描写力と絶妙な語り口で、時代の風俗、社会、人間を生き生きと蘇らせる大河ロマン。

いいなづけ　下

A・マンゾーニ　平川祐弘〔訳〕　46271-4

伊文学の最高峰、完結篇。飢饉やドイツ人傭兵隊の侵入、ペストの蔓延などで荒廃を極めるミラーノ領内。物語はあらゆる邪悪のはびこる市中の混乱をまざまざと描きながら、感動的なラストへと突き進む。